当代外国语言文学学术文库

瑞士当代德语文学叙事策略研究

Eine Studie zu Erzählstrategien in der zeitgenössischen Deutschschweizer Literatur

王正浩　著

对外经济贸易大学出版社
中国·北京

图书在版编目（CIP）数据

瑞士当代德语文学叙事策略研究 / 王正浩著. —北京：对外经济贸易大学出版社，2023.12

（当代外国语言文学学术文库）

ISBN 978-7-5663-2569-3

Ⅰ. ①瑞… Ⅱ. ①王… Ⅲ. ①德语–小说研究–瑞士–现代 Ⅳ. ①I522.074

中国国家版本馆 CIP 数据核字（2023）第 235761 号

瑞士当代德语文学叙事策略研究
Eine Studie zu Erzählstrategien in der zeitgenössischen Deutschschweizer Literatur

王正浩　著

责任编辑： 杨娇娇

助理编辑： 邓钰锦

出版发行：对外经济贸易大学出版社
社　　址：北京市朝阳区惠新东街 10 号
网　　址：www.uibep.com
资源网址：www.uibepresources.com

邮政编码：100029
邮购电话：010－64492338
发行部电话：010－64492342
E-mail：uibep@126.com

成品尺寸：170mm×240mm
印　　张：12.5
字　　数：205 千字
ISBN 978-7-5663-2569-3

印　　刷：北京九州迅驰传媒文化有限公司
版　　次：2023 年 12 月北京第 1 版
印　　次：2023 年 12 月第 1 次印刷
定　　价：58.00 元

谨以此书献给我的爱人孙爱平女士和儿子王敬茗!

关于本书

本书以四位瑞士当代德语作家的作品，即彼得·施塔姆小说《阿格尼丝》、卢卡斯·贝尔福斯小说《百日》、莫妮卡·施维特小说《耳朵没有眼睑》和阿兰恩·克劳德·祖尔策小说《完美的侍者》为研究对象，结合瑞士历史、瑞士文化以及瑞士德语文学特点，侧重于从情感表达和叙事策略角度出发，在厘清这些当代作家与瑞士传统作家的创作主题、写作技巧以及时代精神刻画异同之余，尝试进一步挖掘出这些作品的美学与文艺学价值。

当代外国语言文学学术文库

总　　序

对外经济贸易大学出版社最新推出了大型外语学术专著系列——《当代外国语言文学学术文库》，请我为文库写序。借此机会，谈谈我个人对外国语言文学研究的一些认识和感受。

综观21世纪的外国语言文学，就其语言学研究而言，形式语言学理论和功能语言学理论继续对抗和对话，认知语言学理论和社会文化理论发展迅速，各种语言学的理论思潮试图从不同的角度解释语言事实；在应用方面，语言学更加广泛地与多学科交叉，运用和借鉴包括数理逻辑、计算机科学、心理学、神经科学、认知科学、生态科学、经济学等各学科在内的研究成果和方法，不断凸显语言学作为人文科学和自然科学交叉学科的地位。就其文学研究而言，文学和语言学研究的相互影响和交融日益明显，文学研究越来越多地引入语言学研究的方法，如话语分析等，反之亦然。随着全球化的发展，我国的外国语言文学研究与国际学术界的交流更加密切，发展更加迅速。

同时，我们仍清楚地看到，国内的外国语言文学研究依然存在“三张皮”现象：第一张皮是“汉语与外语”研究的合作与交流不够；第二张皮是“语言与文学”研究的沟通与对话不够；第三张皮是“英语与其他外语”研究的来往和交叉不够。这“三张皮”极大地阻碍着外国语言文学学科的发展。

这套文库的设计体现了兼收并蓄、博采众长、学科融通的思想，是一个开放和创新的学术平台，是各种研究的阵地和各方学者的家园，而进入文库的研究成果都经过精心挑选，出自学有专长的博士和学者。我衷心地祝愿这朵“原创的小花”在繁花似锦的学术花园里开得绚丽多姿，并愿有更多的学者去关心和呵护它。

王立非

导　言

作为欧洲中部一个国土面积仅有4.1284万平方公里、人口也只有870多万的“弹丸小国”，瑞士却凭借其政治中立、经济发达、自然风光秀丽的特点而闻名于世。此外，瑞士也是一个多语种国家，官方语言中除了使用最广泛的德语，还有法语、意大利语和罗曼什语，其语言的丰富性也为文化的多样性和文学作品的多元化提供了丰沃的土壤。例如，虽然占瑞士总人口三分之二的瑞士德语区人口仅有540万左右，但瑞士德语文学在德语文学乃至世界文学的舞台上有着不俗的表现。尤其是进入新千年以来，瑞士当代德语文学的创作者人数出现了井喷式的增长，新人辈出，涌现出了一批在德语区乃至世界范围内拥有一定影响力的作家。

但由于受制于语言文化差异、出版情况约束以及传播接受困难等一系列历史和现实原因，国内德语文学研究界对佳作迭出的瑞士当代德语文学的关注程度始终较低。自余匡复先生1992年出版《战后瑞士德语文学史》以及韩瑞祥教授2004年出版《20世纪奥地利瑞士德语文学史》以来，国内鲜见再有系统介绍瑞士德语文学尤其是瑞士当代德语文学的研究读本。因此，对于国内德语文学研究界而言，在瑞士当代德语文学研究领域出现了一个真空地带。虽然陆续也有一些瑞士当代德语文学的作品被介绍进国内，并得到一些研究者的关注和研究，但大都零散、缺乏系统。

有鉴于此，浙江大学的范捷平教授、上海外国语大学的陈壮鹰教授、宁波大学的陈巍老师，还有国内其他一些知名的德语语言文学研究者与瑞士文化基金会（Pro Helvetia）、柏林文学研究会（LCB）合作，于2008年启动了“瑞士当代小说译丛”项目，将10名瑞士当代德语文学代表作家的代表作品译介进国内[①]。截至目前，该项目已经顺利结项，填补了国内瑞士当代德语文学作品大规模系统译介的空白，译本也得到了国内文学爱好者和研究者的一致好评。

笔者在浙江大学求学期间，受到恩师范捷平教授率先垂范的品格的引领和他的谆谆教导，亦有幸忝列该翻译项目中，逐译了部分作品，从而近距离地感受了瑞士当代德语文学作品的魅力。同时，范老师还经常邀请该丛书的部分作家赴浙大讲学作报告，自己也有幸能够在课堂上与这些作家面对面接触，领略他们的个人风采，与他们共同探讨其作品的美学和文艺学价值，并与其中几位作家例如彼得·施塔姆长期以来保持着一定的私人关系。其后赴柏林自由大学攻读博士期间，我亦时时关注着这些作品的翻译、出版与传播接受情况，并曾在柏林拜访了该翻译项目德方负责人之一的柏林文学研究会（LCB）前会长乌尔里希·雅内茨基（Ulrich Janetzki）先生，当面聆听他分析这些文学作品的特点以及分享这些作家的逸闻趣事。

因此，无论是受需要传播与推介瑞士当代德语文学的客观原因驱动，还是与瑞士当代德语文学千丝万缕的主观缘分使然，及时系统地研究这些作品，勾勒出瑞士当代德语文学叙述、评论与研究的群像，进一步推动瑞士德语文学在国内的传播与接受，为国内的瑞士德语文学的研究发展尽些绵薄之力，进而尝试填补一下国内德语文学研究界在瑞士当代德语小说系统研究领域的空白，并对瑞士当代德语文学表现出的美学与文艺学价值及时做出回应与总结，于己而言，都是一份需要尽心尽力的工作任务。

瑞士当代德语小说中蕴含的美学和文艺学价值，是精彩纷呈的瑞士多元文化的一个缩影。本书所写所叙所述，均为笔者个人的一些观察和思考，同时为了尽量不落入瑞士以及瑞士德语文学常规研究的窠臼，本书也会尝试引用一些时下较新的研究成果、研究观点乃至重要的新闻报道。笔者不揣浅陋，野人献曝，还请各位方家多多指正。

① 该系列丛书有：彼得·施塔姆的《阿格尼丝·如此一天》（陈巍译）、卢卡斯·贝尔福斯的《百日》（陈壮鹰译）、莫妮卡·施维特的《耳朵没有眼睑》（范捷平译）、阿兰恩·克劳德·祖尔策的《完美的侍者》（陈巍译）、胡戈·罗切尔的《假日伴侣》（张帆译）、罗尔夫·拉佩特的《游泳回家》（陈巍译）、丹尼尔·戈奇的《沙心》（陈巍译）、托马斯·霍利曼的《四十朵玫瑰》（范捷平译）、梅琳达·纳吉·阿波尼的《鸽子飞起》（陈壮鹰译）、彼得·韦伯的《没有旋律的年代》（范捷平、王正浩译）。

朝斯夕斯，念兹在兹，多年来一直想为这些作家的代表作品做些研究和梳理的愿望终于能够得以实现，在此感谢所有无私帮助过自己的亲人和师友。

本书受对外经济贸易大学外语学院“双一流”学科建设经费资助，在此一并表示衷心的感谢。

是为序！

2023 年 7 月书于芍药居

目　录

第一章　瑞士与瑞士德语文学 …… 1

1.1　瑞士历史及文化特征 …… 4

1.2　瑞士德语文学的前世今生与研究意义 …… 5

第二章　情感表达与叙事策略 …… 9

2.1　情感表达与瑞士当代德语文学 …… 12

2.2　叙事策略与瑞士当代德语文学 …… 13

第三章　我写，故你在——彼得·施塔姆小说《阿格尼丝》中的爱情叙事 …… 15

3.1　彼得·施塔姆与《阿格尼丝》 …… 17

3.2　我写，故你在 …… 22

3.3　不合适的结局 …… 36

3.4　谁执笔，谁留下 …… 44

3.5　结语 …… 47

第四章　大屠杀时期的爱情——卢卡斯·贝尔福斯小说《百日》中的战争与爱情 …… 51

4.1　卢卡斯·贝尔福斯与《百日》 …… 53

4.2　大屠杀时期的爱情 …… 60

4.3　结语 …… 89

第五章　我听，故我在——莫妮卡·施维特小说《耳朵没有眼睑》中的成长主题 …… 93

5.1　莫妮卡·施维特与《耳朵没有眼睑》 …… 95

5.2 日常生活中的爱情——无所事事和争吵作为一种交流手段…………99
5.3 通过音乐寻找自我……………………………………………………119
5.4 作为隐喻的疾病………………………………………………………125
5.5 作为象征的植物………………………………………………………131
5.6 生活之路在当下——小说第二部分的亲密关系叙事………………136
5.7 结语……………………………………………………………………145

第六章 死于“吉斯巴赫”——阿兰恩·克劳德·祖尔策小说《完美的侍者》中的主体问题……………………………………………………149
6.1 阿兰恩·克劳德·祖尔策与《完美的侍者》…………………………151
6.2 完美侍者与主体的降尊………………………………………………155
6.3 情感困境与救赎理念…………………………………………………162
6.4 结语……………………………………………………………………165

结语……………………………………………………………………167

参考文献………………………………………………………………173

第一章　瑞士与瑞士德语文学

——当我们在谈论瑞士时，我们在谈论什么？

瑞士，可以称得上是一个极具魅力又颇为复杂[①]的国度。论其魅力，相信大多数人都可以随口说出不少耳熟能详的内容。瑞士的联邦政治体制、瑞士高度发达的经济、瑞士在国际上的中立地位标签[②]、瑞士作为众多国际组织总部或办事处的所在地和国际会议的主办国，乃至瑞士精美的钟表以及可口的巧克力，都可以成为大众高谈阔论时的话资。瑞士广播在一份关于“一名普通的瑞士人到底是什么样子”的调查中引用了这样一个全世界对瑞士人的刻板印象：“这名普通的瑞士人早上把牛群赶到山上牧场之后，就坐下来制作精美的钟表或在奶酪上打孔，饿了时就用流利的瑞士方言德语、标准德语、法语或意大利语喊着要一块巧克力。”[③]但论其复杂性，尤其是如何理解大众眼中对于瑞士的这种刻板印象，相信只有真正走进瑞士以及研究过瑞士历史、社会乃至语言文化、文学艺术的人才能说个大概，因为瑞士的复杂程度甚至连瑞士人自己可能都说不清楚。关于这一点，瑞士当代德语作家彼得·比克瑟尔（Peter Bichsel）的文章《我是瑞士人》（Ich bin Schweizer）就绘声绘色地表达了这种纠结：“我犯了乡愁，但这肯定不是对瑞士的思念，而是对我家人和朋友的思念。”[④]

而瑞士所有的复杂性，其实都可以被置于历史地理学的视角下来加以打量[⑤]。因为瑞士在欧洲中心的地理位置而形成了瑞士的历史问题，因为历史问题而形成了民族问题，因为民族问题而形成了语言问题，因为语言问题而形成了文化问题，因为文化问题而形成了政治经济体制问题，因为政治经济体制问题而又形成了新的历史问题。瑞士就在这样一个充满魅力的复杂循环中不断地

---

① 德语中有一个概念常用语 Sonderfall Schweiz（特例瑞士）经常被用来表达瑞士和瑞士人的复杂性，不仅德国人认为他们特殊，瑞士人自己也认为他们与众不同。更进一步讲，瑞士人内部也存在很大差异，说着德语、法语、意大利语和罗曼什语的瑞士人也认为他们与其他瑞士人不同，他们身上更多地表现出与这些语种对应的国家文化特点和心理特质。

② 值得一提的是，2022 年 2 月 24 日俄乌冲突爆发之后，瑞士受到来自欧盟各国越来越大的压力，他们被要求对俄罗斯采取行动，尽管这样做实质上违反了该国长期以来在政治上几乎是神圣不可侵犯的国际中立承诺。2022 年 2 月 28 日，瑞士宣布将参与欧盟对俄罗斯的一揽子制裁计划，冻结俄罗斯有关个人和机构在瑞士的资产，这一举动打破了其长期以来的政治中立传统，现阶段的瑞士也表现出与传统的国际中立原则渐行渐远的倾向和趋势。

③ 国内大多数德语语言文学专业的同学，确切地说学习过经典德语教材《当代大学德语》第四册的学生，相信一定会对这篇报道印象深刻。参见聂黎曦，梁敏. 当代大学德语（4）（学生用书）[M]. 北京：外语教学与研究出版社，2018：108.

④ BICHSEL P. Des Schweizers Schweiz [J]. Du: die Zeitschrift der Kultur, 1967, 27 (8): 587.

⑤ 参阅马丁. 瑞士民族的特殊性、多样性的历史考察 [M]. 北京：中国社会科学出版社，2022.

展现着自己独特的风采。

1.1 瑞士历史及文化特征

根据 1853 年至 1854 年在瑞士苏黎世湖畔的考古发现，公元前 4000 年就已经有人类在此活动，而且有人在湖畔柱子上修建了结构较为复杂的住宅。通过这些建筑遗迹，我们可以了解到早期海尔维第人、里希厄人以及古罗马人在这里的生活状态。公元前 2 世纪末的一份最早的记录显示，作为凯尔特人的一个分支，海尔维第人的人类活动深深地影响了该地区，而瑞士的拉丁文名称 Confoederatio Helvetica 就源自海尔维第人的拉丁语拼写形式。公元前 1 世纪，该地区呈现出较为稳定的区域与民族结构特征：海尔维第人居住在现在的瑞士中部高原以及现在的德国西南部，而里希厄人则居住在现在的瑞士东部。

公元前 58 年，海尔维第人为了躲避日耳曼人从西面的入侵，举族向法国南部迁移。尤里乌斯·凯撒（Julius Caesar）不仅没有同意他们南迁，而且主动攻击他们，阻止了他们南下的进程。两军交战之后，海尔维第人被凯撒征服，继而被罗马帝国统治了 300 余年。在罗马帝国的荫蔽下和罗马文化的影响下，瑞士地区的经济和文化也开始繁荣起来。公元 3 世纪，日耳曼的阿勒曼尼人占领了古罗马人设置在莱茵河的要塞，侵入瑞士中部高原。古罗马人逐渐离开之后，阿勒曼尼人开始从北方移居瑞士地区。截至这个时期，勃艮第人统治着瑞士的西部地区，而阿尔卑斯山区则主要由当地的高卢罗马人统治。由此，瑞士的多元种族特点和语言文化特征开始初具雏形。自 6 世纪起，作为日耳曼人的一个分支，法兰克人逐渐从西部进入瑞士。他们首先征服了勃艮第人，后来又把阿勒曼尼人和伦巴第人置于自己的统治之下。在法兰克王朝的长盛时期，瑞士于公元 774 年并入法兰克王国。在奥托家族和萨利尔家族（925—1125）统治德国期间，日耳曼民族不断强大，尤其是 1032 年，德国皇帝康拉德二世统一了现在瑞士地区的全部领土。彼时的瑞士地区分属于勃艮第王国、斯瓦比亚公国、巴伐利亚公国以及意大利王国，这些地区共同构成了德国皇帝统治下的“德意志民族神圣罗马帝国”。1648 年，法国、瑞典大败神圣罗马帝国军队，签订了《威斯特伐利亚和约》，而瑞士也在经过 350 余年的艰苦卓绝斗争之后终于摆脱了奥地利帝国的统治，从这个时间起，瑞士真正独立，成为了一个主权国家。公元 1798 年，拿破仑入侵瑞士，建立了海尔维第共和国。1803 年，瑞士又把法军驱除出境，瑞士从共和国重新恢复成19个州组成的赫尔维蒂联邦。1815年，拿破仑帝国瓦解后，维也纳会议承认赫尔维蒂联邦永久中立，同时，瓦莱州、纳沙泰尔州、日内瓦州加入瑞士。同年，瑞士签署新的联邦条约，除外交事务外，各州恢复各方面的主权。1848年，瑞士以美国宪法为蓝本制定了一部新宪法，设立联邦委员会，成为统一的联邦制国家。基于维也纳会议赋予瑞士的永久中立国地位，瑞士在两次世界大战中均保持了中立。值得一提的是，部分研究者也会把1848年现代瑞士的诞生作为瑞士真正的历史的开端，在这之前，真正的“瑞士历史”并不存在，或者确切地说，之前的“瑞士历史”都是基于地理位置所产生的各个独立地区的历史。

瑞士在欧洲中心的地理位置造成了每当有邻国崛起时便会遭到强权的窥伺和欺凌的境遇，而有趣的是，从凯尔特人的分支海尔维第人开始，瑞士便开始了一部反抗与斗争的历史，涌现出例如威廉·退尔（Wilhelm Tell）这样的民族英雄，他们的反抗和斗争增强了民族凝聚力，促进了民族融合，并推动现代瑞士形成了这样多元化的民族特性和语言特点，使这个国家赢得了周围各国的尊重，最终获得了永久中立国的地位。借用“文学式”偏浪漫主义表达的叙事话语，那么也可以说，作为一个前主体民族是凯尔特人后裔——海尔维第人的地区，瑞士这个国家就是一帮既不愿意做意大利人、也不愿意做法国人和德国人的人凑在一起建立的国家命运共同体。

1.2 瑞士德语文学的前世今生与研究意义

瑞士德语文学具有悠久的历史传统。早在中世纪，现今瑞士地区的许多修道院里就出现了文学创作。以文学领域的宗教题材为例，1250年，瑞士的穆里修道院就出现了迄今为止最古老的德语复活节戏剧，之后在著名的圣加伦修道院也出现了圣诞节戏剧。作为中世纪瑞士德语地区最著名的诗人，哈特曼·冯·奥厄（Hartmann von Aue）创作了大量的宫廷诗歌。他的长诗《可怜的亨利希》（*Der arme Heinrich*）展示了骑士阶层理想和现实生活的和谐统一。十五世纪前后，在现在的瑞士地区出现了大量的贵族宫廷诗歌，当时在苏黎世还出现了数量多达6000余首的“情歌手稿”，这些诗歌成为了后世宫廷诗歌创作和研究的主要素材和母题。而如今在德语文学研究领域赫赫有名的“海德堡情歌手稿”（*Heidelberger Liederhandschrift*）就基本上来自苏黎世地区。十八世纪是瑞士德语文学开始出现创作理念和思想的阶段，这个时期的瑞士诗人认为文学应该具有教育功能，同时也应该打动人心。他们回归历史，从民族神话中寻找民族精神和创作源泉，追求幸福和教养，激发爱国热情。苏黎世大学的教授约翰·雅各布·博德莫尔（Johann Jacob Bodmer）和约翰·雅各布·布莱廷格（Johann Jacob Breitinger）则提出了与德国莱比锡学者们提倡的“文学主要表现形式应该是戏剧”不太一样的诗学观，他们认为文学应该选择小说、寓言和史诗这些表现形式，同时借鉴英国的文学模式，也即文学要以怪异和神秘的方式去表现故事，文学要尽可能形象化地去描绘故事，呼应了德国浪漫主义时期“有趣或无趣”的美学转向，强调文学创作的本体论，提出了自己独特的文学批评观[①]。

进入十九世纪，瑞士德语文学出现了新的辉煌，为世界文学花园贡献了耶雷米亚斯·戈特黑尔夫（Jeremias Gotthelf）、戈特弗里德·凯勒（Gottfried Keller）和孔特拉·费迪南·迈耶尔（Conrad Ferdinand Meyer）这样的经典作家。尤其是凯勒凭借着其作品中鲜明的现实主义和人文主义突破了瑞士德语文学的时空限制，将瑞士德语文学提升到刻画欧洲民族共性的地位上来。值得特别提及的还有，卡尔· 施皮特勒（Carl Spitteler）于1919年凭借其作品《奥林匹斯的春天》（*Olympischer Frühling*）获得了诺贝尔文学奖。这部作品也是瑞士第一部获得诺贝尔文学奖的作品，为瑞士文学带来了世界声誉。

近现代的瑞士德语文学作家更是群星灿烂，不仅拥有赫尔曼·黑塞（Hermann Hesse）这样的经世作家，而且还有罗伯特·瓦尔泽（Robert Walser）这样的现代主义大师，尤其是文学双子星弗里德里希·迪伦马特（Friedrich Dürrenmatt）和马克思·弗里施（Max Frisch）更是将瑞士德语文学在世界范围内的传播推向了一个新的高度。

而当代的瑞士德语作家却已与前辈不同，他们不再像迪伦马特和弗里施那样重点关注瑞士本土的政治话题与社会批判，而是让视野跨越瑞士疆域，例如以德国、美国、英国甚至以非洲为背景，采用国际化的叙事场域，更多地将笔触投诸于人类今天对历史的文化记忆，关注人类普遍的主体间情感表达和交往模式，以及对日常琐事生活范式的反思。换言之，他们的作品大都远离了政治说教和宏大叙事，而侧重于用自己的身体去感知日常的生活细节，关注人类普

① 参阅范捷平. 瑞士德语文学面面观［J］. 外国文艺，2011，200（5）：5-21.

遍性的情感模式，反思主体的人生经验。从某种意义上也可以说，这些作品具备了世界情怀与现实关注，反映的是人类伦理的严肃问题。

相对于瑞士在国际上获得的高知名度和关注度，瑞士语言、瑞士文化尤其是瑞士文学就显得稍微有些逊色了。这一方面自然是跟瑞士“小国寡民”的国情特点有很大关系，但瑞士文学，尤其是瑞士德语文学的传播不广和受众有限还有一个深层次的客观原因，那就是瑞士本土的出版社在其中起到了某种程度的阻碍作用。彼得・比克瑟尔在一篇接受苏黎世周报的采访中专门论述了这个问题：“当我开始创作时，我就明白了德国出版社的重要性。一名瑞士作家需要首先在德国取得成功，否则他永远不会在瑞士出名。如果他已经出名了，那么瑞士出版社才会跟他合作得更好。”[①]

在简略梳理完瑞士德语文学的前世今生之后，本书并不想落入为瑞士德语文学立传传史的窠臼，因为一直处于聚光灯下的瑞士经典作家和他们的经典作品在西方的话语体系中均受众面大、获得的关注面广，可以说他们不缺读者和研究者，而中青年作家在打开知名度和获得读者受众方面会遇到很多复杂的问题，如上面所提到的瑞士出版社问题，所以本书在把研究的视角聚焦到这些中青年作家的过程中，还试图提供一些人文主义的现实主义关怀价值。而且不仅仅是在瑞士和德国，国内的德语文学研究者关注较多的也依然是一些经典作家的经典作品，而对中青年作家和他们的创作关注程度相对较低。所以，及早关注瑞士德语文学中青年作家，研究分析他们作品中的情感表达与叙事策略，进一步探讨他们作品中的美学意义与文艺学价值，有助于更好地理解如今的瑞士人与瑞士文化。同时，由于这些作家仍处在创作的黄金期与高峰期，他们的作品在国际上也是获奖不断，好评如潮，例如本译丛中的罗尔夫・拉佩特（Rolf Lappert）的《游泳回家》（*Nach Hause schwimmen*）获得了第一届瑞士图书奖并得到 2008 年度德国图书奖提名，梅琳达・纳吉・阿波尼（Melinda Nadj Abonji）的《鸽子起飞》（*Tauben fliegen auf*）则于 2010 年先后获得德国图书奖和瑞士图书奖。彼得・施塔姆（Peter Stamm）则凭借 2018 年出版的《世界温柔之无所谓》（*Die sanfte Gleichgültigkeit der Welt*）也获得了瑞士图书奖。卢卡斯・贝尔

---

① 参见 BICHSEL P. Verlagswesen, Selbstverwaltung und die freien Schriftsteller［N］. Wochenzeitung (Zürich), Aug. 2 1987 (35). 值得一提的是，比克瑟尔在 1987 年的这篇采访中提及的瑞士出版社的局限性问题时至今日依然存在。以“瑞士当代小说译丛”中的这些作家和他们的作品为例，彼得・施塔姆的《阿格尼丝》和梅琳达・纳吉・阿波尼的《鸽子起飞》都曾在出版时遭到过瑞士出版社的冷遇。

福斯（Lukas Bärfuss）凭借其作品《考拉》（*Koala*）入围了 2014 年德国图书奖并于当年获得了瑞士图书奖。特别是在 2019 年 7 月份，他凭借高质量的创作，一举摘得德国文学奖最高殊荣毕希纳文学奖。同时，除了在国内和国际上获奖无数，这批中青年作家无论是在创作内容还是在写作技巧方面都愈加成熟起来。所以，及时且持续地研究他们的创作，也是非常必要且有意义的一项工作。

从文学传播和接受的角度来说，具体到对这些作家和作品在中文语境中的研究现状，目前国内浙江大学、上海外国语大学、宁波大学、浙江科技学院等高校已经形成了相对完整的研究团队。浙江大学的范捷平教授以及由他指导的博士生一直都在从事这些文本的翻译和研究工作，上海外国语大学的陈壮鹰教授、张帆教授以及他们的博士生也翻译出版了一系列译作并发表了高质量的研究论文，宁波大学的陈巍老师和浙江科技学院的一些老师也都在翻译和研究领域做出了许多努力和贡献。2014 年，浙江大学德国学研究所联合瑞士文化基金会组织召开了“瑞士当代文学翻译、接受与研究国际学术研讨会”，推动瑞士当代文学在中国的译介、传播与研究，促进了中瑞两国的文化交流。瑞士当代德语作家、国内外著名专家学者济济一堂，共同讨论了瑞士德语文学的现状与未来的发展[①]。

① 参阅范捷平. 瑞士当代文学翻译、接受与研究［J］. 国际学术动态，2015（2）：11-13.

第二章　情感表达与叙事策略

如上文所述，与瑞士的经典德语作家相比，瑞士当代德语作家的作品更多的是全球化浪潮中的产物。这些作品往往抛弃了宏大叙事，重视日常生活中的情感表达和生存困境。正如范捷平教授在这套“瑞士当代文学译本”的总序中所言，该丛书蕴含着“鲜活的文化记忆，是当代欧洲社会生活的多棱镜折射，同时亦可以充分感悟到世界各地同时代人的情感和命运”[①]。

二十世纪是一个动荡和革命的世纪。在短短一个世纪内，就发生了两次世界大战，以及二战之后的东西阵营对峙所形成的冷战和局部地区的热战。可以说除了名义上中立的瑞士之外[②]，几乎没有国家能够置身于这个宏大的历史背景之外。如马克思所言，社会存在决定社会意识，这些战争和动荡反映到瑞士上一代人的作品中便是以迪伦马特和弗里施所代表的作家群体钟爱的宏大叙事和历史题材。同时，由于历史的原因，长久以来我们的意识也已经习惯了宏大叙事，习惯于从国家、阶级和民族等大视角去看问题，而很少去了解和关注微观史，以致个体在集体面前始终处于弱者的地位。而事实上，微观史才可以帮助我们更好地去理解人与社会。例如思想家和传统作家往往具有宏大的叙事能力，他们可以在宏观层面进行建构、解构、解建构、解解构，而这些社会存在一旦落到微观领域，落到普通人的意识上，就是不可承受之重和无法理解之痛。这同时也就回到文学如何可能的问题上来了。在这方面，文学以及文学作品或许可以承担社会进程中人与人之间愈加复杂关系叙事的先导功能。通过文学这种“人学”回归到个体的人，由一个个个体的感受来把握群体的体验，进而领悟到现代人的本质。

---

① 莫妮卡·施维特. 耳朵没有眼睑［M］. 范捷平，译. 上海：上海译文出版社，2010：（总序：12）.

② 值得一提的是，瑞士在二战中保持中立的这样一种大众刻板印象也需要被简单解构一下。例如当时的瑞士与纳粹政府也存在着不为人知的交易，还有一些为了中立而中立的政策。对之进行批判的内容在“瑞士当代小说译丛”中托马斯·霍林曼（Thomas Hürlimann）的小说《四十朵玫瑰》（*Vierzig Rosen*）中有着鲜活的反映，这也可以进一步被看作是文学作品这种虚拟故事（Geschichte）对同样由这个单词所表达的历史叙事（Geschichte）的一个挑衅或者某种程度上也可以说是对大众思维的一个拨乱反正。值得一提的还有，托马斯·霍林曼的父亲汉斯·霍林曼（Hans Hürlimann）曾任瑞士总统（1979年上任），这部颇有家庭史意蕴的作品通过历史记忆的密码编织也进一步混淆了历史和故事之间的边界。

2.1 情感表达与瑞士当代德语文学

有鉴于此，我们也有必要简单梳理一下文化学视野下的情感理论的内涵和外延。20 世纪 90 年代以来，德国的文学研究方法发生了重大的方向性转变，即文学研究的人类学转向。文学理论不再局限于传统意义上的文本阐释学范畴，而是将触角延伸到诸如福柯的“话语理论”以及后期进一步发展起来的“批判话语分析理论”、德里达的解构主义、拉康的结构心理分析，尤其是在经历了以美国史蒂芬·格林布拉特为代表的新历史主义之后，最后落在对文化体系和文化实践的关注上，即一方面把文化作为文本来解读，另一方面又同时把文学文本当作文化编码来讨论。于是，身体、感知、记忆、知识、媒介、仪式、情感和书写等一系列文化学意义上的概念进入到文学研究领域，拓宽了文学研究的范围。

以情感理论研究为例。2020 年，《外国文学》编辑部和延边大学外国语学院在延边大学联合召开“情感与文学”全国学术研讨会，就情感理论模式、情感因素在历史与文明中的发展与转换、文学中的情感表现与操控以及情感对于个人身份与文化建构的意义等主题进行了探讨。作为人存在的基本因素同时又是对人的存在进行表达的情感，在历史和文明的进程中，不仅它所指涉的对象发生着变化，而且它本身也因从属于不同的文化价值观而呈现出不同的形态。尤其是近年来，随着精神与身体、理性与感性二元对立观的瓦解，情感研究再度成为国际学术前沿讨论的跨学科、跨领域的研究热点。简言之，对情感进行研究有着对人以及文化的重大建构意义。

综上，本书的主要目的即从情感理论出发，通过分析和研究瑞士当代四部德语小说中的情感模式和叙事策略，在尝试回答“何为瑞士人”和“何为瑞士文学”的基础上，进一步厘清情感理论的内涵和外延，一方面探讨这些作品中的美学和文艺学价值，确切地说在爱与自由这样一对现代爱情叙事的核心矛盾上作家们创作的主人公们会如何选择，在对爱和被爱的渴望上该如何描写，另一方面也为近年来再次成为国内外研究热点的情感理论研究做出一些微薄的贡献。

2.2　叙事策略与瑞士当代德语文学

如果我们把情感表达看作是文学创作的“心”的话，那么叙事策略就可以被视为文学创作的“脑”。情感问题作为一个更具普遍性和令人感兴趣的主题，关于情感的描写更能引起普通读者的共鸣和阅读体验感。从叙事策略的角度来讲，情感问题在小说中的角色就如同一只鱼钩，吸引读者阅读，进而体会到作品中的内核。

情感表达可以汪洋恣肆，但叙事策略必须理性克制。而这种理性克制在叙事作品中一般表现在两个方面：一个是叙事内容，一个是叙事技巧。

在叙事内容上，文学创作本质上书写的是人与人之间、人与物之间以及人与自然之间的关系，探究的是人如何认识世界、如何认识自己以及人在各种关系中处于什么样位置的问题，侧重的是人的想象力和创造力。以瑞士这些德语作家为例，经典作家因为时代的原因热衷于宏大主题和历史叙事，而当代作家则更加偏爱情感问题和文化记忆等主题。虽然这些当代作家在创作的内容和侧重点上可能有所不同，但是在表达情感的技巧和方向上却殊途同归，都是在通过他们的写作在虚构世界中直接或间接地传递着瑞士人的情感观念与人生体验。例如在书写亲密关系尤其是悲剧性的失败爱情方面，瑞士经典作家会把这些主题放到大的历史背景下或者从命运的角度加以考量，而当代作家则没有这么多的道德伦理负担，他们作品中所描写的悲剧性的失败爱情基本上大都与个体的成长和思考有关。例如在《阿格尼丝》这部小说中，两个主要角色即第一人称叙述者和阿格尼丝，都没能成功地在彼此非常亲近和为自己保留自由之间取得平衡，这也是现代爱情叙事方面非常受作家欢迎的一个主题，即个体的自由和两人或多人的亲密关系之间不可调和的矛盾。

叙事技巧与叙事内容相辅相成。从宏观层面来说，有什么样的叙事内容，就会有相应的叙事技巧；从微观层面来说，象征、隐喻、叙述视角变化、语义学、戏剧脸谱、电影手法等技艺无论在文本中呈现出多么繁复的形式，本质上也依然是为叙述内容服务的。同样以这些瑞士当代德语作家的作品为例，如果把这些作品中失败的亲密关系纳入到文化学视野下的情感叙事视角中进行打量，那么就可以说，他们作品中的这些爱情叙事主要是以现代的方式失败的，而且是以不同的方式失败的。他们描写的这些亲密关系问题基本上可以被反映为一个基本问题——目的和手段之间的差异。这也在某种程度上成为了西方现代人的情感困境。换句话说，什么（was）的问题并不是这些作品中主人公们遇到的主要问题，他们遇到的最大问题是如何（wie）的问题，他们不是不渴望亲密关系，而是不知道如何开始以及维护一段亲密关系。例如在《阿格尼丝》中，本应用于更进一步加深两人亲密关系的写作项目最终却导致了她的死亡。《耳朵没有眼睑》这部作品不仅是一部小说，某种程度上也可以被视为一部戏剧剧本。从结构分析的角度来说，它的第一部分和第二部分也可以被看作是戏剧舞台上的两幕剧：第一部分或第一幕是从第一人称叙述者的角度写的，第二部分或第二幕则是从全知型叙述者的视角写的。此外，在推动情节的发展方面：与施塔姆的《阿格尼丝》类似，《耳朵没有眼睑》这部小说也频繁使用倒叙和插叙的叙事手法，这样一种热奈特意义上的叙事策略的"时空倒错"为研究者阐释这些小说提供了更多的阐释空间。此外，在《耳朵没有眼睑》中还出现了直接挑衅读者的叙事策略。在小说开篇不久，作者就直接提前透露了剧情，读者可能会怀疑自己是否还需要继续阅读下去。这样一种叙事策略对于作者来说无疑是一种冒险，换句话说，作者在这里用这种技巧破坏了事件的前瞻性，也打乱了回顾性的时间顺序，但同时又创造了一种即时性，让读者也能够参与到第一人称叙述者的情感状态中。此外，虚构故事中的虚构故事叙事技巧，不仅在《阿格尼丝》和《耳朵没有眼睑》中得以应用，在《百日》和《完美的侍者》中同样也有所体现。

最后，为了体现文学研究的普遍性和特殊性相结合的原则，本书个别地方也会采用一些瑞士本土作家、语言学家、心理学家、思想家和文化学者的观点和理念去分析研究这些作品，例如罗伯特·瓦尔泽（Robert Walser）、马克思·弗里施（Max Frisch）、费尔迪南·德·索绪尔（Ferdinand de Saussure）、卡尔·古斯塔夫·荣格（Carl Gustav Jung）、丹尼斯·德·鲁热蒙（Denis De Rougemont）、彼得·冯·马特（Peter von Matt）等。

第三章　我写，故你在——彼得·施塔姆小说《阿格尼丝》中的爱情叙事[①]

——“阿格尼丝死了。一个故事杀死了她。除了这个故事，
她什么都没有留下。”

① 该分析内容中涉及的作家简介主要源自作家本人创建的个人网页 www.peterstamm.ch，涉及《阿格尼丝》这部作品内容的引用主要基于该版本：STAMM P. Agnes. 14. überarbeitete Auflage［M］. Frankfurt a. M.：Fischer，2013.。采用夹注形式。文中引用的中文译文主要由本人翻译完成，同时参考了宁波大学陈巍老师中文译本中相应的表述，在此表示衷心的感谢。

如果要从瑞士当代德语文学乃至瑞士当代文学中遴选出几位颇具代表性的作家，那么彼得·施塔姆（Peter Stamm）这个名字就一定会位列其中。他以作品中冷峻的语言风格、独特的表达方式以及笔耕不辍的创作态度，不仅在德语区获得了巨大的成功，而且在世界文学舞台上也拥有一定的影响力。

小说《阿格尼丝》（*Agnes*）作为彼得·施塔姆名义上的处女作[①]，甫一问世，便为作者带来了显名，引起了广大读者的阅读兴趣并且收获了文学研究者的如潮好评，先后被翻译成20多种语言文字。小说用细腻的笔触描写了具有普遍意义的全球化视野下西方现代人的情感困境。这样的创作主题以及表现手法一方面与作家对当今时代精神的感悟与把握有关，另一方面也与作家自身的经历有一定的关系。因此，在开始分析这部小说之前，我们有必要对作家本人的人生经历以及该小说的内容做些简单的梳理。

3.1　彼得·施塔姆与《阿格尼丝》

1963年，彼得·施塔姆出生于瑞士图尔高州的魏因费尔登。其父亲为一名书商。在完成了商科（kaufmännische Lehre）教育之后[②]，他也曾短暂地从事过书商工作。1987年，他在苏黎世大学学习了半年英语语言文学之后，又去纽约生活了半年。从纽约回来后，他将学习专业换成了心理学，同时辅修精神病理学和信息学，此外他还经常到不同的精神病院实习。按他自己的解释，换专业是基于他的文学兴趣，他想更多地去了解作为文学对象的人。在意识到自己要将文学创作作为一生的职业后，他又果断中断了心理学的学业。在纽约、巴黎、柏林和伦敦居住多年后，自1990年起，他以自由撰稿人和记者的身份居住在瑞士温特图尔，为瑞士《新苏黎世报》和《每日导报》等重要报纸和电台撰写评论、广播剧、舞台剧本以及儿童文学作品等。1998年，同其他初出茅庐的瑞士德语作家一样，在多次被瑞士本地出版社拒绝后，他的长篇小说《阿格尼丝》在创作完成六年之后终于得以出版，翌年获得奥地利萨尔茨堡劳利泽文学奖，进而逐渐为大众所熟知。施塔姆本人也在不断地反复尝试从事文学活动后终于

---

① 从严格意义上来讲，按照创作时间，《阿格尼丝》并不是彼得·施塔姆创作的第一部小说，而是第四部。但这部小说为作家带来了显名，所以人们习惯于把这部小说视为他的处女作。

② 作为学习教育的第二条路径，施塔姆也参加了瑞士的高中毕业考试 Matura。该考试与德国的九年制文理中学考试 Abitur 相同，类比于国内的高考，因此他也具有上大学的资格。

取得了成功，奠定了他在德语文学界的地位。凭借着这部长篇小说以及 1999 年出版的短篇小说集《薄冰》(*Blitzeis*)，他于 2000 年又获得了德国莱茵高文学奖。同时，《阿格尼丝》这部作品的成功不仅仅局限于文学爱好者和研究者的圈子，该书还被选入德国中小学的阅读教材，并被德国巴符州纳入九年制文理中学毕业考试书目，且被译成二十三种文字，在世界范围内亦产生了一定的影响力。此外，该小说亦于 2016 年由导演约翰内斯·施密特（Johannes Schmid）拍成了同名电影[①]，同样获得了观众的好评。

彼得·施塔姆笔耕不辍，保持着旺盛的创作热情，几乎每年都有新作问世，并获得各类文学奖项。例如，2001 年，他出版了《恍惚的风景》(*Ungefähre Landschaft*)，2006 年又出版了《如此一天》(*An einem Tag wie diesem*)。2009 年，他的作品《七年》(*Sieben Jahre*）问世，他也相继获得了阿雷曼文学奖、博登湖文学奖。2013 年，他出版了个人第五部长篇小说《黑夜即白天》(*Nacht ist der Tag*)，同年该作品获得了布克国际文学奖提名。2014 年，施塔姆出版了短篇小说集《事物的过程》(*Der Lauf der Dinge*）和《逐出天堂》(*Die Vertreibung aus dem Paradies*)，同年荣获荷尔德林文学奖。他又在 2017 年凭借 2016 年出版的小说《田野空旷》(*Weit über das Land*）获得约翰·弗里德里希·冯·科塔文学奖。凭借 2018 年出版的《世界温柔之无所谓》(*Die sanfte Gleichgültigkeit der Welt*)，他终于在多次被提名之后更进一步，获得了瑞士图书奖。近年的创作作品有 2022 年出版的《感情的档案》(*Das Archiv der Gefühle*）和 2023 年最新出版的《在深蓝时刻》(*In einer dunkelblauen Stunde*)，这些作品也获得了观众的热烈反响。除了长篇和短篇小说，彼得·施塔姆还创作叙事散文、广播剧和戏剧。在这些作品中，也依然能看到他一以贯之的对间离式的叙事风格和简洁的表述方式的追求，例如作品内容主要由简短的陈述句组成，几乎没有使用带有修饰性的形容词等。

小说《阿格尼丝》则是对他这种叙事风格和表达技巧的一个真实写照。该小说的情节并不复杂，讲述了一个发生在美国芝加哥的爱情故事，更确切地说描写了一段失败的亲密关系。作为文学书写的主要对象，失败的爱情故事已经几乎被古往今来的作家们写了个遍，并无太多新鲜之处。如果把它作为一个老生常谈的主题的话，那么各个时代的作家都在各显神通，纷纷用自己的笔对这

① 参见 SCHULZ-OJALA J. Die Frühlingszeitlose［N］. Der Tagesspiegel, 2016 (22773): 24.

个主题做出各种各样的尝试。典型的如描写古典爱情失败模型的莎士比亚《罗密欧与朱丽叶》，出于家族和社会伦理，相爱的人不能在一起，只能通过死亡来合题；还有描写现代市民爱情失败特征的歌德《少年维特之烦恼》（*Die Leiden des jungen Werther*），作品中并没有出现例如《罗密欧与朱丽叶》（*Remeo and Juliet*）中的家族对立或者较为严格的伦理阻碍，其爱情失败更多是由于维特的爱没有得到相应的回应，从而由激情（Leidenschaft）演进至痛苦（Leiden），最终酿成悲剧，只能通过死亡来解题。在《阿格尼丝》这部小说中，主人公失败的爱情故事并无太多新奇之处，确切地说更加简单和普通。但与前面提到的那些伟大的作家重点关注失败的原因（warum）或者内容（was）不同，彼得·施塔姆在《阿格尼丝》中做了一个新颖的尝试，或者可以说是一个有趣的实验，他在作品中重点刻画了男女主人公爱情失败的行为和方式（wie），更确切地说，这是一种由写作这种技艺所衍生出来的虚拟与现实不断交织下的爱情叙事。在接下来对小说进行阐释和分析的过程中，他们之间的恋情发展过程也主要是放在写作这种行为的视角下被加以考量。一方面，爱情、死亡、失败的亲密关系和小说中的虚构叙事作为分析的核心主题；另一方面，这个以悲剧结束的爱情故事在不同阶段也呈现出了多视角、多维度接受和分析的潜力和意蕴。

该小说主要以第一人称视角写就。男主人公是一位作品中并未透露具体姓名的瑞士籍专业书籍作家，主要撰写关于美国豪华铁路货车的书籍。在芝加哥逗留期间，他认识了一位叫阿格尼丝的美国年轻女孩，彼时阿格尼丝正在撰写一篇关于晶格对称定律的物理学博士论文。在颇具浪漫主义相遇地点的图书馆，他们开始认识、交往，进而发展了一段亲密关系。但他们的恋爱关系从一开始就伴随着犹豫、迟疑的影子，两人最初都表现得小心谨慎，彼此观望。直到男主人公邀请她一起去一家中餐馆吃过饭后，他们的关系才开始真正地有所突破。饭后，他邀请她到他租住的公寓，她也没有拒绝。他们在一起过了夜。令读者一开始难以理解的是，从未与男性发生过性关系的阿格尼丝却表现得非常开放。

之后两人关系的进展跟普通恋人相比并没有什么不同，约会、聚餐、一起郊游出行……两人都喜欢大自然，在一起游览国家公园时，男主人公第一次非常强烈地感受到他与阿格尼丝之间关系的不同寻常之处。有那么一刻，他的身体虽然与她没有那么接近，但仍然有一种整个身心被她完全填满了的感觉。关于这一点，我们还会在后面的分析中加以详细论述。在一种超越了自身经验的眩晕状态下，他及时地提出了两个人同居的想法，阿格尼丝在短暂犹豫之后，也同意搬进他的公寓。到这里为止，他们之间的关系进展才拉开了真正的帷幕。

随着小说情节的推进，在了解到男主人公正在撰写关于美国豪华铁路专业书籍的职业状态后，阿格尼丝建议把他们两人的恋爱关系写成一个爱情故事。阿格尼丝首先提议他们两人一起写，但是男主人公拒绝了，提出要自己一个人来写，阿格尼丝没做过多的抗争，沉默了片刻，便也同意了。之后，他们的真实恋爱关系与男主人公在以阿格尼丝同名的所描述的爱情故事之间形成了某种平行关系和互文性。他有时会以他在故事中所描述的她的穿着要求她当天穿着这样的衣服来见他，她也同意了这样的游戏设定。只是当他在故事中进一步要求她成为他的妻子时，这种平行关系被打破了。同时，在男主人公现实生活中的梦境里，阿格尼丝拒绝了他的求婚，并表示非常害怕他。

从这个事件开始，他们的关系变得越来越复杂，两人之间的交流也越来越困难，争吵的次数也多了起来。万圣节期间，两人没有一起出游。她去和朋友们一起参加一个万圣节派对游行。而他则接受了一个名叫露易丝的女性朋友邀请，到她的父母家里做客。她是他在与阿格尼丝关系出现问题时在一次聚会上认识的，因为她是一家豪华铁路公司的职员，该公司图书馆里珍藏着一些他撰写专业书籍所需的相关参考资料。他也迫切希望能够找到一些有关豪华铁路货车制造商铂尔曼的信息，毕竟撰写豪华铁路货车的书籍本质上是他的主要工作。虽然他晚上的晚些时候也去观看了万圣节派对，但他在那里没能再见到阿格尼丝。

随着故事的进展，当现实中的阿格尼丝告诉男主人公自己怀孕时，两人之间的争吵达到了高潮。面对这个超出心理预期的突发事件，男主人公的第一反应是拒绝，并暗示她要打掉孩子，同时一再强调，他所书写的故事里的阿格尼丝是不会怀孕的，这进一步模糊了他对于现实与虚拟之间界限的认知。男主人公的态度令阿格尼丝倍感失望，她决定离开他，并从他的公寓里搬了出去。而他并没有做更多的挽留，只是在后面的日子里，不时去她原来居住的地方和上学的路上，只敢暗中接近她，也不敢直接去找她。

阿格尼丝的一位朋友后来给他打电话，告诉他她的身体状况非常不好。他去看望她时，才得知她的孩子流产了，或者用阿格尼丝的表述，她失去了“他们”的孩子。虽然没有得到他特别具体的道歉以及象征意义上的和解，但她还是回到了他的身边。与此同时，男主人公还在继续撰写着他的爱情故事。在虚拟的故事中，阿格尼丝生下了他们的孩子——一个被称为玛格丽特的女孩。为了这个故事中虚拟的玛格丽特，他们在现实中买了孩子用的衣服和玩具，但当他们回到家时，阿格尼丝的情绪又突然失控，边哭边扯破了所有的东西，然后把它们扔到了垃圾桶里。

在圣诞节之际，两人去男主人公租住的公寓楼屋顶露台上观赏星星。因为阿格尼丝穿得单薄，所以感染了风寒，需要卧床静养。这个时候在两人之间出现了关于他们虚构故事进展的一个争论，涉及上次风波之后到底是谁离开了谁，而谁又回到了谁的身边。紧接着，阿格尼丝感冒又进一步加重，身体也一直没有好转，两个人在公寓里又经常相对无言，男主人公的情绪也不太好。她建议他去散散步或者去图书馆分散一下注意力，他接受了这个提议。在图书馆，他又碰到了露易丝，露易丝和她的父母也热情邀请他和阿格尼丝一起参加他们的除夕派对。在跟阿格尼丝提到这个邀请并表露出他对她身体还未康复的顾虑时，阿格尼丝建议他一个人去，不用担心她，同时她会在午夜十二点也就是除夕夜辞旧迎新时等他打回来电话。然而，他在十一点就打过去了电话，阿格尼丝表露出了失望的情绪，因为他打早了，没有遵守十二点时打电话的承诺。之后他沉浸在露易丝对他的缠绵中，想起要再给她打电话时，已经过了十二点。当他拒绝了露易丝的进一步挽留，并最终展现出对阿格尼丝的责任意识要回家时，回家的时间已经比阿格尼丝预期的晚得多了。回到家后，她却已经不在家里，消失得无影无踪了。

比较耐人寻味的是，男主人公在为他的虚拟故事选择结尾时，遇到了一个难题。很明显，他为由他一个人执笔的故事设计了两个不同的结局：一个是积极的，一个是消极的。在积极的合家欢大结局中，他们一家三口幸福地生活在一起。当他把这个结局读给阿格尼丝听时，阿格尼丝并没有表现出太多的认可，反而不太喜欢。在消极的悲伤结局中，阿格尼丝一个人离家出走，乘上火车去远方，然后躺在雪地上死去。但他对她却保了密，没有提前展示给她看。当他没能从除夕夜庆祝活动及时赶回家，而是与露易丝共度半宿时，在这个由于第一人称叙述者视角所限而造成的平行时间内，阿格尼丝在公寓里究竟做了些什么就给读者留下了非常大的想象空间。从他归来后桌子上他的电脑屏幕被打开着的这个场景，小说也暗示了阿格尼丝读到了第二个结局。在读完这个结局之后，阿格尼丝离开了家，走进冰天雪地，躺在雪地上，然后死于寒冷之中，或者更确切地说，死在了男主人公撰写的这个虚拟故事的情节描写中。

通过这个虚拟故事中的死亡结局，小说在叙事策略上实现了一个完美的闭环。这个结局呼应了小说的开头，即第一人称叙述者描述了他所创作的女主人公阿格尼丝和他创作的故事一起死了。因此，在某种程度上，读者最终面临的问题是，阿格尼丝在多大程度上是一个“真实”的小说人物，或者她只是存在于第一人称叙述者脑海中的一个形象，并未与他在现实中发生过一段真正的爱情故事。

3.2 我写，故你在

爱情故事，自古以来便是作家们最喜爱的创作题材之一，也是人类一个永恒的话题。《阿格尼丝》这部小说就是基于这样一个主题写就，不过与传统的爱情叙事题材有些不同的是，施塔姆在这部小说中做了一个实验，甚至可以说设计了一个关于爱情、死亡与写作的游戏。女主人公不是死于传统爱情叙事里面的必然，例如命运，表现形式如战争与家族冲突，也不是死于现代爱情叙事里面的偶然，例如突发事件，表现形式如车祸与疾病，而是死于当代爱情故事里面一场关于写作的实践，从而使得小说的第一句话“阿格尼丝死了，一个故事杀死了她”（1）更像是一个故事的结束，而不是一个故事的开始。

翻开作品，《阿格尼丝》的扉页上赫然印着英国诗人济慈的著名诗篇《圣阿格尼丝前夜》中的诗句：“圣女阿格尼丝！呵，这是圣女阿格尼丝的前夜，有人尚且要在神圣的日子里谋杀。”[①]通过这样一个巧妙的引用，施塔姆瞬间将死亡的气息带入了即将呈现在读者面前的这部小说。约翰·济慈，这位 25 岁就离开了人世的英国浪漫派诗人，不仅其作品《圣阿格尼丝前夜》为小说《阿格尼丝》带来了死亡的气息，其作家身份以及年纪轻轻便也辞世的令人唏嘘的身世也为阿格尼丝的死亡营造了一层神秘的氛围，也即，圣阿格尼丝、阿格尼丝、济慈都有一个共同点：他们都是在年纪轻轻的时候就死去了。而且济慈的墓志铭上还写有这样的句子：Here lies one whose name was written in water.（此地长眠者，声名水上书）。因此，施塔姆很明显也在尝试进一步通过济慈的作家身份，与本已是虚拟故事的文学作品中再虚拟创作一个故事的写作策略建立

---

① 关于济慈《圣阿格尼丝前夜》中死亡与爱情之间关系的解读可以参阅卢炜.《圣阿格尼丝之夜》的两种文学解读：兼论济慈诗歌文本阐释的边界［J］. 外国文学，2017（3）：18-26.

一个或明或暗的链接。

有鉴于此，我们有必要重新审视一下这部小说的开篇之句，即作者在描写男主人公与阿格尼丝不同寻常的恋情故事的开始便给出了她的死亡说明和相应的提示："阿格尼丝死了。一个故事杀死了她。除了这个故事，她什么都没有留下。"（1）这个句子一方面宣告了他们爱情关系的失败，另一方面却悖论性地表达了文学现实的胜利。也即，他们的亲密关系虽然以失败告终，但是描写他们亲密关系的虚拟故事却获得了新生，更确切地说，是故事中的阿格尼丝获得了永生。这也从一开始就清楚地表明，小说的情节中包含了一个虚构的故事，同时对情节的发展起到了决定性的作用，而小说本身情节的进展又是虚构的。这个时候，一系列问题就开始浮现出来：为什么作者让男主人公在一个本是虚构的故事中书写另一个虚构的故事？这个写作项目是如何运行的？在写作过程中发生了什么？男主人公如何"写作"，以及是如何导致女主人公一步步走向死亡的？在下面的章节中，通过详细的文本分析，我们将尝试回答有关写作这样一种文化技艺在他们亲密关系发展过程中的这一系列重要问题。

3.2.1 "一见钟情"抑或"命中注定"

如果采用结构分析的方法，那么这部小说的情节发展很明显可以分为两个阶段，或者更确切地说，可以分为两个层次：一个是位于表层的爱情关系描写，另一个则是位于深层的在写作与被写作之间形成的支配关系，也即用各种意象、隐喻和象征符号所串起来的一张把阿格尼丝围在其中的网状结构。

小说的第一个阶段或者说第一个层次揭示了他们之间关系的开始和结束：两人的关系始于他们在图书馆的第一次见面，终于阿格尼丝从男主人公公寓出走后的神秘失踪。在这个阶段，他们的恋情发展也基本符合一般的失败爱情故事叙述的节奏：在图书馆初次会面—逐渐了解—开始同居生活—男主人公执笔书写关于他们爱情的故事—由于阿格尼丝意外怀孕而产生冲突—问题表面上暂时解决—再次爆发危机—关系彻底结束——小说娓娓道着他们亲密关系的起承转合。至于在小说最后阿格尼丝是否去了秋天两人一起去过一次的国家公园，并按照男主人公为她安排的结局，即在除夕夜的严寒中冻死了，在这一点上，小说保留了一个开放性的结尾。

小说情节的第二阶段或者说第二个层次的接受和分析主要是通过各种主题的描写被一一揭示出来，这些主题像绵绵密密的细线一样被编织进情节框架中，赋予了故事特殊的深度和广度。例如，其中主要的关键词有：寒冷、窗玻璃、恐惧、沉默、死亡、虚构故事中的虚构故事等。

小说从一开始，就有三个主题表现得非常明显并贯穿了整部小说，无论是真实意义上的还是比喻意义上的。一方面是寒冷与雪的意象："我们见面的时候很冷。城市里几乎总是很冷。但现在天气更冷了，下雪了。"（9）小说的最后部分再次描写到雪以及在这个语境下两人之间关系的隔离状态："阿格尼丝没有回来，我整日整夜地等她。中午时分雪停了，但几个小时前又再次开始下起来。电话曾经响过一回。我没有去接听，在应答器开始回复来电之前，铃声停止了。"（153）另一方面，对具有多层隐喻含义的窗户的描写也非常引人注目："就是在这个房间里，我曾和阿格尼丝一起住过，时间不长。我们一度曾把这里当作家。但现在，阿格尼丝已经走了，这个房间变得让我感到陌生，无法忍受。只有一厘米厚的玻璃将我与阿格尼丝隔开，只有一步之遥。但窗户却无法打开。"（9）窗户这个物体具有特殊的象征意义。通过它，人们能够看到对方却又不能真实触碰到对方的存在。更进一步讲，窗户在人与人之间的关系中起着重要作用，就像一扇可以通往心灵的门，无法打开也就隐喻了横亘在两个主体之间的真实障碍。更具典型意义的是，在两人关系出现突破性进展也即两人第一次发生关系后，窗户的意象又立刻浮现出来："她打开了一旁的下翻窗，一只手塞进了窄窄的缝隙中。我们一起端详着这只手，如同被切断了一样在外面移动着。"（26）如同研究者张丽所分析的那样："下翻窗的打开，一方面显示阿格尼丝对外在世界及美好事物的内在诉求，另一面也说明她曾试图打破"我"那扇封闭的心门之窗。而下翻窗与落地窗的位置及大小对比，则暗指阿格尼丝在两人关系中处于从属和被支配的地位。"①就这方面而言，作者从一开始就暗示，他们两人之间的关系走向并不明朗，并将发生命运般的转折。此外，恐惧、害怕和担忧的主题在小说中也同样具有特殊的穿针引线的功能。在阿格尼丝彻底离开他之后，男主人公去楼下小店取啤酒，那个售货员一方面调侃着阿格尼丝的离去，另一方面在劝慰男主人公时也流露出对女人和感情的无所谓态度。这个场景令男主人公想起了阿格尼丝之前对这个售货员的感受：

① 张丽. 解读"窗户"在彼得·施塔姆作品《阿格尼丝》中的象征含义［J］. 青年文学家，2014（17）：120.

> 阿格尼丝不喜欢这个售货员，她不知道为什么。她说，他令她害怕，当我嘲笑她时，她便跟着笑了。他令她害怕，就像那些无法打开的窗户，夜里空调的嗡嗡声，以及一天下午在我们卧室窗前漂浮在缆车上的窗户清洁工。她不喜欢这个房间，这栋楼房，尤其是整个主城区。我们开始还笑这些，后来她就不再谈论这些了。但我注意到，恐惧依然一直在那里，而且越变越大，以致大到了阿格尼丝不再能够谈论它的地步。她愈害怕，就对我愈加依赖。恰恰是我。（11-12）

除了小说开篇提到的上面三个主题之外，作为男主人公与阿格尼丝之间交流遇到的最大障碍——沉默的问题也开始凸显出来。或者某种程度上也可以说，正是由于沉默这个问题的存在，才进一步激发了两个人开始创作虚构故事中的虚构故事这样一个动力，两个人的潜意识里都期望着通过虚拟书写他们之间的关系来作为他们在真实关系中交流不畅的一个代偿。例如，在他们关系发展的过程中，沉默这个主题总是在小说的关键时刻一次又一次地出现。首先，他们的沉默当然可以用他们两人在小说中着墨不多的个人简介来加以解释。男主人公第一次在图书馆注意到阿格尼丝时就提到他不认识这个地方的任何人，也没有可以更亲近的人，并表示“有那么几次我爱上了一张面孔，但我学会了在这些感觉成为威胁之前回避它们。我经历过若干次失败的交往，虽然没有决定，但此刻已勉强接受了单身生活”（14-15）。一方面，他之前亲密关系的失败经历使他暂时接受了单身生活。但另一方面颇值得进一步深究的是，他爱上的是一张脸[①]，而不是一个具体的人。也就是说，他一方面渴望交流，渴望与人建立联系，但另一方面，他又没有与一个完整的、具体的人进行交流的能力，喜欢的只能是颇具面具或者脸谱意味的片面的、静态的面孔。此外，阿格尼丝在他们相识之初也自我介绍道：“我不是一个非常善于社交的人。”（20）她住在城市的郊区，与这座城市中的其他人几乎没有任何联系。她每周只与三位小提琴

① 汉娜·巴德（Hannah Baader）在研究脸与情绪表达之间的关系时认为：“脸被认为是表达情绪的具有特权性质的场所……通过它的开启，它已经进入到身体肉体内部的一个地方，它看起来像是一个使‘内部’和‘外部’之间交换的膜，无论其构想如何……然而，最近的研究揭示出一个令人沮丧的事实，即至少在西方文化中，情绪的‘感觉’基本上取决于能够在脸上表达它们的可能性。如果你不能在你的身体里刻下一种感觉，即你不能用你的身体把它传达给别人，你往往就感觉不到它，正如精神病学家乔纳森科尔所认为的那样。”参见 BAADER H. Das Gesicht als Ort der Gefühle［J］. Jahrbuch für Frauenforschung, 2002 (7): 222-223.

手朋友会面，一起演奏音乐。她与她的父母也几乎没有联系，如她所表达的那样："她是在芝加哥长大的。父亲在几年前退休了，父母搬到了佛罗里达，把她一个人撂下。"（20）从这些描述中就已经可以推断出，这部小说描写的是两个本身就与外界没有太多联系的孤独主体在一个寒冷的城市相遇的故事，沉默是他们自身所携带的挥之不去的属性。同时，如上文所分析的那样，"寒冷"这个特征既要从真实意义上理解，也要从比喻意义上理解。它既表达了气象的寒冷，又表达了人际关系中的寒冷。他们囿于自身的沉默之中，别人对他们也是沉默以对。因为除了两个主角之外，小说中再没有出现其他的与他们建立真正关系的角色，或者更确切地说，他们没有去主动靠近别人，也没有其他人靠近他们。两个孤独主体的相遇、相爱与其说是"一见钟情"，不如说是"命中注定"。如同卡特琳・维默（Kathrin Wimmer）在她的研究中所强调的那样："首先，气象冷指的是人际情感冷漠的现象。冰雪成为人物灵魂景观的象征。人际关系的冷漠和对雪的隐喻已经在施塔姆的处女作《阿格尼丝》中扮演了重要的角色。"①

此外，"死亡"作为爱情叙事中几乎不可或缺的一个主题，在该小说中也同样扮演着重要的角色。除了小说开篇提到的"一则故事杀死了阿格尼丝"这样抽象的文学式隐喻，在他们第一次在中餐馆约会之前，具体可感的"死亡"主题就已经出现。在餐厅门口，男主人公先看到一个和阿格尼丝同龄的女人躺在人行道上，他打电话呼叫了救护车。等救护车赶到时，阿格尼丝也来到餐厅门口。男主人公跟救护员介绍是自己先发现这个女人的。简单检查之后，救护车司机给这个女人下了结论："死了……她达到了目的。"（23）出乎意料的是，在整个过程中，阿格尼丝就在旁边站着看着，没有提任何问题，周边也是静静围观的人群。在男主人公和阿格尼丝用餐一开始，他们之间并没有出现关于那个死去女人的对话，或者说，两个人都在刻意选择回避这个话题。两个人的用餐进行得相当安静，同时，第一人称叙述者也可以明显察觉到阿格尼丝的紧张，直到阿格尼丝突然表示："我害怕死亡。"（23）过了一会儿，她又明确了一下，

① Wimmer K. Angst vor dem Tod und Sehnsucht nach der Spur: Schnee, Schrift und Fotografie als paradoxe Erinnerungsstrategien in Peter Stamms Agnes, Ungefähre Landschaft und An einem Tag wie diesem［J］// BARTL A, KLINGE A (Hrsg.). Transitkunst:Studien zur Literatur 1890-2010［M］. Bamberg: University of Bamberg Press, 2012: 310.

她不是怕死（Sterben）的过程，而是怕死（Tod）[①]的结果："很简单，因为那样一切都结束了。"（24）男主人公表达了自己对死亡不屑一顾和毫无畏惧的态度，而阿格尼丝则完全不能理解他对待死亡的这种态度："如果有人先死了呢，会怎么样？在他感到累了之前……在他还没有找到安宁的情况下？"（24）男主人公则直接回避了她的这个问题，搪塞地说："我还远远没有准备好。"（24）

然后沉默再次出现，仿佛在有意掩盖或者替代两人之间的对话。之后，阿格尼丝跟着男主人公回到了他的公寓。阿格尼丝之前从未与任何男人发生过性关系，两人发生关系的第一夜也完全没有色欲的成分，没有任何激情。一切都发生得很快，几乎是自动进行的，而且是在灯光下发生的，就好像两人在进行必要的仪式一样。当阿格尼丝试图在黎明时分打开窗户时，却由于空调卡在了窗户那里，所以未能打开这扇窗户。为了避免谈到这个尴尬场景，他们都保持了沉默。当他说他几乎都可以当她的父亲[②]时，她首先回答说："但你不是。"（26）然后继续问："你相信死后的生命吗？"（26）他通过闪烁其词地提到某种永生的观点来驳斥她的这些问题："不相信……即使继续下去，不管怎样，一切也都失去了意义。"（26）正是在这一点上，阿格尼丝澄清了她的疑问："这就是你写书的原因吗？因为你没有孩子？"而他也试着把自己从这个讨论中给拉出来："恰恰相反，我不想留下任何痕迹。我不想永生。"（28）而阿格尼丝却想留下自己的印记。关于孩子的讨论和痕迹的争论在后面的分析中也都会再次出现，同时，这也是他们第一次提到写作的主题以及写作的意义。此外，前面已经分析过的"寒冷""窗户""恐惧"这三个主题与"沉默"和"死亡"一起，也会再次在小说中次第出现，并逐步伴随着小说中他们真实的恋情进展以及男主人公所创作的虚拟故事中他们恋情的进展而不断发生着变化。

3.2.2　虚构故事中的虚构故事

在叙事策略和情节架构这一点上，小说《阿格尼丝》将虚构故事"融入"

① 作者在这里表达死亡时，用了"Sterben"这样一个表达动作的动名词和"Tod"这样一个表达状态的名词做对比，进一步表明了阿格尼丝对待死亡的态度和相应的心理变化。

② 颇值得思考的是，在瑞士当代德语文学大师马克斯·弗里施的小说《能干的法贝尔》（*Homo Faber*）中，未被男主人公认出的亲生女儿最后悲惨地死去，与彼得·施塔姆这部作品中描写的"父亲情结"构思有着异曲同工之妙：一个年龄近似于父亲的角色与一个年龄近似于女儿的角色恋爱，且最终的结局都是由于男性的原因而导致女性死亡。不同的是，《阿格尼丝》中只是类比于父女，而《能干的法贝尔》中描写的则是亲生父女，进而涉及更深层次的伦理问题。

到虚构故事中，这是一种非常巧妙的文学技巧，这也为进一步、更深入的接受和分析打开了大门。对于这样一种创作手法对情节的促进作用，莫妮卡·塞切帕尼亚克（Monika Szeczepaniak）通过研究发现，这意味着形成了两条平行的真实和虚拟部分又同时重叠交织的叙事链①。同时，这样一种创作手法还触发了对于写作本身的反思过程，即写作对作者意味着什么？对读者又有什么影响？针对这一点，桑德罗·萨内蒂（Sandro Zanetti）在论文选集《写作作为一种文化技术》的序言中写道：

> 在新的中小学科目德语中，模仿原则不再像在拉丁语课堂上那样被摆放在写作项目上，而是引导着学生自己去用书面写作表达观点。然而，自那以后，“创造自治的机制”则以可能的欺骗为代价：教学指导提倡了这样一种暗示，即写作是一种行为，从中可以产生一些完全独特的结果。②

对应到小说的情节中，原本是阿格尼丝而不是男主人公主动要求来写一个关于他们两个人的虚构爱情故事，这样一个倡议唤起了他的文学创作兴趣。他之前虽然从事过文学创作，但是并未取得什么成功。同时，阿格尼丝也给他展示了一下自己之前创作的一个储存在电脑里的故事。电脑这样一种新的书写和存储媒介对于小说情节的发展和走向也起到了决定性的作用，我们将在接下来的分析中细致地论述这一点。作为一个物理学博士生，阿格尼丝也知道自己没有文学创作才华。她自己写的故事用词简单，表意肤浅，语义晦涩。但比较奇特又颇具表现力和想象力的是，她的故事讲述了一个与第一人称叙述者非常接近的男人的恋爱情形，他在不停地填充她，甚至把她填满到她不再认出自己的程度。当阿格尼丝向男主人公展示这个故事并请他评价时，他愤愤不平地回应并解释说：“看，你不可能坐下来在一个星期内写出一本长篇小说。我也不写

① 参见 SZCZEPANIAK M. Begehren und Erzählen in Peter Stamms Roman Agnes［J］. Roczniki Humanistyczne Tom LXIV, 2016 (5): 179. 同时，按照莫妮卡·塞切帕尼亚克的观点，由于小说中又内嵌了一个虚构故事，所以小说获得了令人称赞的元虚构维度，叙事场域因现实与虚构之间的张力而变得更加丰富多彩。

② ZANETTI S (Hrsg.). Schreiben als Kulturtechnik—Grundlagentexte［M］. Berlin: Suhrkamp, 2012: 9-10. 这里还有必要指出，小说《阿格尼丝》在 2014 年至 2018 年被用作德国巴登–符腾堡州九年制文理中学高中毕业考试的材料（Abituraufgabe），通过一个内嵌虚构故事的虚构故事作为指挥棒来引导中学生阅读和写作，无疑也为从书写技术角度来分析这部小说提供了进一步的视角。

计算机程序。”（42）当阿格尼丝试图为她创作的这个短篇故事辩解时，他又直截了当地说：“我无法评论他们……我不想这么做。我不是作家。”（42-43）从这样的表述里，可以看出男主人公对待文学创作还是有自己的原则和见地，认为文学创作并不是简单的一蹴而就的事情，但他的过度反应则很明显伤害到了阿格尼丝，尤其是打击了她的创作热情。尽管她最初为自己的创作辩护了一下，但最终还是对男主人公持续的消极态度保持了沉默，同时从电脑里删除了她创作的故事。然而，颇具讽刺意味的是，男主人公暗地里却又承认她的故事写得比他的更好：“我不假思索地随口说了一会儿，自己也相信自己所说的，早就与这个故事没有任何关系了。也许这故事真的不怎么好，但肯定比我近十年来写的任何东西都要好。”（43）①同时他对阿格尼丝一起创作故事的建议也做出了非常果断的拒绝：“不，……不是我们。我来写这个故事。”（50）这种毫不含糊、同时也是对共同创作项目的拒绝态度，表明了他不想失去对两人关系发展的控制。这也就意味着，除了真正的文学意义上的阿格尼丝之外，小说中作为作者的男主人公还“唤醒”了一个虚构的阿格尼丝，他试图将生活在他身边的人都置于他的控制之下②。这也同时再一次呼应了前面两人之间的对话，写作是一个冒险行为，男主人公无法控制后面会发生些什么：“‘写一个关于我的

① 按照沃尔夫冈·舍梅尔（Wolfgang Schömel）的观点，电脑里这个情节的设计是基于第一人称叙述者也是“阿格尼丝自己想象出的一个明显糟糕的亡魂”这一事实。他可能恢复了阿格尼丝在电脑里删除的故事，并以它为框架写成了自己的故事。无论如何，由于涉及计算机辅助书写技术，因此与写在纸上的文字相比，计算机中留下的痕迹永远不会消失，通过硬盘复原，完全可以找回之前删除的内容。这也就为通过虚拟与现实、写作与技术等角度对该小说进行进一步阐释赋予了更多的维度。从这个角度也可以说，虽然阿格尼丝提议共同创作的诉求被男主人公拒绝了，但本质上最终还是两人共同创作了这个故事。阿格尼丝提供了故事的骨干，男主人公填上了血肉。此外，作者在这里又设计了一个迷局，男主人公这个角色到底存在与否，是否是阿格尼丝自己想象出来的一个明显糟糕的亡魂，也开始变得令人起疑了。参见 SCHÖMEL W. „Die Frauen lieben die Männer nicht.“ Aber sie lassen sie Liebesgeschichten schreiben. Peter Stamms Roman Agnes［J］//SOLTE-GRESSER C, EMMERICH W, JÄGER H W (Hrsg.). Liebe in Texten von der Antike bis zum Cyberspace［M］. Bremen:Edition Lumière, 2005: 350.

② 针对虚构故事中阿格尼丝形象的再创造以及两人现实生活中亲密关系的持续时间，因为它们都刚好持续了九个月，类比于怀胎生育的这样一个过程，凯特琳·维默（Kathrin Wimmer）对此做出了精彩的阐释：“真正的阿格尼丝是作为头胎受孕和重生的形象出现的。值得注意的是，两人之间的关系也持续了整整九个月——但最终不是阿格尼丝的出生，而是她的死亡和一个艺术家的诞生。与古老的皮格马利翁神话类似，艺术家（或这里：第一人称叙述者）在他的形象中创造了一个阿格尼丝。”同 Wimmer K. 317.

故事吧，'她随后说，'这样我就能知道你对我的看法了。''我不知道会出现什么样的结果。'我说，'我无法控制。也许我们俩都会失望。''我愿承受这个冒险。'阿格尼丝说，'你只管写就是了。'"(50)而对于另外一名研究者莫妮卡·塞切帕尼亚克来说，阿格尼丝的形象从他们决定创作时便开始分裂或者开始"奥伏赫变"[①]，因为它同时出现在两个功能选项中：作为真实关系中的伴侣试图干预男主人公的叙事并纠正它，以及作为被创作出来的虚拟角色来进一步影响现实中的人物形象，她被用来同时展示如何构建关于爱情的叙事以及对读者的期望[②]。对此，埃雅·萨科娃（Aiya Sakova）在她的研究中也着重指出：

> 所以，在小说《阿格尼丝》中又写了一个叫作《阿格尼丝》的故事，一个虚构故事中的虚构故事。这个虚构故事开始对两个主要角色获得越来越大的影响力和权力，因此不仅影响而且决定了他们的生活。这是一个悲惨的故事，一个与书面文字力量有关的悲惨游戏。[③]

男主人公正在撰写的虚构爱情故事最初是作为两人之间交流的替代品[④]——在与文本中一再出现的沉默对抗中——同时寄望于将他们的关系提升到一个新的水平。莫妮卡·塞切帕尼亚克在评论男主人公的性格特点时也指出："他相信，当他创作到现在并且可以继续规划共同的未来时，他在刻画爱情故事方面可以获得无可争议的自由，这几乎是一种创造的力量。他的专制型叙事姿态也在这一刻被表达了出来。"[⑤]如同小说中所描绘的那样：

---

① 德语词 aufheben，国内有人将之译为扬弃，但不能完整表达该词内涵，因为该词在去其糟粕留其精华的意思之外，还有进一步升华的意思。为方便理解，此处采用钱钟书先生在《管锥编》中对该词的音译名称"奥伏赫变"。

② 同 SZCZEPANIAK M. 179.

③ SAKOVA A. Die Geschichte spielt sich im Kopf ab [J] //PORMEISTER E, GRAUIBNER H (Hrsg.). Tradition und Moderne in der Literatur der Schweiz im 20. Jahrhundert. Beiträge zur Internationalen Konferenz zur deutschsprachigen Literatur der Schweiz, 26. bis 27. September 2007 [M]. Tartu: Humaniora:Germanistica 4, 2008: 158-159.

④ 在对阿格尼丝这个女主人公的阐释中，沃尔夫冈·舍梅尔将她描述为处于根本上的自我封闭和痴迷的迂腐状态之中："她面对的是一个'恋爱着的第一人称叙述者'。阿格尼丝'希望书面爱情故事在现实中能带来阿格尼丝缺席的强烈奉献功能'。因此，这种方法并非没有问题，因为它将情节更多地集中在第一人称叙述者身上，并对阿格尼丝施加了相对紧密的心理图谱，并没有阐明她在情节过程中的发展。"同 SCHÖMEL W. 344.

⑤ 同 SZCZEPANIAK M. 180.

现在阿格尼丝是我的创造物。我的感受好像新产生的自由使我的想象力插上了翅膀。我规划着她的未来，就像父亲规划女儿的未来一样。她将会撰写出一篇卓越的博士论文，并在大学里获得成功。我们将幸福地生活在一起。我已经预感到，阿格尼丝会在我故事里的某个时刻觉醒，然后没有任何计划可以阻止她走自己的路。我知道，如果这个故事能有些什么用的话，那就是这一刻注定会到来，所以我急切地等待它，期待它，但同时又害怕它。(62-63)

自从男主人公开始撰写关于阿格尼丝的故事以来，他们的关系一直进展得很平静。但与此同时，故事内容又总是会引起两人在涉及过去的事件到底是什么情形时的争论。这就涉及一个写作过程中经历、记忆、存储与复原的问题，例如男主人公认为他们两人的关系在一开始是自然发生的，而她则认为有他主动追求的成分在里面。回到对写作类型以及写作过程进行分析的层面上，这就涉及所有角色都需要面对的一个问题，例如，与传统的文学作品相比，由于新闻报道的目的性和标的性，记者无论报道何种类型的事件都必须决定在他们的报道中需要包括哪些方面，以及由于发表文章时篇幅有限而需要省略哪些方面。而在文学作品的创作过程中，恰恰由于文学创作的泛目的性、不确定性以及近现代文学中比较常见的开放性结尾特点，尤其是在浪漫派之后，文学功用在“有趣与无趣”主旨下的审美转向导致作家在重建已经经历过的事件时会遇到更加复杂的问题。因为你很难去区分哪些事情需要记录，哪些事情需要省略。有可能你觉得需要省略的微小事件却往往推动了情节朝着完全相反的方向前进。同时，在结构主义和接受美学的分析框架下，作家创作完作品之后，他本人也立刻丧失了对作品的控制力，也变成了一个阅读者或者文本阐释者，这也就是文学作品创作和阅读的魅力所在①。最终，这所有的问题都指向了一个终极的写作问题，即现实作为整体是否可以被抓住，或者是否只能捕捉到现实中的一些片段？而这些记忆片段是否又具备内在的关联性？

例如，当阿格尼丝因为男主人公提到了她脆弱的一面而抱怨这个关于她的故事开头时，男主人公的反应则颇为激烈，甚至有些愤愤不平的意味：“好

① 关于作者与读者之间的逻辑关系，可以参考法国作家布朗肖的作品《文学空间》、罗兰·巴特的《S/Z》以及德国文学史专家姚斯《文学史对文学研究的挑战》(*Literaturgeschichte als Provokation der Literaturwissenschaft*)等作品。

吧……你将从我的头上重生，就像雅典娜从宙斯的头上重生一样，智慧，美丽，难以接近。"(54)而阿格尼丝则马上缓和了他的情绪:"'我不想令人难以接近。'阿格尼丝说着，同时吻了我的嘴唇。"（54）在这个创作过程中，或者更确切地说，在满足了男主人公创作欲、控制欲的前提下，男主人公几乎将阿格尼丝视为一个研究对象，他在其中研究、分析、打磨了她行为的每一帧图像。因此，在某种意义上，阿格尼丝成为了他的创造物，同时她是以一种完全冒险且不能自己的方式进入到他书写的故事中去，且不知道未来会是怎样的走向。另一方面，阿格尼丝似乎没有察觉到她的客体角色，因为"阿格尼丝似乎注意到我在看她，但她什么也没说。我想她对此感到高兴。也许她会以微笑回应我惊奇的目光，但并没有沾沾自喜"（62），这也为后面两人冲突爆发时就写作问题而产生争论埋下了伏笔。

起初，在小说描写的现实生活以及男主人公的文学实践中，一切都并行不悖，进展得非常顺利。但是随着故事的进展，虚拟的文学实践开始失控，逐渐进入到现实生活并进一步影响到他们的日常生活。例如，男主人公有一天突然要求阿格尼丝穿着蓝色短裙来找他，因为他在故事中是这样写的。而她只是表现了短暂的迟疑，尽管当天的天气多雨阴冷，但她后面也的确穿着蓝色短裙来到了他的公寓，同时她说："命令就是命令。"（64）也正是因为这次实验，导致她患上了感冒[①]，从而为他们关系走向的变化提前埋下了一个疾病隐喻。紧接着，在他创作的故事里面，他又建议阿格尼丝搬到他这里一起生活，同时在她尚未清楚表达自己的观点之前就揣摩她的心思，并尝试回答：

> 但阿格尼丝无动于衷，我继续读道："阿格尼丝背靠着我，我吻着她的脖颈。关于这一刻我思考了很久，但是等我想说的时候，却又全忘记了。我只是说：'你想搬到我这儿来吗？'"我停下来，等待着，注视着阿格尼丝。她一言不发。"你觉得呢？"我问道。"她说了什么？"她问。我继续读下去："阿格尼丝起身，注视着我的脸。'你真的这么想？'她问。'当然了。'我说，'我早就想问你了。但我想［……］你那么独立［……］'"（65）

① 德语词的感冒 Erkältung 词干是 kalt，kalt 这个词除了可以表达天气寒冷之外，还可以引申到人与人之间关系的冷漠。因此，感冒这个多次出现的疾病隐喻在他们两人亲密关系的进一步发展中也发挥着重要的作用。

而在具体的现实中，她想了想，反问道："你认为这合适吗？"（65）虽然虚构故事中和现实中的阿格尼丝都表达了犹豫的语气，但表述内容侧重点的不同还是能清晰地表明男主人公对现实中的阿格尼丝完全不了解，他在创作故事、设计问题时更多地还是从自己的角度出发，而真实的阿格尼丝则现实得多，考虑得也更多。另一方面，这样的虚构故事实践也带来了负面后果。在阿格尼丝答应接受他的同居提议后，他们决定浪漫一下，也即给他们的浪漫决定做一个"蹩脚"的注脚——一起去屋顶看星星。但实际上外面正在下雨，他们非但没能看到星星，阿格尼丝还因为身着他要求她穿的蓝色短裙而感冒了。

"我们的生活平静如水，我们的日子就像彼此一样，我们都很满意。我们很快就习惯了彼此。我负责绝大部分家务，为阿格尼丝做饭，替她洗衣服。写作有时候退居次席。我对收集那本铁路图书的资料没有太多兴趣。"（67）这段话本应传达了他们看似平静的幸福，实际上却已经预示着灾难的逼近。这种相互适应、习惯的结果首先是男主人公几乎没有办法继续往下创作故事，或者可以说，平淡如水的生活完全激发不起他的创造激情。"故事"需要冲突，现代语义学意义上的"故事"不需要幸福，失败的爱情故事才更有吸引力，所以用他自己的表述便是需要发生些什么才行：

> "必须发生一些事情才能使故事更有趣。"我最后对阿格尼丝说。"你现在不幸福吗，就像我们现在所拥有的？""幸福。"我说，"但是幸福编不出好的故事。幸福是无法描写的。它像雾，像烟，透明且转瞬即逝。你曾见过擅长画烟雾的画家吗？"（68）

他同时也意识到，如果他继续把这个虚构的故事写下去，这种平静如水、波澜不惊、索然无趣的生活日常就会被打破，他们的关系会继续充满生机，而他自己也会在未来作为故事中一个虚构的人而存在并得以重生。有一天，两人在一家博物馆里发现了法国画家乔治·修拉（Georges Seurat）的一幅画，他是点画主义（Pointillism）最重要的代表人物之一。这张画作描绘了一个星期天下午河岸风光的场景[①]。点画主义绘画的非凡之处在于，当近距离观察时，它们

① 该画作全名为《大碗岛的星期天下午》，是新印象主义典型的代表作，也是一幅在世界美术史上具有纪念碑式意义的油画作品。值得一提的是，由上海译文出版社出版的陈巍老师翻译的《阿格尼丝》中文版选用了这幅画作为封面。

会被分解为“小点的海洋”，如小说中描写的那样：“轮廓模糊起来，表面相互交织在一起。画上的颜色没有混合在一起，而是如同镶嵌在一副哥白林挂毯上一样。没有纯粹的白色与黑色。每个表面都包含所有的颜色，并且从远处才能发现它们是作为一个整体在运行的。”（69）这句话之所以有寓意，是因为它暗示着与男主人公虚构作品中被完全控制的阿格尼丝相比，现实中的阿格尼丝经历了一定的认知飞跃过程。她突然意识到：“‘幸福是用点画出来的，不幸是用线条画的。’她说，‘你要是描写我们的幸福，你得像修拉那样画出许许多多的小点。幸福要在一定的距离外才能看到。’”（70）也即，“现实”中的阿格尼丝的意识通过艺术得到了升华。在她新获得的关于描写和书写的认知中，“幸福”这个词永远不可能是完整的、封闭的，而是微小的、短暂的时刻。人们在体验的那一刻并没有真正察觉到。只有从远处看，记忆才能将这些时刻重构成一个幸福的整体①。

这种认知上的洞察力也可以被用于分析作为技艺的写作的过程，因为许多小点是作者直接参与但尚未写作事件的时刻。只有在写作的过程中，作者所感知到的这些时刻才会组合成一个主观的整体。就小说创作而言，某些印象、感受、反思，甚至是真实的人，都代表着一系列的瞬间，然后在写作过程中被结合在一起，进而形成一个整体。关于这一点，哈特穆特·福尔摩（Hartmut Vollmer）针对《阿格尼丝》中的写作行为做出了贴切的评论：“从接受美学的角度来看，作者和读者的任务是将生活和爱情的各个叙述点和场景组合成一个整体，就像用点彩技术创造的画面只有在旁观者眼中才能‘完成’一样。”②

随着他们关系的进一步发展以及男主人公继续撰写他的虚构爱情故事，阿

① 在他们欣赏画作时，需要强调的还有情节描写的另外一面：男主人公和阿格尼丝分别将自己与画面中的人物进行了比较。阿格尼丝想成为那个穿白裙子的女孩，同时调侃男主人公是那个被套上绳索的猴子。白色的裙子，小女孩的单纯形象，依偎在母亲身边，这些元素也在某种程度上表露了阿格尼丝的单纯、简单以及需要被呵护的愿望。而男主人公则称自己是那个拿着喇叭在吹的男人，但他又补充道，没有人在听他演奏。阿格尼丝则回答说：“所有人都在听你吹……人们又无法堵上自己的耳朵。”（69）关于无法堵上耳朵从而听到声音的这个描写场景，也使我们联想到本书研究的另外一位瑞士当代作家莫妮卡·施维特的作品《耳朵没有眼睑》。作为人身体上的一个重要器官，耳朵不能像在不想看时可以选择闭上眼睑的眼睛一样，它始终处于自然的裸露状态，没有办法躲避外界声音的影响。同时，耳朵又不仅仅是一个器官。在现代声音叙事的框架下，它也可以被视为一个主体而存在，它不仅在听外部的声音，同时也在时时刻刻倾听内在或者说内心的声音。

② VOLLMER H. „Glück malt man mit Punkten, Unglück mit Strichen“: Peter Stamms Roman Agnes［J］. Monatshefte, 2008, 100 (2): 276.

格尼丝问了男主人公一个关键问题："你写完这本书后，会干什么？"（88）而男主人公还丝毫没有理解阿格尼丝所问问题的实质，即他有没有真正规划过两个人的未来。他的回答非常直接："'然后写下一本啊。''但是在哪儿写呢？'阿格尼丝问。'我也不知道。''你写完后，我们之间该如何发展呢？'"（88）为什么会提出这样的问题，从阿格尼丝的角度来看，男主人公或多或少已经有些混淆了真实生活与虚拟创作之间的界限，他期待着他们之间发生些什么，目的是使他的故事更有趣，另一方面也暗示了他对目前现实中平静如水的生活不太满意。然而，这一以文学创作为背景的事件虽然在某种程度上填补了他们之间交流障碍的缺口，在表面上营造了一种和谐，但是却没有从根本上解决他们之间的问题，反而是现实生活由平静如水到疾风骤雨的突变把他们的关系导向了更加不可控的状态。男主人公开始意识到问题的严重性："我犹豫了一下。最后说：'我们需要谈谈这个问题。''是的。'阿格尼丝说，'我也正想说这个。'我们都沉默了。"（88）然后阿格尼丝突然告诉男主人公她怀孕了。针对这个突发事件，当阿格尼丝问他是否开心时，男主人公没有立即回答，反而默不作声地去厨房拿了一瓶啤酒。过了一会儿，他回答说："完全不是我想象的那样。为什么？你忘记吃避孕药了吗？"（89）此时，如同男主人公所表达的，这个怀孕事件不是他所想象的那样，也即在他的虚拟故事里，阿格尼丝并没有怀孕，那么在现实中她也不应该怀孕。他突然意识到，他已经失去了对故事中"阿格尼丝"这个角色的控制力。在语无伦次中，他仍然无法从虚拟故事中走出来，也一再强调阿格尼丝没有怀孕，也即故事中的阿格尼丝没有怀孕：

> 我摇摇头，没有说话。阿格尼丝开始轻轻地抽泣起来。"阿格尼丝是不会怀孕的。"我说。"不是这样子的［……］你不爱我，真不爱。""你为什么这样说呢？这不是真的。我从来没有，我从没有这样说过。""我了解你，我也许比你自己还要了解你。""这不是真的。"当我自己不得不确信此事时，只能说："她没有怀孕。"阿格尼丝跑进卧室。我听见她重重地摔在床上，嚎啕大哭。我跟在她身后，在门口站住。她的嘴巴里不停地嘀咕着我听不懂的话。（89-90）

出于迷惘和错乱，他根本无法体会到阿格尼丝的绝望并同时进一步去安慰她。相反，在冷静下来后，也即从他的虚拟故事的幻想中回到现实生活，他非常明确地表示他不想要孩子，并隐晦地暗示她去堕胎。阿格尼丝则对他的暗示非常吃惊："'你想让我堕胎？''我爱你。我们需要谈谈。''你总是说我们需要谈谈。但我们从不说话。''现在我说话了。''走，走开。放开我。你的故事令我作呕。'我离开房间，穿上厚一些的衣服，走了出去。"（90-91）

他们无法在现实生活中实现真正的交流，也无法协调他们共同生活的真实处境和个人自由之间的关系……这一系列的问题在这些对话片段中就变得愈发清晰了。他被他自己的想法诱惑，如同他喜欢追求无拘无束的生活一样，认为他们都会过着不受束缚的生活，而她实际上则越来越希望在日常生活中能够和谐地相处。至少她提到许多小点，它们应该被理解为描述他们关系的许多微小的幸福时刻。这次的误解以及男主人公不负责任的争吵引发的后果就是她失望地离开了他的公寓。而他也没有做任何事情来挽留她，阻止她的离开。

3.3 不合适的结局

阿格尼丝离开他之后，男主人公也暂时失去了继续撰写虚构故事的动力。起初，他试图与她取得联系，但总是出于莫名其妙的原因被打断，这也可以被视为他内心的矛盾在现实处境的间接映射，他有与她联系的愿望，但又不想放弃自己的自由。然而，随着时间的推移以及思念的加深，他每天都会去她之前经常待的地方，或者徘徊在她曾走过的路上。虽然他也去图书馆，但无法集中精力工作。这时候，又是在图书馆这个公共空间里，他又遇到了之前在万圣节铁路协会组织的聚会上认识的那个具有部分法裔血统的美国女孩露易丝。她公司的档案馆刚好还收藏有男主人公撰写豪华火车书籍所需的一些材料。他们一起在他和阿格尼丝去过的店里喝过咖啡之后，露易丝晚上又给他打电话邀请他去她家过感恩节。而他也并没有拒绝，但同时又对阿格尼丝抱有愧疚之情："在与露易丝交谈后，我良心愧疚。就好像我欺骗了阿格尼丝一样。也许这就是为什么我几周来第一次在电脑里打开关于她的故事，我还没有超越楼梯上的那个场景，那个阿格尼丝告诉我的她害怕我的梦。"（98）出于对阿格尼丝亏欠的心理，他却没有去找真实的阿格尼丝，而是打开了电脑中写的关于她的故事，并准备继续接着写下去。这在某种程度上也表明了他一方面继续逃避着现实，不敢去面对真实生活中阿格尼丝的现状，另一方面也反映了他创作态度的巨大转变，即不再是通过虚拟创作去影响或者矫正现实。例如之前是要求阿格尼丝穿着他在故事创作中所描述的衣服来见他，而现在是将现实探入虚拟创作的故事，进一步去影响虚拟故事的发展和进程。例如，他删除了一段之前写就的关于楼梯间场景的段落，取而代之的是关于阿格尼丝怀孕的对话，同时在态度上也有了积极的转变。男主人公虽然依然表达了自己的疑问并坦白道出相应的顾虑，但在阿格尼丝的鼓励建议下，也终于敢于承担起这份责任来："'这不是针对你或者孩子。是我想，你考虑一下［……］'我说，'但我害怕做父亲。我可以给孩子些什么呢［……］我是说我没有钱。'我们沉默了。最后阿格尼丝说：'事已至此。你与其他人相比不会干得太差的。我们起码也该试试吧？''是的。'我说，'我们无论如何也会做到的。'"（99）男主人公在感恩节期间如约去拜访了露易丝一家，并与露易丝有了一夜情[①]，但他同时又试图意识到自己尚处于一段与阿格尼丝的固定关系中，而且自己还有一个孩子父亲的角色需要扮演。这样的思路促使他在故事中创作了一个名叫玛格丽特的女孩。他、阿格尼丝还有玛格丽特在一起生活。在虚构的故事中，他们的生活美美满满，没有遇到任何问题："我们寻找过一间更大的房子，在郊区，有公园和森林。我们考虑过搬到加利福尼亚或者瑞士去。尽管我们还有照顾孩子的工作，但我的书取得了很好的进展。那是我一生中最快乐的夏天，阿格尼丝也比以往任何时候都更快乐。"（108）对于"文学现实"来说，这种虚构故事情节的好转于他有一定的疗愈和心理暗示作用："我现在确信阿格尼丝会和我再次走到一起。我给她写了一封信，把它揣在口袋里，然后尽快回家。"（109）然而令人始料不及的是，与阿格尼丝一起演奏音乐的一个女小提琴手通过电话联系到了他。她告诉男主人公阿格尼丝病了，同时表明她不敢让阿格尼丝知道她告诉了他，否则阿格尼丝非杀了她不可。可阿格尼丝目前的状态却又急需得到他的帮助。对于这个紧急状态，他反而表现得非常镇静，同时还问了她一个她们最近在演奏什么乐曲这样看上去无关紧要的问题，她回答说是"舒伯特"。她的回答虽然简洁，但

---

① 在与阿格尼丝的真实和虚构关系进行对比时，作者在描述与露易丝的关系时选择的词语颇为独具匠心，即使用了"娱乐，享受"（amüsieren）这个词。男主人公对他们的关系进行了调侃，而她则不以为然："'你不爱我，我也不爱你。''没有什么，'她笑着说，'最主要的是我们享受彼此。'"（106）

作者在这里的寓意则很明显，同时借着她的表述进一步将死亡气息带入与阿格尼丝相关的现实生活。区别于其他一些著名的古典音乐作家，舒伯特的音乐特点以及他个人的生平事迹都值得做进一步的探析。舒伯特在很年轻的时候就死于梅毒，可能由于相对较早地面临迫在眉睫的死亡，他围绕着诸如渴望、爱情、痛苦、遗弃、孤独、死亡等主题进行反复创作，在他的大量作品中也不断浮现着这样的命题：宿命的不确定性也许可以通过爱得到救赎，但一般情况下只能通过死亡①。

一方面，男主人公感谢了阿格尼丝的朋友，并答应去探望阿格尼丝。同时他把刚刚写好的信件撕碎，在这里，真实的写作实践又一次退却，未表达的爱意又一次搁浅，同时在真实世界中建立联系的可能性又一次被他中断。虽然决定去看阿格尼丝，但另一方面，他又表现得非常迟疑，担心自己会永远和她在一起，这对他自己所珍视的自由是一种冲击，也即在爱与自由这样一对现代爱情叙事的核心矛盾上，他更倾向于选择自由："我在想，如果现在去见阿格尼丝，那么就一劳永逸了。很难解释，尽管我爱她，和她在一起也很开心，但没有了她，我才会有自由的感觉。对我来说，自由一直比快乐更重要。或许这就是我的女朋友们所说过的自私自利。"（109-110）

他称之为快乐的束缚和自由之间的斗争持续了一段时间，所以直到接到阿格尼丝朋友电话后的第三天他才去看望阿格尼丝："当天我没有去找阿格尼丝，第二天也没有去。到了第三天，我终于决定去拜访她。我一反常态叫了一部出租车，不想在路上浪费过多的时间。"（110）在见面之初，他们都保持沉默——这也是贯穿他们整个亲密关系的一个状况——直到他开口问她生病的事。而她也向他解释了她失去了孩子的事。因此，"死亡"的话题不可避免地又再次出现在他们的关系中：

> "我失去了这个孩子。"她轻声说。我从未想过她会失掉孩子。对此我感到如释重负，但对自己这样的心态又感到羞愧。阿格尼丝微笑着说："你该高兴了吧！"但是她这样的挖苦并没有奏效。"你不用负责。"她说，"医生说，每次生孩子都有可能流产。""你不能再生孩子了吗？"我问。"当

① 参见 TIMM L. Franz Schubert: Tödliche Krankheit, unsterbliche Musik[N]. Deutsches Ärzteblatt 94, Heft 47, 1997 (63): A-3195-3196.

然不是。”她说，“但如果我想再怀孕的话，就必须服用荷尔蒙药物。”“对不起。”我说。她坐起来，拥抱了我。“我想你。”她说。然后开始哭泣。“医生说，已经有六厘米长了。”（111）

男主人公得到了阿格尼丝在失去孩子这件事情上表面的原谅，但这也为后面两个人针对这个问题进一步情绪发酵的冲突埋下了伏笔。同时他虽然对自己没有被一个孩子束缚住的念头感到轻松，但对自己这种自私的念头也感到惭愧，这也为下一步虚构故事写作作为心理上的代偿机制和写作主题的进一步拓展打开了思路。此外，一开始阿格尼丝的轻描淡写可能只是为了更多地安抚男主人公，下面的表述才是她在失去孩子之后对医生的行为及处理方式的真实感受：“‘我在医院里待了三天。’阿格尼丝说，‘他们不得不做刮宫处理。胎儿的东西，医生说。这样就不会感染。它无法存活。这些胎儿的东西。’”（111）尽管阿格尼丝希望尽可能中性地表述这一观点，但“胎儿的东西”一词的重复则表明她一定发现了医生的态度是多么地有辱人格、多么的冷酷无情。同时，她自己不知道她的朋友什么时候给男主人公打了电话，所以在使用日期的量词时说自己在医院里躺了三天。而这三天恰恰是男主人公犹豫迟疑的时间，也就是说，在她最需要有人陪伴和照顾的时候，男主人公选择了等待或者是逃避，一直到一切尘埃落定了才再次出现。

阿格尼丝最终还是回到了男主人公身边，并得知他仍在继续写故事。对于虚构故事中孩子的出现，她表现得很兴奋，并跟他说：“你一定要把她写下来……你必须给我们的孩子做些什么。我没做到。”（116）在她的催促下，男主人公花了整个下午的时间来编写他们所谓的“家族史”：

我整个下午坐在电脑前，阿格尼丝坐在我旁边，给我听写，或者纠正我的内容。我们的孩子长得很快，半页之后她就会走路了，没过多久她就会说话了。我们描写了去佛罗里达拜访外公外婆家，瑞士的假期，孩子生病，圣诞节。玛格丽特得到了最美的礼物。三轮车，积木块，玩具娃娃，第一本书。我和阿格尼丝结了婚，然后我们生了第二个孩子，一个男孩。我们很幸福。“我写不下去了。”我终于说，“我们无法在一个下午就把整个家庭的传奇写完。”“那么我们去散步，考虑考虑如何写下去。”阿格尼丝说。（116）

从叙事策略这个角度来说，作者有意让第一人称叙述者在他创作的虚构故事里采用了叙述时间（Erzählzeit）和被叙述时间（Die erzählte Zeit）大规模错位的叙事策略。这样一种被法国叙事学家热奈特称为“时间倒错”的不一致现象反映了阿格尼丝和男主人公共同创作的未发生事实的矛盾心理。也就是说，叙述时长的尺度小于故事情节的时长，被叙述的时间进行得越快，缩得越短，越能展示出阿格尼丝在对待失去孩子这件事上的无法释怀以及男主人公对于现实生活认知的局限性。他自认为自由的价值高于亲密关系，但是对婚恋关系和家庭生活的认知依然停留在传统的模式上。同时，针对这个试图通过文学创作来弥补现实生活中的缺失的问题，萨比娜·多林（Sabine Doering）在她的评论中一针见血地指出：“但文学无法治愈现实的创伤。”[①]针对这一点，凯瑟琳·维默（Kathrin Wimmer）也认为：“虚构的接近已经无法修复角色之间的真实距离。”[②]

在即将到来的圣诞节之际，阿格尼丝为玛格丽特购买了玩具，仿佛沉浸在真正拥有一个需要关心与疼爱的孩子的狂热幻想中。当她进一步准备为玛格丽特购买衣服并试图使这个女儿的形象变得更加具体时，男主人公犹豫了一下，还是打断了她，将阿格尼丝从虚构故事的情节中拉回到了现实：“你真的觉得这样好吗？”（117）她的反应首先是手足无措，表现出非常忙碌不再去想这件事的样子，然后是沉默，最后回到公寓里时哭得伤心欲绝。而造成这次深深的悲伤的直接导火索反倒不是他打断她思绪的那句话，而是她回到公寓时看到了正在窗外擦拭窗户的几个清洁工，他们正在缆车上擦拭卧室的窗户。在小说中，阿格尼丝哭喊着说：“他们在看着我。我们买婴儿用品的时候，每个人都在看着我们。所有人都知道。这是一个谎言。”（118）这意味着一方面阿格尼丝可以带着她所有的感受进入到虚构的故事中，她可以通过故事在情感上得到某种程度的补偿[③]；但另一方面当她意识到这种幻想毕竟不是真的时，她又陷入了更

① DOERING S. Eiswinde in Chicago. An der Literatur erfroren: Peter Stamms gelungener Debüt-Roman［N］. Frankfurter Allgemeine Zeitung, 1999 (95): 42.

② 同 WIMMER K. 318.

③ 在这方面，后现代心理咨询所提倡的“叙事疗法”可以被视为一个很好的注脚，尤其是针对阿格尼丝这样一种在身心均受到创伤的情况下表现出的行为。与之前任由男主人公按照他自己的思路创作故事不同，现在她也主动参与进来，与男主人公一同创作接下来的故事，这本身也是一种叙事写作疗法。而本书作者彼得·施塔姆在大学期间还专门学习了心理学，他同时也去精神病院实习，作家的这些个人经历也为我们对该文本进行多角度的阐释和解读提供了不一样的思路。

深的绝望。此外，在这个场景中，一个关于写作的微妙差异开始显露出来。过去是男主人公拒绝了阿格尼丝参与共同创作的请求，坚持独自一人撰写故事，而现在他则准备和她一起写。正如小说中所表达的那样：“你要我这样写的……这个故事是我们一起写的……我们还删除了我们下午在电脑上写的东西。”（119）此外，阿格尼丝把她为玛格丽特买的所有东西都扔进了垃圾箱。同时，颇具象征意义的是，因为买的泰迪熊的尺寸远远大于垃圾管道的入口，她就把泰迪熊的胳膊拽了下来。这是一个非常暴力的场景，仿佛她想故意杀死她自己强烈思念的孩子一样。

这令人印象深刻的一幕展示了虚构故事对阿格尼丝的控制力，以及她在幻想突然破灭时产生的深深绝望。这样一种文学实践对现实生活的影响在历史上并不鲜见。歌德的小说《少年维特之烦恼》便是小说的幻想力对现实生活影响最为巨大的、最著名的例子之一。该小说在 1774 年出版后，在其读者群中引发了年轻不幸的恋人戏剧性的自杀浪潮。

圣诞节期间，男主人公给了阿格尼丝一个他们创作故事的印刷副本和一篇致词作为圣诞礼物，但他始终觉得这个故事还没有真正结束。两个人都沉默地看着圣诞树，听着从其他公寓里传来轻轻的圣诞颂歌。他们房间里充斥着一股压抑的气氛。除了在这个特殊节日夜晚两人的情感冷淡之外，还有真正意义上的气候寒冷。两人为了摆脱这种沉闷的气氛，决定爬上屋顶去看星星。但由于冬天屋顶上寒冷的天气，阿格尼丝不仅病倒了，同时她精神方面的疾病也进一步加剧了。当男主人公从短暂的外出购物回到公寓时，他发现阿格尼丝正在哭泣。起因是她读到了一首英国诗人迪伦·托马斯（Dylan Thomas）关于死亡的诗，诗的最后一行：“第一次死亡之后。不会再有另一次。”（130）她对死亡本身的恐惧以及失去一个真正生命的痛苦使她陷入到绝望之中：“一个孩子死在我的身体里……在我肚子里，六厘米长。我无法帮助它。它在我身体里生长，在我身体里死掉。你知道这意味着什么吗？”（131）针对这种绝望，凯瑟琳·维默在她的研究中还特意分析了阿格尼丝遭受失去孩子的打击的生命状态[①]。仿佛置身于寒冷的长途跋涉和没有终点的路途中，男主人公想到了那个“真正存在过的”孩子：“我不想要，所以我失去了。它没有名字，也没有面孔。我甚

① 凯瑟琳·维默（Kathrin Wimmer）特意在研究中指出了这种绝望：“在失去孩子之后，她实际上‘不再拥有生命’，因此与其说她是活人，不如说是死人。”同 WIMMER K. 308.

至不知道它是男孩还是女孩。"（131-132）从这次他们关系中他少有的、不同寻常的"哀悼"中，男主人公却又一次充分利用了这种情感，反而为他虚构故事的进一步发展打开了思路：

> 我离开了咖啡馆。外面漆黑一片，我沿着湖边前行，整理我的思绪。突然，我知道阿格尼丝的故事该如何写下去了。仿佛打开了一扇门，现在一切都清晰可见，触手可及。我回到家的时候，阿格尼丝还在睡觉。我关上卧室的门，坐到电脑前。我有些昏昏沉沉，也许是因为刚从外面的寒冷中进来，屋子里比较热，几乎有些太热了。我几乎把故事写到了圣诞节，但是我现在开始写时，发现之前缺少了一些节日的描写。我马上意识到，与过去相比阿格尼丝离我离得更近了。这情形就好像不是我自己在写，好像我只是在描述我脑海中放映的一部电影一样。（132）

虚构故事的力量吸引着他，以至于他没有再跟阿格尼丝一起创作，而是自己开始自发地自动进行写作。对于自发写作以及写作对人的控制，萨内蒂借鉴了莫里斯·布朗肖（Maurice Blanchot）在他的文章《本质孤独》（Die wesentliche Einsamkeit）中研究出的模型，他认为写作"以手的不断运动为特征，并试图将其理解为位于'意识阴影'中的生产力。这是一种'自动'，布朗肖在每个写作过程中都能看到这种'自动'"[①]。同时，在这里我们也可以看出，男主人公也将阿格尼丝之前创作的那个被他否定的"简陋故事"中所描述的感觉转移到了自己身上——"他在我里面，他充满我"（42）。

当他停止写作，或者可以说脱离开写作的迷醉状态[②]，进而摆脱掉写作的控制并重新回归理性状态时："我有这种感觉，我写得很快。但当我最终无法继续写下去，图像静止，直到消失的时候，天已经很晚了。"（132）他意识到他不能继续以这种方式写作，他意识到"这是不可能的，对阿格尼丝来说是不

① 同 ZANETTI S. 16-17.

② 值得一提的是，第二天，在男主人公反省他昨天的写作状态时，特意提到那种进入到写作过程中的麻醉（betäuben）状态："在卧室里我听到阿格尼丝弹奏大提琴。任何噪音都会妨碍我写作，但我现在又很高兴能分散一下注意力。我写着写着，几乎不假思索，但又没有陷入到既麻醉又全神贯注的状态，昨天我就是在此状态下工作的。"（136）而与之形成鲜明对比的就是，在书写另一个新的好结局时，他则处于一种比较清醒、有意识的写作状态。

合适的，对我来说是无法忍受的。我最后一定要为阿格尼丝找到一个结局，一个好的结局。但是我太累了，只保存了一下写的内容，然后关掉了电脑”(133)。第二天他决定忘记这个结局，重新写一个新的结局，但令人难以理解的是，他没有删除前一天晚上写的文字，而是用“结局 2”这个名字取而代之保存了下来，虽然他也意识到他昨天做错了：“只要我开始写，马上就感到一阵轻松。我相信，我能够写得更好。昨天我做错了。我比以往更清醒地写作，速度更快，我知道该何去何从，我走了一条捷径。”（135）在新撰写的结局里，或者换句话说，在他能够把握自己的意识，清晰地知道哪些该写出来哪些不该写出来时，他描述了他们一家人“美好”假期的确切过程，但没有提到他的陌生感，没有阿格尼丝的悲伤，也没有提到露易丝邀请他去参加除夕派对的事情。同时，另一方面，阿格尼丝又不希望他完成这个故事：“‘我不想让你把这个故事写完。’她说。‘为什么不呢？’‘这不好。我们不需要结局。’‘但我已经写完了。’‘真的？’她说，犹豫了一下，‘结尾好吗？’‘当然啦！在美国，所有的故事都是好的。’”（137）所以，她自觉或不自觉地意识到，这个故事的真正结局，对她来说可能是一场灾难。本质上，她也不想被这段文字所控制，她想保持自己作为一个文学真实人物的自主权。

最终，当男主人公将新的故事结局呈现给阿格尼丝时，他们两个都不太满意，每个人都以自己的方式论述了一番：“‘结局总是困难的，’我说，‘生活没有最终的句号。它继续向前。’‘这是一件礼物。’阿格尼丝说，‘一件新年礼物。’”（138）作为新年礼物的这个结论，就像阿格尼丝把他们在圣诞夜发生性关系作为送给男主人公的“圣诞礼物”一样表现出彼此不诚实的一面，他们在互相欺骗。此外，男主人公还瞒着阿格尼丝，在继续写着这个虚构故事的第二个结局。从这个意义上说，他继续屈服于自己所创作的虚构故事的力量，表现出了虚构故事对现实生活的超越和控制，以一种无意识和自发的状态继续叙述下去。针对这种情况，罗兰·巴特（Roland Barthes）在《媒介中的写作》中解释说，主体“不再将自己视为在［写作］行为之外行事的实体，而是作为行为本身永久共同设计的生产要素，但也因此受到质疑”①。在新年前不久，事实表明，阿格尼丝不可能跟男主人公去参加露易丝邀请他们俩共同参加的跨年派对，因为

---

① 同 ZANETTI S. 19.

她还没有从感冒中康复。不过，她却劝男主人公接受邀请，说自己不介意，毕竟他们两个还没有结婚。然而，就在他出发之前，她却要求他在午夜十二点即辞旧迎新的时刻打回电话给她。在露易丝家的除夕派对上，十一点过后不久，他便在露易丝在场的情况下给阿格尼丝打来电话。阿格尼丝表现出失望的情绪："'你太早了。'阿格尼丝说。'我想你了。你在做什么？''我在吃东西。我观看了纽约的庆祝场面。那里新年已经开始了。''好啊！''我想你。''去睡觉吧，你醒来的时候，我已经回来了。'"（142）对于他们这通电话，露易丝借题发挥，开始拿美国女性开涮取笑，当然这里也特指包括阿格尼丝以及她的生病："美国女人总是生病，但她们不可能自杀。她们考虑着，让你总是感到内疚。当她们和一个男人睡觉，她们事后谈论到这件事时，就好像她们为他服务了一样。好像她们带她们的狗一起去散步。因为狗需要锻炼。"（143）通过回答"阿格尼丝与众不同"（143），男主人公试图反驳一下露易丝的嘲讽言论，但他却无法说服她。之后露易丝设法用一瓶香槟引诱他进入她的卧室，他们便几乎整晚都待在一起。最后，露易丝试图说服他留下跟她一起度过这个除夕之夜，却遭到了他的拒绝，同时提到了他与阿格尼丝之间的关系："她生病了……但她会再次康复的。我们之间有些重要的东西，并没有丢失。"（146）而露易丝则直截了当地点明了他的问题所在："你们男人都是大傻瓜……你们碰了壁，你们也只是爱。大话，总是说大话。我们之间某些东西。今天晚上，这是美好的。明天晚上呢，又照旧了。然后夜复一夜有几次。假如你坦率些，也许会更好。但是你没有马上准备。从一开始你就把我扔进了抽屉里。"（147）当她意识到她乞求男主人公留下的愿望最终无法实现时，她带着苦涩的请求说道："祝你的灰姑娘新年快乐。……给我带一只她的鞋子。也许我们的尺码是一样的。"（147）直到最后一刻，露易丝也还没有放弃，引用了童话故事"灰姑娘"的元素，以这种极具讽刺意味的方式暗示了她把他当成一个不幸的白马王子，因为他不想抓住机会与她建立真正的亲密关系。

3.4 谁执笔，谁留下

告别露易丝后，男主人公带着酒醉磕磕绊绊地回到了租住的公寓楼，却发现打不开他公寓的门。在徒劳地尝试了几次后，他终于意识到他上错了楼层。

同时，他将上错楼层归咎于自己的酒醉，但他的“疏忽”还涉及一个更深层次的心理原因：对一个至少不是很愉快的事件的潜在预感使他迷失了方向。他既想回来见到阿格尼丝，但同时潜意识里又害怕见到她，想躲避她。他爬上楼梯，在台阶上坐了一会儿。“我听到电梯从邻近的竖井经过，我想知道是谁站在离我几米远的电梯间里跟着上下移动。”（148）他这个时候的反思颇具反讽意味，因为他潜意识里不想见到阿格尼丝，现实生活中就期待着刚刚在电梯里的人是阿格尼丝，而她的确已经离开了公寓。电梯，以及之前提到的窗户或门的隐喻，再次影射了横亘在他们关系之间的障碍。等回到房间，他立刻注意到他的电脑被打开了：

> 可以在屏幕上看到星星，从中间的一点向各个方向移动。当你看着星星从屏幕中央飞来时，你会有一种仿佛飞入太空的感觉，仿佛被电子荧屏吸入到无限的空间中。我经常也这样数分钟地坐在电脑前，阿格尼丝就取笑我，说这只是空间的错觉，事实上屏幕上越变越大的亮点是往外射出的，屏幕保护程序被称为“星际模拟”也并非没有道理。我按下一只键，屏幕上出现了我的故事结尾。这是那个我偷偷写好的新的结尾。（150）

最终，男主人公反应过来，阿格尼丝一定读过了那个新的、秘密写好的虚构故事的第二个结局。同时，在这段描述性文字中，还暗示了阿格尼丝盯着看了屏幕保护程序产生的如同雪花般的星星形状：“阿格尼丝久久注视着这些屏幕上朝她飞来的星星。她想，最神秘的是中间的空虚。她觉得自己陷入得越来越深了。”（150）与小说开头写的句子呼应，阿格尼丝死在了这个虚构的故事中。如同小说中那个用斜体文字表达的虚构故事所呈现的那样，现实中的阿格尼丝应该穿好衣服离开家，感觉一同出行的并不是她的身体。在恍惚中，她乘火车前往柳泉，在寒冷的街道上漫游，直到到达一个公园。她看到星星、新月，迷路了，“不得不寻找很长时间，直到她再次在森林中找到那个地方。树木失去了叶子，湖面结冰了。但阿格尼丝认出了这个地方”（151）。当她到达这个特殊的地方时，她首先脱下手套，用手摸了摸树木，最后躺下，脸压在雪地里。

她体内的冰冷和麻木消失了，终于“她恢复了这种感觉，首先在她的脚上，在她的手里，然后在她的腿和胳膊上，它蔓延开来，穿过她的肩膀和腹部到达她的心脏，直到它穿透她的全身，在她看来，她好像躺在雪地里发热，好像雪必须在她脚下融化一样”（152）。除了外套，阿格尼丝把所有东西都留在了男主人公的公寓里。她不仅没有回来，而且消失得无影无踪。就彻底消失这一点，卡特琳·维默注意到了小说中描述的一些细节：“一方面，她屈服于寒冷，另一方面，通过她的体温摧毁了她最后的痕迹。”①

在这里，小说的结尾与男主人公生活的“文学现实”最终采取了折中调和的叙事策略，因为现实中的阿格尼丝已经读过虚构故事的第二个结局，再也没有回来。卡特琳·维默在她的分析中进一步指出：“本应用于拯救阿格尼丝的写作媒介最终却导致了她的死亡。阿格尼丝从《阿格尼丝》里消失得无影无踪，从她自己的故事中。她实际上想要保护和保存的身份已经丢失。”②

因此，我们可以假设阿格尼丝在小说描写的现实生活中和男主人公虚构的“文学现实”中都死于寒冷。值得一提的还有，森林里她躺下等死的地方正好是男主人公曾对她感到非常亲近的地方，可以这么说，“她已经包裹在他的身体里”（59）。换句话说，在情感上感受到与阿格尼丝最亲近的一次的地点，也成为了她最终的死亡地点。

综上，在这部小说中，两个主要角色即第一人称叙述者和阿格尼丝，都没能成功地在彼此非常亲近和为自己保留自由之间取得平衡，这也是在描写现代爱情关系失败方面非常宏大的一个主题，也即自由和亲密关系之间不可调和的矛盾。第一人称叙述者只能通过虚构故事来使阿格尼丝成为他的控制对象，进而通过她的形象来克服自己存在上的困惑：“现在阿格尼丝是我的创造物。”（62）当现实中的她脱离这个他为她安排好的角色，从他那里怀了一个孩子时，他的感情也失败了。尽管后面他们重新修改了故事内容，有了新的开始，但她再也无法从这种伤害中被真正拯救出来。男主人公也有同样的感觉：“慢慢地，

---

① 在她的研究中，卡特琳·维默还提示道，施塔姆《阿格尼丝》最后的死亡场景在某种程度上也是对瑞士德语经典作家罗伯特·瓦尔泽在雪地死亡场景的一个借用。罗伯特·瓦尔泽在临死前，像往前一样从精神病院里外出散步，但这次并未像以往一样顺利地在冬天散步回来，而是倒在了雪地上，直到被人发现。同 WIMMER K. 313.

② 同上。

阿格尼丝似乎恢复了。但她好像与我疏远了，好像她不再寻求或找到与我的亲近。”（121）另一方面，在他们相识之初，阿格尼丝一开始也做不到向他彻底敞开心扉，同时也无法克服自己的交流障碍，因为害怕对他彻底失望，就像她年少时对她父亲产生失望的情绪一样。童年长期被父亲忽视和轻视的经历造成的伤害使她不再轻易与外界交流，而是潜逃入自己的内心，这也进一步解释了在性这个问题上，她也无法真正认可和正确对待性行为。就如同她第一次与男主人公发生性关系时，仿佛只是在完成一项仪式，并没有赋予性太多的意义。同时，男主人公也不具备爱的能力。每当阿格尼丝在情感上接近他时，他根本不知道如何处理。例如，小说真正的结尾使用了他们两个人一起去国家公园漫游时拍摄的一个视频节选，展示了阿格尼丝拍摄他开车的镜头：“最后，我似乎注意到阿格尼丝正在拍摄。我微笑着转过头，但还没等我回头看，视频就中断了。”（153）他又一次投入情感的尝试因视频中断而失败了，这也可以被解释为他根本无法向另一个人完全敞开心扉的隐喻。如果我们从写作过程的角度来分析这个事件，那么通过写作在他们之间建立联系的尝试最终被证明是失败的。阿格尼丝消失了，而他也只留下这一个故事。

他们的关系持续了九个月，这个时间隐喻某种程度上也可以被类比于一名胎儿的成长周期。而他们关系的结局则像阿格尼丝子宫里的胎儿最终在她身上死去一样，更进一步讲，如同她对他的爱以及真实和虚构中的她均死了一样[①]。谁被书写，谁就会消失。谁来书写，谁就留了下来。

3.5 结语

彼得·施塔姆在小说中书写了一个失败的爱情故事，但同时进行了一次成功的文学写作实验。两个孤独的主体试图通过书写一个虚构故事来证明或者强化他们之间的亲密关系，但最终以失败而告终。写作这样一种行为，在两个人亲密关系的发展过程中，最终一步步、不受控制地判处女主人公“死刑”。如果我们从写作过程的角度来看这部小说的整个情节，以下几点就很清楚了：写

① 男主人公和阿格尼丝这段恋情的持续时间也可以使我们联想到施维特小说《耳朵没有眼睑》中女主人公和她“老公”法比安之间的关系。他们的关系也持续了九个月，一如文中所述的那样，仿佛一个胚胎的孕育过程和成长周期。

作引发的自我反思[①]意味着个人获得了没有写作就不会拥有的自主权。更广泛地说，小说或文学对个人的力量及其写作自主权是辩证的。然而，在小说《阿格尼丝》中，这种辩证关系消融了，最终以“双重”作者也即豪华铁路的非虚构作家和虚构爱情故事作者的失败而告终。最后，剩下的只是虚构的虚构故事——或者也可以说什么都没有留下。

值得进一步思考的还有，如果我们进一步把这部小说内嵌的爱情叙事当作一场美学实践的话，那么从结构分析和接受美学的角度，与传统的作者和读者经典模式相比，文本中的写作者（一开始是男主人公一个人，之后是阿格尼丝他们两个人，再后来是男主人公一个人）和阅读者（阿格尼丝，包括男主人公本身也是他创作故事的阅读者）之间形成了某种张力，阅读者不断地进入到文本中，试图修改并决定故事的走向。另一方面，我们整个分析过程都是围绕书写展开的，那么作为一个硬币两面的另一面，阅读在他们两人关系中所扮演的角色同样也值得后面的研究者进一步进行挖掘。施塔姆在设定阿格尼丝这样一个角色的属性时，给予了她一个物理学博士生的身份，平时不怎么读文学作品，同时写作出来的文字也是干巴巴的，但就是这样一个在文学方面表现力非常单薄的角色，却贡献了非常具有思考价值的阅读状态和阅读研究旨趣，这或许也恰恰是作者创作时不经意留下的一些阐释缝隙。通过这个缝隙，思维的光就照了进来。有鉴于此，就让我们以阿格尼丝的沉浸式阅读体验和自述的阅读经验来为这一章节做个小结吧：“她看书时，就完全沉浸在书本之中。以至于我跟她说话，她都不回答。然后内心感情的波动还有阅读的反应在她脸上闪烁。她微笑或者抿着嘴。有时会呻吟或者气愤地皱眉头。”（62）在阿格尼丝失去孩子之后，她又一次总结了她的阅读体验：“‘小时候，我读到的书中人物都是我最好的朋友。’她说，‘也是我仅有的朋友。后来也是如此。读了《悉达多》之后，为了消除我的感觉，我赤脚在花园里站了一个小时。那些我想消除的仅有的感觉，在我脚上。它在雪里……当我读完一本书时，总感到一阵悲哀。’阿格尼

① 莫妮卡·塞切帕尼亚克在她的研究中着重提到自我反思与文本之间的关联性：“模棱两可和二元化的策略——因为它是叙述的自我反思——创造了模棱两可和矛盾，引起刺激并引发对爱情和关系概念的不同想法，如讲故事的力量、人际关系和情感的叙述、小说的性质或建构叙事的幻觉特征以及接受和对文学文本的解释，最后且最重要的是，关于在现代情感文化早期所有这些在星座和问题中凸显的性别方面，一方面其特点是增加爱情自由，另一方面是难以建立亲密关系和贬值传统的爱情概念。”同 SZCZEPANIAK M. 189-190.

丝说，‘好像我成了书中的人物。随着这个故事的结束，这个人的生命也结束了。但有时我又会很高兴，随着故事的结束，仿佛从一个噩梦中解脱出来。我感觉轻松自在，宛若重生。我有时问自己，作家真不知道他们做了什么？如何对付我们？’我亲吻阿格尼丝。‘我与你在一起，完全不知道你脑子里藏着一半的世界文学人物。’‘我读得又不多。’阿格尼丝说，‘也许之所以这样，是因为图书对我有无上的权力。它们宛如毒药，我想象自己是免疫。但是有人不想免疫。正好相反。’”（119-120）①

---

① 关于这一点，类比于前文引用的阅读文学作品（《少年维特之烦恼》）影响到真实社会生活的例子，一个较近的悲惨案例便是《阿格尼丝》引起的。一名意大利母亲杀死她的幼子之后选择了自杀，后面人们发现，在她自杀前，她的桌子上就摆放着《阿格尼丝》这本书。施塔姆就这个悲惨事件接受采访时，也专门论述了文学虚构与社会现实之间的关系。

第四章　大屠杀时期的爱情——卢卡斯·贝尔福斯小说《百日》中的战争与爱情[1]

——“你们也许对我们的国家进行了殖民统治，她有一次说道，
但我决不会允许你殖民我的身体。”

① 该分析内容中涉及《百日》这部作品内容的引用主要基于该版本：BÄRFUSS L. Hundert Tage［M］. München: btb Verlag, 2010.。采用夹注形式。文中引用的中文译文主要由本人翻译完成，同时参考了上海外国语大学陈壮鹰老师中文译本中相应的表述，在此表示衷心的感谢。

2019 年，当德国文学最高奖毕希纳奖被授予瑞士当代作家卢卡斯·贝尔福斯（Lukas Bärfuss）时，作家本人都惊喜不已。他告诉德新社：“你根本想不到。那是击中你的天使之吻。”[①]由于该奖项已经很久没有颁发给瑞士作家了〔最近的一次是在 1994 年颁给了阿道夫·穆施格（Adolf Muschg）〕，所以这个奖项颁给贝尔福斯对他本人乃至整个德语区的作家来说可能多少都有些令人惊讶[②]。但比较有意思的是，他这次的获奖对于中国的德语语言文学学者尤其是从事瑞士当代德语文学研究的学者来说却相对比较容易理解。如同本书导言提到的那样，他的这部小说《百日》也被选入到柏林文学研究会、瑞士文化基金会以及浙江大学、上海外国语大学和宁波大学的德语语言文学学者们合作的“瑞士当代小说译丛”项目中，并由上海外国语大学德语系的陈壮鹰教授译成中文。该小说以及贝尔福斯本人的文学创作不仅在中国的当代德语文学研究者那里引起了较大的反响，同时也引起了其他读者的一些兴趣[③]。某种程度上来说，这也可以算是一次成功的跨文化传播意义上的文学接受范例。

4.1 卢卡斯·贝尔福斯与《百日》

1971 年，卢卡斯·贝尔福斯出生于瑞士伯尔尼州的图恩市。除了创作小说之外，他还是一名剧作家，同时也是一名时评记者，为一些著名的德语报刊例如《法兰克福汇报》《南德意志报》等撰写评论性文章。

贝尔福斯在成为专业作家之前所受的教育和人生经历颇有些传奇又悲惨的色彩。在他四岁时，他的父亲在监狱服刑，母亲带着他又改嫁，同时为了钱也会欺骗他。他在完成九年制中小学教育后便中断了学业，先后做过烟农、钢筋工、叉车司机和花匠。他在伯尔尼和弗里堡做书商期间，完成了书店学徒的学业。1997 年后，他以自由作家的身份开始工作生活，曾在柏林居住过一段时

---

① 参见 PIETSCHMANN O. Büchner-Preis für Lukas Bärfuss: Auszeichnung Schweizer Literat wurde mit Roman „Die toten Männer“ bekannt[N]. Frankfurter Neue Presse, Jul. 10 2019 (Section: FEUILLETON): 2.

② 参见 KÄMMERLINGS R. Kein Roman ohne schlechtes Gewissen; Überraschend, aber konsequent: Der Büchnerpreis für Lukas Bärfuss steht in der Tradition engagierter Schweizer Autoren von Frisch bis Muschg [N]. Die Welt, 2019 (158): 21.

③ 参见部分书评：蓝文青. 政治大屠杀中的腐败与人性［N］. 中华读书报，2012-03-07（11）. 刘蔚. 屠杀中的情愁［N］. 新京报，2012-01-14（C09）.

间，现居住生活在瑞士苏黎世。值得一提的是，在16岁至20岁这段时间，他多次无家可归，甚至一度流落街头，曾经睡过公园，冬天躲在图书馆里取暖，可以说贫困一直伴随着他的青少年成长时期，以至于他也真正体会到了警察和国家权力站在弱势群体这一边是多么的重要。他在2017年接受一次采访时曾说，他真正了解了“贫穷在一个本不应该真的存在贫穷的国家意味着什么”[①]。这样的苦难经历自然为他的文学创作带来了创作灵感和一定的思想深度，一方面，他的戏剧和小说更接地气，富有内容，对社会具有敏锐的洞察力和批判力，往往对人性、社会、责任、良知进行深刻剖析，引起了读者的广泛共鸣与反思；但另一方面，作为知名作家，他依然未能感受到现实生活中的安全感，这在某种程度上也影响到他的政治观点，例如他担心自己年老时返贫，对保守右翼倾向的特朗普大加赞扬。值得一提的还有，2015年瑞士议会选举前三天，他在德国《法兰克福汇报》发表文章《瑞士疯了》（Die Schweiz ist des Wahnsinns），用极端嘲讽的笔调对瑞士政治、经济和文化生活中的虚伪荒谬进行了无情的清算，这样的观点也使他在瑞士成为了颇具争议的人物。如同陈壮鹰教授所点评的那样：“赞叹者称其对人性和社会具有透彻的观察和深邃的思考，批评者则称其离经叛道、数典忘祖。”[②]

与彼得·施塔姆相似，卢卡斯·贝尔福斯不仅人生经历丰富，而且创作力惊人，几乎也是每年都有新作问世，而且与其他作家不同的是，他还频频以记者的身份在媒体上发声，表达自己的观点和思想。同时，作为近年来瑞士文坛最成功的戏剧家之一，他还是瑞士400 asa剧团的创立者。他的剧作屡获成功，并在世界各地公演。其代表作有荒诞剧《迈恩伯格之死》（*Meienbergs Tod. Groteske*）（2000），散文集《死去的男人们》（*Die toten Männer*）（2002）、《战争与爱情》（*Krieg und Liebe*）（2018），戏剧《石油》（*Öl*）（2009）、《我父母的

---

① VENAFRO C. Der Schweizer Autor Lukas Bärfuss über seinen Aufstieg von der Gasse zum Vorzeigeintellektuellen: „Ich weiss, was es heisst, arm zu sein“［N/OL］. Blick, 2017-03-29［2023-05-15］. https://www.blick.ch/news/politik/abstimmungen/der-schweizer-erfolgsautor-lukas-baerfuss-ueber-seinen-aufstieg-von-der-gasse-zum-vorzeigeintellektuellen-ich-weiss-was-es-heisst-arm-zu-sein-id6448350.html. 值得一提的是，贝尔福斯在2023年出版的最新一部小说《面包屑》（*Die Krume Brot*）便是直面贫困和移民困境的一部作品。

② 陈壮鹰．瑞士争议文坛新星摘得德语文学桂冠［N/OL］．文汇报，2019-07-15［2023-05-16］．http://www.chinawriter.com.cn/n1/2019/0715/c404090-31233279.html.

性神经官能症》（*Die sexuellen Neurosen unserer Eltern*）（2003）[①]，小说《百日》（*Hundert Tage*）（2008）、《考拉》（*Koala*）（2014）、《哈加德》（*Hagard*）（2017）以及 2023 年刚刚出版的《面包屑》（*Die Krume Brot*）[②]（2023）等。他的作品屡获文学大奖，例如他凭借 2008 年出版的个人第一部小说《百日》先后获得安娜·西格斯文学奖、席勒文学奖、雷马克和平奖等重要大奖，2014 年出版的第二部长篇小说《考拉》获得了当年的瑞士图书奖，并凭借整体的文学创作和美学实践于 2019 年获得了德国毕希纳文学奖。

卢卡斯·贝尔福斯在他的处女作《百日》中讲述了一个极不寻常的爱情故事。故事的发生地是非洲大陆，更准确地说是在曾被西方人称为"非洲的瑞士"的卢旺达。男主人公名叫大卫·霍尔（David Hohl），除了在小说的开头由他的同学作为第一人称叙述者观察他、分析他以及与他进行对话外，在小说的其他内容里他都是作为第一人称叙述者出现的。小说的主要内容则是以大卫的视角回顾了 1990 年至 1994 年他在卢旺达担任瑞士援助发展工作者的经历。他不仅是胡图族对图西族种族灭绝的目击者，而且还以一定的方式参与了这一进程。

毫无疑问，由于这部小说中关于非洲的主题书写，甫一出版，便立即被学者从后殖民主义[③]的角度进行了分析，并且将非洲和卢旺达的历史与社会背景置于研究的中心[④]。但是，本书则不打算继续沿着后殖民主义研究者的脚步，而是尝试从另外一个视角来审视这部小说。主人公大卫·霍尔最初被描绘成援助非洲发展的理想主义者。在卢旺达工作期间，他爱上了一名叫作阿加特（Agathe）的女孩。阿加特是卢旺达一位高级政府官员的女儿，在比利时布鲁塞

---

① 该剧于 2015 年被改编成电影《朵拉或我们父母的性神经官能症》，由斯蒂娜·维仁菲尔斯（Stina Werenfels）执导。因为该电影聚焦智力障碍者、药物治疗、感官与性的探索以及人与人之间的关系等一系列现实社会热点而颇受观众好评。

② 德语词的面包 Brot 本是中性名词，而合成词面包屑 Brotkrume 则是阴性名词，贝尔福斯巧妙地把这个合成词拆开作为自己最新出版著作的书名。

③ 迪尔克·哥特彻（Dirk Göttsche）从后殖民主义的角度评论了这部小说："另一方面，瑞士人卢卡斯·贝尔福斯几乎完全专注于种族灭绝的历史（从瑞士援助发展工作者和当代证人的角度）；殖民时期（尽管在作品中致敬了康拉德的《黑暗之心》这部经典作品）的历史几乎完全没有涉及。参见 GÖTTSCHE D. Ostafrika-Romane (2): Imperialismuskritik und Ruanda-Diskurs[J]//DUNKER A, DÜRBECK G (Hrsg.). Handbuch Postkolonianismus und Literatur［M］. Stuttgart: J.B. Metzler, 2017: 302.

④ 参见 KÖNIG A. Welt schreiben: Globalisierungstendenzen in der deutschsprachigen Gegenwartsliteratur aus der Schweiz［M］. Bielefeld: transcript Verlag, 2013: 160-167.和 VILAS-BOAS G, MARTINS DE O T (Hrsg.). Macht in der Deutschschweizer Literatur［M］. Berlin: Frank & Timme, 2012: 381-393.

尔上大学。因为这个女孩，男主人公在卢旺达种族大屠杀期间没有离开首都基加利，而是留在了他的房子里，同时以这种方式亲身经历了整个可怕的杀戮时期。具体到他们两人之间的亲密关系以及与之相应的文本分析过程，在种族灭绝、暴力和性的背景下，或者用两位主人公的话来说，男主人公使用的词语“得到”和女主人公使用的表述“不让你殖民我的身体”本质上反映了两个世界（非洲与欧洲）完全不相容的情形。此外，还应该提及的是，作者通过反复描绘强调了男主人公的心理变化状态，也就是说，他在种族灭绝期间不仅是作为一名观察者或者证人[①]，而且还以反思的态度作为参与者参与了进去。所有这些主题，我们都将在后面的内容分析部分论述到。接下来，我们结合小说情节发展的章节先来一步步探究男主人公的非洲之旅以及他在这个过程中的个人反思，同时还有他与那名非洲女孩阿加特之间的情爱纠葛。

在小说的第一章节，作者首先借助大卫同学的视角描述了大卫经历了卢旺达种族屠杀之后的身心创伤状态。然后再用大卫的视角用倒叙的方式回顾了他作为一名年轻的援助发展工作者从瑞士途经比利时到卢旺达的旅程。在布鲁塞尔机场，他与他未来的情人阿加特第一次相遇。这次相遇颇有些英雄救美的浪漫色彩成分在内，但结局却并不完美。因为阿加特非洲人的肤色和身份，哪怕她看起来像是个身份不那么普通的人，在护照检查中依然受到了机场工作人员有辱人格的待遇。一贯追求公平正义的大卫看到这一幕，挺身而出为她鸣不平，并为她斥责了机场工作人员。出乎意料的是，他不仅没有得到她的感激，反而还迎来了她轻蔑的嘲笑。同时他也被机场安全人员带走，错过了飞往卢旺达的飞机。大约一周后，他才在瑞士大使馆的帮助下继续他前往卢旺达的行程。

到达卢旺达后，也即小说描述的第二个章节，他全身心奉献式地积极投身于援助发展工作当中，希望能够更加熟悉该国的情况。例如他跟随指导他的上司保罗去乡下考察项目执行情况，通过这些考察来进一步把控那些援助项目。在乡下，他注意到当地人的奴性和某些项目的可疑性质，他意识到参与援助发展工作的人与非洲人之间存在的巨大差异。当地的援助发展工作人员将非洲人

---

① 根据詹姆斯·梅哈·伊科布瓦（James Meja Ikobwa）的观点，大卫可以被描述为旁观者，因为他没有直接受到种族灭绝的影响（既不是受害者也不是肇事者）。“从文本层面来看，作为文学和次要证词的代表，大卫在这种情况下被视为虚构人物和卢旺达的陌生人。”参见 IKOBWA J M. David Hohl als Zeuge des Genozids in Ruanda in Lukas Bärfuss' „Hundert Tage“［J］. Jahrbuch für Internationale Germanistik, 2012 (108): 111.

视为几乎没有发展能力的儿童。达到一定地位的非洲人（例如医院的医生或者政府机构的公务员）一方面剥削劣等非洲人，另一方面则利用欧洲人进一步追求自己地位的晋升。但与此同时，他的潜意识里却不停浮现出那个在机场对他哂笑嘲讽甚至有些羞辱他的非洲女孩。而那次与保罗的旅行恰巧又发现了她的踪迹。在一家酒店里，他一眼就看到了她那个非常具有特点的鸭头遮阳伞。她本人虽然不在，但是她那把鸭头伞瞬间将大卫带回了在布鲁塞尔机场救助她却又被这个非洲女人羞辱的情景。由于他要及时去参加一位同事的葬礼，所以没有等得及见到阿加特。等他返回时，她已经消失了，而这次没能再次见到她对他来说仿佛就是一场灾难。

小说的第三章节主要描述了他与前援助发展工作者米斯兰特的会面。大卫刚来的时候就已经与他有过短暂的会面，那时候米斯兰特作为司机来接他。他和他一起去逛夜总会，参加他的乡村郊游和狩猎活动。虽然大卫被其他同事警告不要与这个神秘的米斯兰特打交道，但他在某种程度上对和他进一步接触却又非常感兴趣。无论如何，也正是米斯兰特就瑞士在卢旺达提供高水平发展援助的真正原因提出了一些思考性的问题。通过他的回答，大卫更接近了卢旺达社会的现实以及自六十年代以来的历史。米斯兰特还暗示，这个国家有一张隐藏的、丑陋的面孔。然而，从表面上看，他们特意显露出来给瑞士人看的却主要是自己的谦恭和对秩序的热爱。

教皇对基加利的访问标志着小说情节第四章节的开始。同时在这个章节结束时，大卫和他想要见到的非洲女孩阿加特终于见面了。虽然瑞士援助发展人员被分局禁止参加教皇的访问，但大卫还是被米斯兰特说服一起参加了这次活动，这也就呼应了上个章节他靠近米斯兰特后受到的主要影响，正是与他的接触进而推动了情节的发展。由于那天参加活动人数过多，从而造成了大规模的踩踏事故。而随着人群的涌动，男主人公也陷入了人群的旋涡中，最后被全力压在墙上，以致于失去了知觉。最后，他在大医院的一间病房里醒来，那里都是这场大规模踩踏事件中受伤的人员。在病床上，他见到了阿加特，她作为志愿者为病人们包括大卫提供茶水。面对这种无私奉献和谦卑恭敬的精神，大卫瞬间对这个女人充满了爱意，并满心期待着他们的关系能有一个新的开始。

在第五章节中，他因在宵禁期间违反禁令参加教皇访问的不当行为而受到了援助发展局的处罚，并将在月底被调回瑞士总部。刚刚才见到自己梦寐以求的女孩就要被调离，这对他来说无异于晴天霹雳，他也完全无法接受。但是随着时间的推移以及与阿加特关系的进一步加深，他发现她也不再是那个在医院非常具有爱心和奉献精神的女孩，而又变回了那个在机场对他表现出疏远而冷漠的姑娘。同时，他也逐渐了解到她的家人以及社会关系。而她的迫切目标则是离开卢旺达，返回比利时。她憎恶她家庭的状况，憎恶她的父亲也卷入国家腐败。尽管如此，大卫还是希望能够重新唤醒她内心谦卑的一面，但这只有在他保留工作岗位的情况下才有可能。最后，他通过请求保罗为他向总局求情才获得了继续留在卢旺达的机会。

在下一章节中，由于卢旺达政治局势动荡，阿加特打算周末离开这个国家，飞回布鲁塞尔。大卫则说服阿加特周末一起去该国北部旅行，希望借此机会她能推迟回布鲁塞尔的行程。然而，大卫所有试图打动阿加特并期望她能留下的努力都失败了。叛军在该国北部的袭击最终导致大卫与阿加特提前结束了周末旅行。从晚上到第二天早上，他们试图抄近道绕开主路开车返回卢旺达首都基加利。遗憾的是，由于路程不熟，他们最终没能及时赶回基加利。这也意味着阿加特错过了飞往布鲁塞尔的飞机。直到她最后死去，她也没能再离开这个国家。

在第七章节中，该国的政治冲突达到了顶点。对不断取得进展的叛乱分子的恐惧以及极端民族主义者煽动性的宣传导致数千名该国的图西族人被捕。大卫发现这场动荡一方面令人情绪亢奋，与此同时，他也能有机会更频繁地见到试图逃离她讨厌家庭的阿加特；另一方面，在这种情况下，在两人的关系上他又表现得非常理智，更确切地说非常巧妙，表现得更像是一名乐于倾听的朋友，尽量不去给她压力。

紧接着，大卫通过自己的不断尝试，慢慢地去参与到两个民族之间的一些冲突活动中，近距离地观察了冲突中当地人的各种反应。与此同时，随着冲突行为的不断升级和暴力行为的零星发生，大卫终于设法和阿加特发生了关系。起初，两人都沉迷于性的愉悦中，更确切地说，是大卫自己更加沉沦于这种他“得到或者是占有欲得到满足”的激情中，以至于几乎要全心奉献他的热情于这个国家和人民。另一方面，阿加特却没有表现出与他发生性行为相应的道德意义上的升华，她只是单纯享受性的愉悦，这让大卫感到不安，他也无法解释她的这种态度。

胡图族人对图西族人的暴力行为逐渐升级，瑞士援助发展局也在试图说服该国的胡图族统治精英认识其行动的非法性，但结果适得其反，他们一方面表达出听从的态度，另一方面回到家后继续卖力屠杀图西族人。阿加特显然也站在胡图族人一边，她清楚地向大卫表达了对本是同国国民的图西族人的厌恶，她称他们为蟑螂。虽然大卫对她的观点感到厌恶，但这丝毫没有减少他对她在性方面的热情。

小说的最后一章以大卫的回忆视角，描述了百日内卢旺达种族灭绝期间的情形。卢旺达总统专机被击落后，该国政治局势急剧恶化，瑞士援助发展局立即派专机准备将所有员工接走。但大卫起初抱着想和阿加特在一起的念头仍打算留在该国，并避开来寻找他的保罗，成功地躲在了家里。然而，由于物资短缺，他只有依靠园丁泰奥纳斯特的帮助才能在别墅里生存，而泰奥纳斯特是胡图族人。当他逐渐意识到泰奥纳斯特也参与了屠杀时，出于人道主义的愤慨，他殴打了他几次。结果，泰奥纳斯特离开后就再也没有回来。比较具有讽刺意味的是，大卫最终只能依靠异常凶残的双手沾满鲜血的民兵，更确切地说是些娃娃兵来获得饮用水。这种情形也使他越来越深地卷入到各种争端中。泰奥纳斯特最后一次来到大卫家时，大卫通过他骑着大卫之前雇佣的另一位佣人厄内斯特的自行车推断，他谋杀了厄内斯特。最后，当民兵也同时到来，并要求泰奥纳斯特出示证件证明自己是胡图族人时，恰巧泰奥纳斯特的身份证掉到了大卫的脚旁，他自己找遍全身都没有找到，虽然他在刚才与大卫的谈话中提到，他马上就要带着他尚怀有身孕的妻子以及 11 个孩子离开这个国家,但大卫也不想救他。在与大卫对视的绝望眼神中，他被那些娃娃兵杀害了。换句话说，他是在大卫的注视下被残忍杀害的。大卫的人道主义理念在这一刻也全部泯灭了。

经过一番犹豫，大卫决定与民兵一起在叛军从北方到来之前逃离基加利前往布卡武。在那里，他去了一个联合国难民营当助手。也是在这里，他了解到阿加特还活着，同时很显然在戈马的一个难民营地里，而且表现得像个领袖角色。然而，那里的霍乱异常猖獗。大卫以一种倒卖救济物品的卑劣方式设法攒够了前往戈马所需的钱。到达那里后，他注意到那些蜂拥而至、多如牛毛的国际援助组织，几乎到了要摩肩接踵的地步。他们正在互相争论受害者的数量，以获得尽可能高的捐款。通过这一幕，大卫进而更加体会到了这些人道主义者的虚伪和堕落。

最后，他终于在一个难民营帐篷里见到了已经患上霍乱濒临死亡的阿加特。目睹她那被战争和疾病销蚀到几乎难以辨认的容颜，大卫注意到阿加特看他时眼睛突然泛起光来。有那么一刻他感觉自己的思维也变得清晰起来，认为他们认识这么久以来，他第一次透过她所谓的日常掩饰的面具进而感知到了她的灵魂。然而，在阿加特死亡的那一刻，他的期望并没有实现，因为他听到了从阿加特喉咙里传出来的轻蔑咕咕声，这声音与他们在布鲁塞尔机场初次相见时从她喉咙里听到的一模一样。显然，直到死亡，她对大卫依然没有表现出任何的情感，如同小说中所描述的那样，眼睛泛光可能只是一种回光返照，而发出这种声音则是为他们两个人的关系画上了一个最终依然没能实现真正交流的句号。正如阿加特之前就曾预言的那样，大卫将来一定会离开卢旺达。这样的预言也进一步加剧了对他虚伪的人道主义的羞辱。大卫带着创伤记忆回到瑞士，在回溯了自己在卢旺达从事援助工作的四年时光尤其是经历了种族灭绝的百日之后，向他的同胞，更确切地说，向欧洲以及向以欧美为代表的西方文明发出警示，希望他们有一天能够停止“投身于”看似正义的事业，他们那种居高临下的姿态无益于理解他们所“援助”的人，他们的这些“自以为是”反而带来了例如百日种族大屠杀这样更大的灾难。

接下来，就让我们进入正式的文本分析环节，一起来领略这部作品的魅力以及其中所蕴含的文艺学价值。

4.2 大屠杀时期的爱情

《百日》作为贝尔福斯的处女作同时也是作者最著名的作品之一，描述的故事情节本身并不复杂，所刻画的人物也并不繁多，整个故事的主线基本上围绕着来自瑞士的非政府组织援助发展工作者大卫和卢旺达高官之女阿加特之间所谓的爱情故事展开。在他们的情感产生、发展、达到高潮以及结束的过程中，卢旺达社会的政治动荡以及社会暴力升级引发的种族灭绝事件作为故事的副线若隐若现，被巧妙地编织其中。

本部分首先从瑞士现当代德语文学的代表人物马克思·弗里施（Max Frisch）提出的画像理论和美国社会学家伊娃·伊卢兹（Eva Illouz）关于现代社会浪漫爱情问题研究的角度分析小说中所描写的爱情叙事。研究的主要目的是找出两个本是来自完全不同世界的人之间的关系描写是如何呈现的，以及他们爱情关系的失败主要是基于什么样的原因。在下面的分析内容中，不仅是爱情与战争的主题，而且小说中作为隐喻的性、暴力和动物之爱也都会从他们两人爱情问题的角度来加以分析。

4.2.1　二见钟情——“你不要给自己和他人塑造画像”

在分析这部小说中的爱情问题之前，我们需要首先明确的是，一开始，第一人称叙述者“我”是后面叙事中的男主人公（大卫）的同学来扮演的，所以作品的开篇并不是以大卫作为男主人公来呈现的。也就是说，紧接着后面展开的通过大卫叙述的这个爱情故事本质上只是一个被转述的故事，是由大卫的同学和他之间的对话创造出来的。更确切地说，这个故事到底存不存在依然令人生疑，或许仅仅只存在于他们的想象与对话之中。作者在这里通过虚构故事中的虚构叙事使人产生了发人深思的间离之感①。此外，还需要进一步指出的是，后面章节中对爱情叙事的整个描述仅限于男主人公大卫的视角，完全看不到另外一个主人公阿加特以及他们周围人的观点和看法，很明显作者在这里采用了一种内部聚焦②的写作方法。同时，作家卢卡斯·贝尔福斯也是一名记者，他在这部小说中使用了一种特殊的写作技巧，即将人物之间的对话表现得像接受采访一样：同学观察着大卫，思考着，同时进一步向他提出问题，大卫则进行回答。通过这种一问一答的叙事方式，作者邀请读者进入到对话之中，成功地唤起了读者对卢旺达百日大屠杀种族灭绝的历史记忆，并以这种方式在真实事件中创造了一个叙述性的虚构故事。在两页的篇幅后，小说第一人称叙述者的角色从大卫的同学变为大卫，一直持续到小说结束③。这种叙述视角的变化也为进一步的分析和研究拓展了更大的阐释空间。

同时，为了能够更好地理解文本中所描写的爱情问题，这里有必要先分析一下男主人公的角色定位和性格特征。他首先被描述为一个纯粹的理想主义者，如他所自述的那样：

> 我曾经对美好高尚深信不疑，我像总局的所有人一样希望帮助人们，

---

① 需要指出的是，这样的叙事策略在我们上个章节分析过的《阿格尼丝》中也被作者采用过。

② LAHN S, MEISTER J C. Einführung in die Erzähltextanalyse. 2. Auflage[M]. Stuttgart: J.B. Metzler, 2013: 108.

③ 伊科布瓦也研究了小说开篇这种叙述者视角的变化，并指出了这名框架叙述者“我”在阅读中的重要地位，几页之后他消失了：“在《百日》中，通过框架叙述者的描述，无法表示的、不可言说的都直观地提供给读者。从大卫的身体、他的动作和感知中，种族灭绝的创伤记忆被揭示出来。”同 IKOBWA J M. 113.

不是帮助个别的人摆脱困境，而是帮助整个人类向前迈进。对我们来说，发展援助不仅仅意味着发展经济、修建道路、植树种草，它更意味着培养和发展人们对公平正义普世价值的觉悟。(7)

同时，他的个人意识又充满了矛盾。例如在小说开头，当大卫被他的同学问到面对即将爆发的血腥屠杀为什么没有逃离卢旺达时，他说："我也弄不明白，也许我想和阿加特在一起，但有时又想，也许仅仅是因为保罗的鞋子。"(7)也就是说，作为追求公平正义的理想主义者，他也在有意地隐藏自己的情感和自己的道德立场。这可以通过他对保罗撤离时换上准备许久以备不时之需的登山靴的场景表现出来，很明显保罗的这种行为激发了他强烈的羞耻感：

这些年来，小个子保罗一直都穿着凉鞋，鞋底厚厚的，非常结实。穿凉鞋这个行为体现出他对这个国家是多么地充满信心。在这里，人们无需担惊受怕，就连脚也是坦坦荡荡地露在外面。在我们撤离前三天，保罗突然被人看见穿上了登山靴，一双可以带他安全离开这个国家的鞋子。一想到这些年来这双被擦得锃光瓦亮的鞋子一直在他家里放着，以备不时之需，我就感到羞愧。我们一直都装作无法预见事情的发生，装作混乱是突然降临的，可这个小个子，我的顶头上司，有一双登山鞋。他准备好了，他知道混乱正在逼近。他明白，有一天凉鞋不再有用，于是为自己准备了一双登山鞋。我感到一种背叛。登山鞋暴露了他应对混乱局面的小算盘，也刺伤了我的荣誉感。(7-8)

由此可以看出，他完全接受不了保罗的这种换鞋逃跑行为，因为保罗以前在他心目中的形象是非常完美的。保罗在卢旺达充满奉献和牺牲精神地忘我工作，且时不时真诚地流露出他对这个国家的热爱。换鞋这样一个隐喻，即从证明保罗虚假地融入非洲现实的当地凉鞋换成展示他真实面目的自备登山靴，直接指明了保罗的虚伪。因此，在更广泛的意义上，它也指向了西方在非洲所谓的发展援助。他们并不是真正地为了当地的发展，更多的是一种居高临下的施舍姿态，一旦危及他们的核心利益，他们还是会露出他们的真实面目。出于所谓的羞耻感和道德考量，大卫因此决定在种族大屠杀开始时留在他的房子里。只要他还在卢旺达，那么他的道德感就会得到维护，同时也能与阿加特之前对他作出的评判相抗衡。只是如果对男主人公的角色定位更进一步分析的话，极端动荡的社会情况对他来说起初几乎是一场儿戏，他并不具备一个成年人的基本理性，不考虑生死，而是让自己的行为决断取决于阿加特对他的判断：

> 夜幕降临后，我悄悄溜进别墅。没开窗，别墅的窗户都用木板钉死了。我先列了一张随身物品清单。没几样东西能在目前的处境下派上用场，水差不多用完了，几个亨氏熟豌豆罐头，半打蜡烛，火柴，这就是我的全部财产。但我对此并不担心。我只需要坚持几天，直到我找到阿加特，然后其他一切就都会水到渠成。她应该明白她错了，我没有像她之前一直预测的那样逃离这里。她曾说，某天巨大的白色飞机会像天使般出现在天空，降落下来将你们通通接走。（9-10）

不幸的是，动荡的局势急剧升级，以至于还没过一天，他的理智就又很快恢复了，他已经后悔决定留下来了。在这里也可以看出，第一人称叙述者在某种程度上也在做自我批评，与保罗的换鞋撤离相比，他表现得也不一定更道德。恰恰相反，因为他被引诱到“浪漫”的希望中，即希望他能和阿加特一起逃走，甚至以后还可以拿这段经历开玩笑，所以他的角色在性格描写上呈现出更加复杂的特点。换句话说，在某种程度上他甚至比保罗还要虚伪，言必称道德的人反而愈加不道德。本质上，他也并不关心种族屠杀或人性的虚伪，只关心个人欲望和浪漫的感情：

> 但是刚过了第一个晚上，我已经受不了了。我意识到自己犯了错，一心只想尽快离开基加利。我知道周日有一班法航飞机将把最后一批欧洲人运走，而我将与阿加特一起坐在那架飞机里。我写了张纸条，让我的园丁泰奥内斯特送给住在青年大街的她。我收拾好行李，我知道她会来。这次有惊无险的经历只将会是我们生活中的一个插曲，我们很快就会拿它开玩笑。可是，她没有来。而我留在了阿姆萨别墅，在那里度过了整整一百天。有时候我感觉自己依然坐在围墙里，恐惧攫住我的心，我听见枪声、炮声、人们的呼喊声，饥饿和干渴的感觉再次袭来。（11）

这里有必要解释一下，作者选择泰奥内斯特作为书中主人公园丁的名字绝不是偶然的。在小说中，他只是男主人公的园丁，但在卢旺达种族大屠杀的真实事件中，提到这个名字，便使人立刻联想到卢旺达武装部队的前上校泰奥内斯特·巴戈索拉。无论如何，当我们进一步阅读时，这样的思考也给我们提供了不同的视角："泰奥内斯特隔几天就给我送来水，带来一些煮熟的米饭，偶尔还有一瓶啤酒。他对别人不好，对我却很好，但那时我并不知道。我们在露台上边玩拼图游戏边聊天，他带给我最新战况、难民潮消息，不时还会有关于阿加特的谣传。"（11）一方面这也正是种族大屠杀期间卢旺达与外部世界关系的一个隐喻性描述，另一方面两个人的角色也再一次暗喻了欧洲与非洲两个世界完全无法沟通与理解的问题，更确切地说，欧洲人完全不了解非洲人在想什么，正在做着什么[①]。

对于进一步分析大卫和阿加特之间的关系来说，有三个层面值得关注。第一点是在上面引用的句子"我知道她会来"。他认为他爱她，或者也可以说，他的爱和欲望是如此强烈，以至于他陷入了自己的"浪漫"幻觉，看不清当时的动荡形势，认为阿加特会以同样的感情和行动来回应他。他希望他在战争中的爱情故事能有一个浪漫的结局。爱情与战争，这样一种经典的爱情模式主题，虽然被古往今来的作家反复书写，但仍然稳居浪漫爱情关系选题的中心。但他高估了阿加特对他的感情。如果她真的来了，那将是一段已经存在了数千年的美丽浪漫爱情模式的重现。然而，小说描写的是现当代社会和历史中的爱情叙事。也就是说，在第二个层面上，这部小说中的爱情观念跟之前的爱情故事相比是完全不同的。特别是，这种关系是以一种非常奇特的方式失败了。第三，虽然他在阿姆萨别墅里待了一百天，但阿加特从未再主动找过他，也没有来过两人度过许多时光的这栋别墅。而且，根据泰奥内斯特打听到的消息，她依然活着。同时，作为一个外国人，大卫在卢旺达的逗留也非常引人注目，如小说中所述：

> 最初一段日子，我整天都把别墅大门锁得紧紧的，但后来泰奥内斯特告诉我，民兵早就知道我这个被困在阿姆萨别墅的白人了。他告诉他们我是瑞士人，因此站在他们一边。如果我是比利时人，早就被他们毫不犹豫

---

① 若要更详细地了解关于泰奥内斯特·巴戈索拉上校的信息可以参阅 DES FORGES A. Kein Zeuge darf überleben: Der Genozid in Ruanda［M］. Hamburg: Hamburger Edition, 2002.

地干掉了。这伙儿杀人犯杀掉每一个身份证上写着图西族三个字的人，却把我当作他们的同盟者。自从我们瑞士人三十年前踏上这片土地以来，始终履行着同样的使命，而我也一样。为什么要改变这种状况呢？难道仅仅因为这些家伙割掉妇女的乳房，把胎儿从孕妇肚子里剖出来？毕竟是我们教会他们管理这个国家，让他们学会如何处理像今天发生的这类大事件。究其根本，运送造房子的砖头与运送尸体之间并没有太大区别。是的，他们就这样让我安静地活着。（14-15）

也就是说，阿加特毫无疑问地知道他没有飞往欧洲，但她却从未来看过他。在这种情况下，男主人公不断地追问自己，他与她的爱情究竟是什么样子的？然而，这依然只是从他自己的视角出发，向读者讲述他的困惑：

我不知道自己是否爱过阿加特。也许，在我认识她的四年里，我只是在尝试忘记我们第一次相遇的场景，抹去她当时在布鲁塞尔机场对我造成的伤害。她应该明白，我不是她认为的那个在机场护照检查岗为她挺身而出的愚蠢男孩。（15）

由此可知，这种反思很明显传达了大卫对自己与阿加特之间感情的不安全感。但一方面，他只关注自己的感受，怀疑自己曾经是否爱过她。他也从未问过阿加特是否爱他。在小说中，也从未出现过她爱他的语言表达和具有爱意的行为表现。另一方面，他总是在关心这样一个问题，即他对她的感情在多大程度上是对她在与他第一次见面时表现出的那种蔑视感的一种情感上的反馈或代偿。

为了理解他们之间的爱情问题以及大卫所感受到的深深伤害，我们有必要分析一下他们第一次在机场相遇的场景。就让我们跟随男主人公的视角，观察一下他们在布鲁塞尔机场第一次见面时的场景是什么样的。大卫在等待登机期间，一个穿着欧洲服饰的非洲女人吸引了他的注意，最初只是给他造成一种间接的印象：“她站在那里。一位穿着欧洲衣饰的非洲少女，下身着露出纤细脚踝的卡普里裤，脚踩一双露趾凉鞋，脚趾上抹着红色的指甲油。这儿很少见到这样的女孩。”（15）尽管她看上去不像是一名普通的非洲人，但依然遭到了机场工作人员的刁难和侮辱。他为她鸣不平挺身而出，继而被两名便衣警察拽进机场的一个偏僻角落，也就是在那一刻，他的注意力才被吸引到她的脸上。仿佛电影中的慢动作展示一样，他注意到她的脸是“一张漂亮的非洲少女的脸”（17）。而且，最重要的是，她的眼睛和目光，在短短一瞬间体现出了从冷漠到微笑再到对世界的蔑视尤其是对他这个人的蔑视的变化。她用舌头发出一种刻意强调轻蔑的咕咕声音：“她觉得我是个白痴，她的嘴角露出轻蔑的微笑。这微笑传染给了海关官员，他们把我当成这个世界上最后一个傻瓜一样嘲笑我。甚至连她那把太阳伞伞把儿上的鸭头也在嘲笑我。随后，我被从看热闹的旅客们身边拽进了安全通道。”（18）

之后，大卫在瑞士大使馆的帮助下得以继续他的行程。到达卢旺达首都基加利后，他对这个国家的热情被重新点燃并甘愿为之奉献付出，但恰恰是这个时候，他潜意识里对那个非洲女孩的渴望又在梦境中出现了：“我迟迟不能入睡。我太激动了。我的灵魂还在撒哈拉沙漠的上空翱翔。而当我刚刚睡着时，屋子后面的发电机每隔一会儿就会间歇启动，发出的噪音又把我从沉重的梦境中吵醒。而梦中的主角则是那个笑得幸灾乐祸的鸭头。”（24）

此后，小说中很长一段时间的描写都是围绕着大卫在卢旺达的生活展开的。直到二十多页后，才出现阿加特存在过的一个迹象：那把带有鸭头把手的太阳伞[①]。大卫和保罗一起去布塔雷的乡下考查，在一家餐馆里发现了这把太阳伞。阿加特轻蔑的神情立刻通过鸭子的脑袋出现在大卫面前。在他看来，阿加特好像是在通过这只鸭子的脑袋跟他说话：“他仿佛在嘲笑我：瞧啊，我们的大英雄，被海关官员狠狠踢了屁股，他现在到布塔雷了，看看他接下来会去捣鼓些什么名堂。我愣住了，呆呆地看着鸭头墨绿色的眼睛。小个子保罗喊了我三次，才把我从震惊中带回现实。”（43）

然而，真正与阿加特重逢的场面却并没有出现，因为大卫不得不因为同事死亡的事情而离开餐厅，等回来时却发现太阳伞已经不见了。对于大卫来说，与确认同事已死亡的事实相比，失去这把太阳伞的踪迹明显要糟糕得多。这间接地表明，大卫寻找她的动力不仅是对他之前所遭受蔑视的情感补偿，而且也

① 在小说中，鸭头伞把儿一共出现了三次，并在他们关系的进展中发挥了重要的作用，即在第一次相遇中、在错过的会面中和女主人公的死亡场景中。

是一种驱使着他不断探寻的欲望。当他又有很多时间需要打发，同时感到无聊时，想念着的鸭头形象又出现了。他认为这是一个启示，也是一项紧迫任务："日子像过去一样毫无分别地从我身边一一溜走。我有用不完的时间，有太多的时间来想那只鸭头。这个国家给我发了信号，用谜一样的语言，而我绞尽脑汁却摸不到头绪。我只知道一件事：我必须找到那个女人。"（46）通过物的在场和人的缺席，作者在这里营造了一种空的意象，进一步突出了男主人公盲目的激情。一番苦思冥想之后，他决定画出阿加特的肖像。对此他兴奋不已，于是开车回到布塔雷，在城市中四处游荡并向人们展示他的画作，然而一无所获。从布塔雷回来后，他又继续在基加利寻找，但在这里也同样没有得到任何信息。

在教皇访问卢旺达期间，大卫没有遵守瑞士援助发展局禁止外出的规定而去现场参加了活动，结果他在大规模恐慌造成的踩踏事件中受伤，被送进了医院。而阿加特此时才作为一个具体的人的形象再次出现。阿加特在医院里做这次踩踏事件的医疗护理志愿者，大卫通过她的脸尤其是她的眉毛立刻就认出了她。这次邂逅让他兴奋不已，以致于一见面就晕倒了："走在护士队伍中间的女孩负责把茶递给病人。她大约二十五岁左右，颧骨上像豹子皮般斑斑点点，扬起的眉毛像个低音符。每当她把茶递给病人时，脸上总是挂着笑容。我不知道自己怎么了，就像你在快睡着的时候突然掉进了深渊的那种感觉。而我的确摔倒了，发现自己躺在了地板上。"（66）当她走到他面前把茶递给他时，真正的高潮出现了，尽管他感到有些困惑，无法分辨出她是在对他点头还是在和他说话："然后，哦，哈利路亚！阿加特把茶递给我，我们的手碰到一起，但我当时的脑子转得太慢了，没想明白，也许她朝我点了点头，也许她说了句话，但随后她不得不继续向下一个病床走去。"（66-67）保罗来探望他时，他也第一时间跟保罗分享了他在阿加特面前感受到的幸福体验，以至于保罗认为他可能疯了。然而，这并没有改变他进一步接近阿加特的强烈愿望。大卫有了充足的闲暇时间来观察阿加特，或者用他自己的话来说，他有充足的时间来欣赏阿加特以及观察她是如何工作的："除了端茶，她还负责第二项任务——给病人分发干净的睡衣。我从未见过比这更富有同理心的关心、更温和的微笑以及更深的谦卑。她似乎完全沉浸在她的工作当中，为病人更换绷带并安慰这些受伤的人们。"（67）

这个动人的相遇场景使我们联想到歌德《少年维特之烦恼》中著名的唤起爱情感受的描写：维特第一次见到绿蒂是在她给兄弟姐妹分发面包的那一刻[①]。德国语文学家海因茨·施拉弗（Heinz Schlaffer）就这个场景评论道："景象……足以让维特坠入爱河……维特陶醉于信件中所描写的遇见绿蒂的行为向清醒的读者揭示了这种爱在多大程度上是基于自我欺骗。"[②]《百日》中的男主人公似乎也有类似的情况，因为文中一直没有说出"温和的微笑"是阿加特特别给予他的还是针对所有病人的。尤其是在他欣赏完阿加特的工作状态之后，自己又重新开始思考："我独自一人时常常心生谢意，谢谁我并不清楚，但是我很高兴找到了一些我认为我已经丢失的东西。这感觉就像是爱。对这个温柔女孩的爱，对这个拥有卑微恭顺人民的国家的爱，对有机会从事一项好的事业的爱……此刻，我只想待在这里，在基加利，我要像这个姑娘一样勤奋，充满为伟大事业献身的精神。我一定要成为一名称职的总局雇员。"（67）这种迷恋和陶醉，或者更广泛地说，他的激情或他对阿加特"二见钟情"的情感是如此之强烈，以至于他相信他可以拯救她，进而拯救她的国家。总而言之，他认为这次相遇"本质上是一个新的开始"（67）。

在这种情况下，他对她的那些评价符合了他的所有想象。然而，正是这一点体现出他爱的并不是她本人，而是她的画像或他对她的想象。马克斯·弗里施（Max Frisch）为这种爱情观念提出了一种所谓的"画像理论"（Bildnistheorie），正如他在日记中所说的那样："人把自己当作一个秘密，一个有趣的谜。我们对这个谜逐渐厌倦了，于是人就给自己画了一幅画像。这是与爱相悖的一种出卖行为。在某种程度上，我们真的是其他人把我们看作的那个东西。无论是朋友还是敌人！我们也是他人的作者！"[③]从这个意义上来说，对一个人而言，塑

---

① 维特初次见到绿蒂的场景被认为是文学作品中最著名的相遇场景之一，其中所蕴含的谦卑的、自我牺牲的、奉献的精神以及由这些精神激发出的混杂着好感的爱情观念发人深思："我穿过院子，朝精心建造的屋子走去，上了屋前的台阶，正要进门时，一幕我所见过的最动人的景象跃入我的眼帘。大厅里挤满了六个孩子，最小的两岁，最大的十一岁，他们围拥着一个中等身材的美丽女孩，她穿着一件简朴的白色连衣裙，袖口和胸襟前系着粉红色的蝴蝶结。她手里拿着一个黑面包，根据身边孩子的年龄和胃口一块块切下来，就这样亲切地分给每个人。弟妹们在轮到自己的那一份时，虽然还没有被切下来，但已经把小手伸得高高的，天真地说声：谢谢！等拿到自己的那一块后，便蹦跳着跑开了。性格比较文静些的则拿着面包不慌不忙地到大门口去看陌生人和他们的绿蒂即将坐着出门的马车。"参见 VON GOETHE J W. Die Leiden des jungen Werther［M］. Stuttgart: Reclam, 2015: 19.

② SCHLAFFER H. Die Vorzüge der„Leiden des jungen Werther“［J］. Sinn und Form, 2015 (2): 198.

③ 同 FRISCH M. 32.

造他人形象意味着定义他人并了解他是怎样的人。而为自己塑像则意味着拒绝他人的存在、拒绝改变、拒绝被允许成为另一个人。用这个观点进一步来分析爱情问题就给我们提供了一个全新的视角，因为每一个人都是不断变化着的个体，给别人画像、定义别人则意味着是一种过错。这是一种宗教意义上不断犯下的罪恶行为，而只有当人们真正相爱相恋的时候，才可以消弭这种罪恶，因为只有在相爱的时候才能体会到对方身上如同上帝一般一直存在且一直在变化着的东西："你不可为自己雕刻偶像，也就是说，雕刻上帝的形象。它也应该在这个意义上适用：上帝作为每个人活着的证明，是无法被抓住的。这是一种罪恶，正如它对我们犯下的那样，我们几乎不断地再次犯下——除了当我们相爱的时候。"[①]但很明显，大卫与阿加特并不是真正相爱，且都不具备尊重对方是不断变化着的个体的这样一种认知，尤其是大卫从一开始便在为阿加特画像，同时也为自己画像，他们的爱情关系也就注定要以失败而告终。

从这一刻开始，小说中阿加特的出场变得频繁起来。由于大卫在教皇访问期间没有遵循禁止外出的规定，他受到要被遣回总部的惩罚，即离开卢旺达返回瑞士。当然，才刚见到心念已久的非洲女孩就要被调遣，他完全无法接受。在保罗的帮助下，他终于又设法留在了基加利，同时有了进一步接近阿加特的机会。

然而，他对阿加特那个谦卑奉献印象的感受并没有持续很长时间。不久之后，他再次见到了"另一个阿加特"：

> 阿加特已经完全不再是那个在医院里的天使，她又变回了我在机场遇见的那个女孩，冰冷，傲慢——关于这一点我在随后的几年里一直百思不得其解。不只存在一个阿加特，至少有六个，当我好不容易抓住她们其中一个时，她就又已经换了另外一个形象。我无法理解她的表情和语调。我看见她在笑，可是她的话听上去却冷冰冰。每当她讲笑话时，总给人一种

① 同上。弗里施在这里指的是圣经的诫命（即在这一点上，上帝禁止制作一个形象并崇拜它）并把它引申到人与人之间的关系中。"画像"这个问题同时也是弗里施自己进行创作的一个核心主题，汉斯·尤尔格·吕西（Hans Jürg Lüthi）把弗里施的作品分成了两类："在第一种类别中，画像被体验为命运。其中包括戏剧《安道尔》——安道尔人给安德里分配了犹太人的肖像，以及小说《能干的法贝尔》——沃尔特·费伯仍然被困在技术人员的画像中。第二类涉及从画像中解放出来，例如在Stiller或Mein Name sei Gantenbein中，主要角色为自己创造新的身份，以逃避被预制好的画像。"参见LÜTHI H J. Max Frisch: „Du sollst dir kein Bildnis machen.“［M］. München: Francke, 1981: 16-50, 51-103.

忧伤的感觉。(70-71)

在这个段落，用于分析和理解这部小说异常关键的一个双关词“得到”（kriegen）就已经出现了。从一开始，他就考虑着得到阿加特这个人或她们形象中的一个。这就不再是关乎爱，而是关于征服和想要占有的欲望了。更加值得注意的是，现实中真正的阿加特与他想象中的形象并不相符。与他这个真正的欧洲人相比，阿加特反而表现得更欧洲式和个人主义，她经常怀念她在欧洲的日常生活，对此他也感到很失望。她向他抱怨她的家庭、她的父亲、她的民族语言以及这个国家的裙带关系。她说她绝不会顺从她父亲的意志去与她的一个堂兄结婚，进而巩固他们家族在上层社会的影响力，她认为这完全不可能：“但这是不可能的，她当然不会嫁给一个乡巴佬（Ndindiliyimana）。”（71）说着一口流利法语的阿加特在这里使用了母语中的“Ndindiliyimana”这个词来表达她的感受，或者换句话说，她使用这个词来表达她对母语的厌恶，同时也表达了对堂兄这个没有接受多少教育的人的蔑视。因为她在布鲁塞尔的学习经历，以及她的日常穿着和生活方式，她感觉自己更像是一个欧洲人。

与真正的西欧人大卫以及与大卫一样的瑞士援助发展局的工作人员相比，阿加特毫不掩饰地表示着她对这个国家的厌恶，在某种程度上将自己视为这个国家的一个陌生人，不想与这个国家有任何牵连，时刻准备着逃离。而他们这些人至少在表面上表现出对卢旺达这个国家的认同和某种程度上的融入，每个人都表现出奉献付出的精神，这不仅仅是一种悖论的描述，而且几乎可以被看作是一种反讽的腔调。因为大卫依然还沉浸在对另一幅奉献谦逊的阿加特肖像的感动中，所以对她目前这个自我自私的真实形象非常失望。他不喜欢眼前这个真实的、自私的阿加特，他希望他脑海中的阿加特一直是那个自我牺牲、热爱奉献的护理人员形象：

> 我当然很失望。失望的是，阿加特只是一个出身名门、被宠坏了的姑娘，就像我在机场评判她的那样。但我想我已经在于医院照顾病人的那个女人身上认识到了她的真实本性。是那个谦卑的、富有奉献精神的人深深地打动了我，而不是这个坐在我对面不停聒噪的女孩，同时闷闷不乐地在扯着她的吸管。(75)

在这个段落，“谦卑的”和“富有奉献精神的”这两个词也进一步印证了男主人公的爱情观念。他总是只关注阿加特的一个方面。他没有办法完全接受她，爱她所有的品质。他只坚持“好的一面”，即证实他的想法与他自以为的形象的一面。

总的来说，他们的恋爱关系是没有任何基础的。由于他在她身上看不到她真实的存在，即她既有好的一面，也有坏的一面，而只是将她视为他对她的想象，或者更确切地说是他对她的画像，因此他们之间的关系是不可能平等的。更加糟糕的是，他其实已经意识到阿加特并不再是之前的“画像”形象，但他不仅没有去接受这样的认知，反而在他们两个人之后的关系中尝试依着这样的画像去再次改造她，这也就又进一步陷入了弗里施“画像理论”的维度：

> 我们如果自以为认识了他人，那就意味着爱的终结。不是因为我们认识了这个人而造成了爱情的终结，而是正相反，因为我们的爱情到头了，它的力量耗尽了，于是，这个人对于我们来说就完结了。我们不再准备接受这个人的改变，我们拒绝他要求活着的渴望，同时我们感到受伤，感到失望，因为我们的关系已经死亡。失望者说，你不是我以为要得到的那个人。①

再回到小说中，大卫非常理想化的自我画像以及期望通过自己的画像来改变对方的行为则鲜明地佐证了这一点：“我感到自己有一种迫切要求，要让这个女孩相信我的正直。如果成功的话，我将引导她走向正确方向。她将会留下来，为自己的家乡奋斗，这是她的义务。可是，如果我保不住自己职位的话，一切都将成为空谈。由于我不觉得玛丽安娜会相信我痛改前非，所以小个子保罗便成了我唯一的救星。”（75）

4.2.2　非浪漫时期的浪漫之旅

在分析大卫邀请阿加特前往该国北部地区的吉塞尼的“浪漫之旅”之前，我们需要首先对男女之间的传统交往模式做个简单分析。在传统社会中，一名未婚女性与男性单独外出旅行几乎是不可想象的。但在今天这个时代，确切地

① FRISCH M. Tagebuch 1946-1949［M］. Frankfurt am Main: Suhrkamp, 1985: 32。

说，不管是在现实生活中还是在小说叙事中，这已不再被视为一种奇特和离经叛道的行为。其背景则是男女关系在这个时代出现的新变化以及一种在今天已经根深蒂固的新的爱情观念。另一方面，同样需要指出的是，传统的两性交往模式却并没有完全从人们的脑海中消失。相反，它们继续在潜意识里存在着。瑞士著名文化学者丹尼斯·德·鲁热蒙（Denis De Rougemont）在他的经典作品《爱情与西方世界》中针对这种情况做了详细的论述：

> 在西方资产阶级环境中成长起来的一代人是在婚姻观念的熏陶下长大的，但同时他们又被一种浪漫的氛围淹没，这种氛围通过阅读读物、戏剧和数以千计的日常典故来维持，其隐含的意义可以大致呈现如下：激情是每个人都必须经历一次的最高考验，而只有“经历”过它的人才能过上充实的生活。[①]

按照鲁热蒙的观点，大卫对爱情观念的认知一方面仍然难脱世俗意义上浪漫氛围的窠臼，同时他的激情则完全处于鲁热蒙所描述的需要经历考验的这个阶段，他迫切地希望做点什么来阻止阿加特去欧洲。同时，回到他对自己的认知上，也即对自己画像的认知上，在他计划吉塞尼的旅程之前，他就连续自问自答了十一个问题，所有的这些问题都与他和她的关系有关，并且他也进一步分析了自己的处境：

> 阿加特想回到布鲁塞尔继续大学学业。我想说服她，但留给我的时间不多了。我想把她弄上床吗？对此我很没有把握。我是否想向她证明我有多优秀，我的意图有多诚实，不愚蠢，不天真？是的。我达到其中的一些目的了吗？没有。我长得难看吗？不知道。我笨吗？也许吧。这就是我没能和她在一起的原因吗？很可能。她是不是因为我父亲只是一个化学家，普通的中产阶级，没什么特别的，而拒绝接受我？至少我是这么告诉自己的。我是不是努力得还不够？胡说八道！我做错了什么吗？完全没有。我向她表白爱意的时机是不是选错了？然而，任何时候说都是错的。我什么时候意识到了这一点？立即。实际上是在之前，我的意思是在我们去吉塞

① DE ROUGEMENT D. Die Liebe und das Abendland［M］. Gaggenau: Frietsch, H. Verlag, 2007: 280.

尼之前。（79）

特别值得指出和需要进一步加以分析的是这个问题以及他的回答：“她是不是因为我父亲只是一个化学家，普通的中产阶级，没什么特别的，而拒绝接受我？至少我是这么告诉自己的。”他感情中的矛盾和他缺乏自信的表现在这段话中显而易见：他想以良好的状态展示自己，但同时又认为自己的家庭背景可能达不到她的期望。也就是说，在他与阿加特的关系中，很明显，传统爱情中的“旧”观念仍然存在。我们甚至可以感受到留存在我们人类集体记忆中“旧”观念的阴影或痕迹：因为阶级意识和家庭背景不同，两个恋人不能在一起。有趣的是，上述的疑问是由大卫这个经过启蒙思想和现代婚姻伦理洗礼的西欧人发出的。同时，值得进一步分析的是，在大卫准备旅行的过程中，我们还可以看到社会学家伊娃·伊卢兹（Eva Illouz）在其著名作品《消费浪漫》中对爱情或“商品形式的浪漫爱情”的新观念。她关注的是“理解浪漫情怀与发达资本主义的文化、经济和社会组织相互作用的形式和机制”①。小说中与之相应的描述为：“我本应该料到前往边境附近的北方旅行有多危险，但我不想让那些黄褐色的幽灵搞砸我和阿加特共度周末的计划。这是我最后一次机会。她打算在星期天中午动身离开。我把所有的希望都寄托在旅行这一天。我们打算星期六早晨出发，星期天一大早太阳刚露头便开车返回基加利，以便她能赶上下午两点的班机。”（80）

大卫还进一步设计了这段“浪漫之旅”过程的细节。他的明确目标是“得到”她，确切地说是引诱她留下来。同时，他也展露了他对她的如同一名猎人捕获猎物的计划：“如果我能成功地引诱她一次，她就会推迟或者完全取消旅行，但为此我需要在基伍湖畔度过一个周末，一个酒店房间、几杯饮料、划艇、美丽的日落，在吉塞尼这一切都有。”（80）按照当今的浪漫爱情观念，是短途旅行、酒店、饮料、划艇和美丽的日落这些世俗意义上的浪漫元素，最终让两个人找到并爱上彼此。同时，阿加特和他一起动身离开基加利的行为也不难理解，也就是说，她不需要问任何人，她可以完全独立自由地决定与他一起旅行。

不幸的是，他的计划并未奏效，在一定程度上甚至可以说是完全失败的。

---

① ILLOUZ E. Der Konsum der Romantik: Liebe und die kulturellen Widersprüche des Kapitalismus［M］. Frankfurt am Main: Suhrkamp Verlag, 2003: 1.

尽管他尽了一切努力想给阿加特留下良好的印象，但她对他的工作、见识甚至他这个人都完全提不起兴趣。更糟糕的是他那种放弃自我而迎合对方的尝试。即便她一次又一次地拒绝了他提出的各类话题，他还是一再做出了妥协。然而，这些妥协和尝试并没有让他在她那里获得更为亲近的反馈，反而越发让她觉得索然无趣。

因为他本质上对她还不够了解，所以一直以来都是按照他对她的画像来认识她的。她一旦符合了他的画像，他就欣喜若狂；不符合他的画像，他就倍感失望。因此，他不知道她对什么真正感兴趣。反过来也可以说，他根本没有能力来引起她对他的兴趣，所以他所做的任何事情都是徒劳的。然而，他又并不想放弃，继续问了她一个问题，但脱口后就立刻意识到这个问题非常愚蠢：

> 我决定不再这样做，而是问她对什么感兴趣。但我真后悔提了这个问题，因为她的回答像拳头一样击中了我。也就是说，说实话，它有那么一点复杂。“我对小伙子很感兴趣。”她回答说。我从她的声音中听不出任何歧义，没有一丝模棱两可。她回答得很明确、认真而且没有丝毫羞耻感。（83）

对于她这样一个在欧洲学习的非洲人来说，对喜欢年轻异性问题的回答是“相当正常和诚实”，但对他这个“真正的”欧洲人来说，却感觉到“认真而不知羞耻”，也即不那么容易接受。所以这个回答一方面完全不符合他的感情观念，另一方面也给他带来了深深的伤害：“她不妨回答说，她对十九世纪的艺术或莱迦人的仪式面具感兴趣。小伙子们。我当然不是她感兴趣的那种小伙子。我只是看到了宽阔的肩膀、经验丰富、冒失鬼一样的家伙们，而我明显不属于这种类型。”（83）

接下来，浪漫的乘船旅行的尝试也失败了，因为她不喜欢乘船，也不会游泳。也就是说，虽然他们之前在一起接触了很长时间，但他对她还是处于几乎完全不了解的状态，所安排的旅行项目也是根据自己的浪漫想象以及兴趣爱好来组织的，根本没有考虑到她的兴趣：“去租条船吧，我建议。可她没兴趣。我不信，一般人都对划船感兴趣。两三句话后她终于承认，她不会游泳。这个理由挡不住我，几分钟后我们坐在一只小木舟里。她穿着一件巨大的救生衣，坐在船尾，双手紧紧抓住船栏杆。我划着船，太阳从身后晒在脖颈上，汗也冒了出来。一刻钟后，我终于不得不承认，荡舟湖上不一定在任何情况下都是浪漫的事。”（84）当他们一起喝杜松子酒，自我意识逐渐消失时，阿加特变得更加平易近人。尽管他希望她能有那么一个瞬间满足他的期望即变成他在医院见到的形象，但是她还是很快变回了他在机场遇到的那个女孩。这非常清楚地进一步表明，哪怕是借助酒精扰乱了清醒的意识，阿加特对他依然没有兴趣，缺乏热情。

尽管他没有完成与阿加特体验浪漫之旅的目标，但他引诱她留下来的想法却颇具反讽意味地实现了。由于内战爆发，他们所在的北部边境地带立刻就陷入了危险的境地。战争影响了正常的交通，他们试图绕道返回基加利，但由于不熟悉路线，没能及时赶回基加利，导致阿加特不仅错过了第二天中午飞往布鲁塞尔的飞机，而且直到她死亡也未能再次离开卢旺达：

> 好吧，阿加特没能赶上飞机。老实说，我觉得这是上帝在惩罚她。现在她必须在这里待上一周，她想。我也这么认为，可事实上她再也没有离开她的祖国。在那之后的四年里，她有上千次的机会离开这里，然而她好像就在那几天中被某种细菌感染了一样，那是一种仇恨，最终害了她并夺走了她的生命。我在相当长一段时间内，整整有一年没有发现她的变化，而她也没有把仇恨表现出来。（93）

针对这个由他的自私和欲望所造成的悲剧，他却一直试图给自己找到一个合理的解释。他想知道他是否爱阿加特，并一直思考着，如果她那天赶上了飞机会发生什么：“我经常会想，如果我当初没有坚持做那一次短途旅行会发生什么？她会飞往布鲁塞尔，毫无疑问，我们永远不会再见面了，我也不会在基加利度过一百天，也许阿加特甚至到今天还活着。”（93）

然而，与他组织旅行时一样，在接下来的所有思考中，他基本上都是从自己的角度出发的。他仍然没有反思过她是否爱他。对他来说，这几乎就像一个盈亏博弈：他在周末的旅行中没有赢得她的好感，但他最终实现了让她不离开非洲这个更重要的目标。然而，这样一种关系并不代表成功的亲密关系。在这种关系里，双方在交往过程中并不能相互确认他们的感情。相反，大卫进一步意识到他们来自两个不同的世界：“对她而言，我属于基加利，与闷闷不乐的公务员和大批援助发展工作者一起陷入无聊至死的混乱状态，他们对贸易逆

差、咖啡价格下跌和结构调整计划经常流露出忧虑的神情。"（83）

"闷闷不乐"和"无聊至死"这两个词体现了大卫和其他一样来自瑞士的援助发展工作者的工作和生活状态，同时他也认为自己反而不如阿加特那么"开放"和具有"解放性"，阿加特在"恋爱事情"方面的态度显然比他们想象中的非洲女性要自由开放得多。换句话说，那种所谓的陈词滥调——欧洲等于自由，非洲等于传统——似乎在他们的关系中完全被颠倒过来了。虽然大卫已经意识到他们之间横亘着两个世界的鸿沟，但他却不愿意承认或者真正地去面对和解决这个问题。随着小说情节的进展，这个问题进一步加剧。

4.2.3 性的描写与社会暴力叙事

悖论是，虽然两人的浪漫之旅以不浪漫的方式结束，但大卫诱惑阿加特留在卢旺达的目标却得以实现，就这一点而言也颇具讽刺意味。一场突如其来的战争，将两个本不相爱的人阻拦下来，无疑增加了些许命运的色彩，并推动了情节的发展。阿加特留在了基加利，因此两人之间最终发展出了一定程度上的亲密关系。需要指出的是，这种亲密关系首先是由于阿加特在这个国家的无聊而不是对大卫的兴趣促成的，如大卫所表述的那样："我耐心地等待着。她渴望与一个他们家族之外的外国人交往，这种渴望将她再一次吸引到我身边。我们秘密约会。她周六下午假装去体育俱乐部打网球，而实际上来到我的阿姆萨别墅，向我吐露心声。她快无聊死了，她说。"（98）在他们接下来的约会中，这种熟悉感开始逐渐浮现出来并得到进一步的强化。阿加特谈论着她的家庭，这种动荡的社会环境让她感到紧张和焦虑，大卫则表现得像朋友一样，并相信他正在接近她。他如同一个富有经验、耐心等待时机的猎人一样，知道截至目前他们的关系所应保持的边界，一方面利用她的无聊，另一方面又表现出足够的耐心：

> 我完全理解她的弟弟菲力勤，换做是我肯定也会像他一样投身政治洪流。同时我也感到高兴，阿加特没这么做，她宁愿来找我，枕着我的肩膀大哭一场。我们接吻了几次，但现在对她来说，一个值得信赖的朋友更重要，一个可以倾听她诉说的人，一个来自另一个世界的男孩。我小心翼翼地尽量不逼迫阿加特太紧，让她觉得有人理解她。我知道她渴望什么，渴望聊天，渴望和人一起打发时间。（99-100）

小说接下来对大卫和阿加特性行为的详细描述，可以说是他们两人关系的“高潮”部分。在这个过程中，他们两人本质上的差距以非常明显的方式呈现出来。一方面，第一人称叙述者的激情异常强烈，更确切地说是他的欲望得到了满足：

> 在那些日子的某个时候，当我们习惯了新形势，战争距离我们尚为遥远，我终于把阿加特搞到了床上。对我来说，贪婪的交媾开始了。在交配的一系列高潮时刻，我们在淋浴时亲热，在阳台上嬉戏，在周日早晨快速性交，在漫漫长夜缠绵缱绻，在阳台上彼此爱抚以及在沙发上尽情舌吻。（112）

鉴于他之前拥有像等待猎物一样的耐心，那么就可以说，在他的表述中，“搞到”[①]这个词很明显地表达了狩猎成功或狩猎目的最终得以实现。另一方面，阿加特则认为性行为只是一种纯粹的生理需要，所以它也与爱情无关。因此，既对于大卫，也对于阿加特而言，浪漫主义爱情观念基础上的性与爱结合的观点是不存在的。同时，为了进一步反思性在他们关系中所扮演的角色，大卫总结道：

> 无论我们做了多少次爱，或者我们多么赤裸裸地把自己交给对方，我的心中始终都留有一丝羞耻感。对于阿加特来说，做爱似乎没有触犯什么禁忌，最多声名狼藉些，因为我们还没有结婚。她做爱，就像她需要吃饭一样：为了满足需求，这是一种完全自然的欲望，不需要承担任何责任。她做爱时会叫出声来，那声音就像一个需要人来照顾的婴儿发出的那样。（113）

也就是说，对她而言，性并不神秘，自己也不需要背负太多的道德压力。另一方面，大卫则觉得他的内心在寻找一些别的东西：“每当我受欲望驱使站在阿加特身后或者躺在她身下时，似乎此生别无他求，但我心里却觉得我没有达到我的目标。”（113）他最终得出的结论是，一定是她在性方面的堕落与放荡

---

① “搞到”（kriegen）这个动词从词源上来讲还与名词“战争”（Krieg）有关，这里也隐含着另一层意义，即暗示了胡图族和图西族之间即将发生的全面战争以及战争中发生的大范围屠杀和强奸行为。

和他对她的愤慨激起了他的欲望。两人有一次为了避开家里的佣人，驱车外出来到马路旁边的一片灌木丛里寻欢。这是一种非常草率的行为，因为有可能被当地人发现，从而导致极其严重的后果。事后他仔细观察了一下阿加特对于这次疯狂举动的态度，希望在她身上发现她对自己堕落的认识，但毫无疑问，他的观察以失败告终："我希望把她变为堕落的帮凶，但对她来说，在车里这样做完全仅仅是因为缺乏做爱场地，好比第一家饭店满座了，于是不得不找第二家。我们想做爱，阿姆萨别墅有人在打扫，所以我们就在车里做。仅此而已。"（115）

然而，由于阿加特逐渐热衷于政治运动，从她参加保卫共和国联盟活动的那一刻起，她对性的态度就出现了很明显的变化。更确切地说，她将性与政治隐喻以及与暴力混合了起来。与此同时，她快速地摆脱了一个肤浅的年轻女孩身上的所有属性，甚至剪掉了具有性别特征的头发，准确地说，她剃了个光头。她还把之前那些西式的穿着例如七分裤、露肩装和高跟鞋统统扔掉了，换上了他们当地人的传统服装。由于阿加特经常参加活动，所以他们的见面也越来越少。当然，他们之间又几乎不可能正常地讨论政治局势，因为阿加特三言两语后就会沉默下来，又或是她表达的观点在大卫看来近似于一种洗脑式的宣传控制：

> 更糟糕的是她主动开口的时候，嘴里冒出来的净是些传销来的政治套话和偏执狂的妄想，这些极端思想利用阿加特的嘴这个语言器官，像病毒一样广泛传播。她说，我们不会容忍社会革命出现倒退，人民群众已经在1959年的革命和1961年卡玛拉姆帕卡全民公决中表明了自己的意志，可是封建复辟分子们却不肯承认。（132）

在这种情况下，他们的性行为也随之发生了变化。也正是在这种暴力背景和种族主义仇恨情绪下，她脱口而出的那句"你们也许对我们的国家进行了殖民统治，但我决不会允许你殖民我的身体"（133）毫无疑问地就成为了理解和分析该小说的一个重要主题。在这个句子中同时值得推敲的还有，对于他们的关系而言，阿加特强调的是她的身体，而不是她作为一个个体的人或她的灵魂。而正是在这个问题上，两人的观点又出现了明显的分歧："起初我还试图反驳她。因为作为一名瑞士人，我和殖民主义毫不相干。另外，我认为做爱这件事带给我和她同样的快乐。她苦笑了一下：我知道白人眼中的乐趣是什么，那就是不断重复对我们的羞辱。”（133）这也表明了大卫依然无法接收到阿加特向他发出的信号。她对他是否具有感情依然存疑，而他与之前一样，依然不够了解她。

大卫陪同阿加特参加了一次他们的聚会活动，会上成员们互相煽动保卫共和国以及反对叛军的武装斗争，之后他与她度过了一个放荡的性爱之夜，这也再一次印证了性与暴力之间的紧密关联：“没有经历过的人完全无法想象，在这样一场聚会结束后，人的欲望会是多么强烈，做爱会带来多么大的满足、慰藉与解脱。性高潮的力量是如此巨大，以至于一切的矛盾和怀疑都在爆发的那几秒钟内不复存在。”（134）同时，在两人发生性关系的过程中，阿加特持续的喃喃自语和极端思想的再现也进一步加深了这一点，例如她对图西族人发表的令人胆寒的观点：“他们都是蟑螂。大卫，蟑螂是生不出蝴蝶的……一个图西族人永远是图西族人……他们从没有改变过……现在进攻我们的蟑螂和几百年来压迫我们的蟑螂之间没有什么区别……他们过去和现在一样杀人、强奸和抢劫。”（134）与之相应，她的语言越是极端，她的思想越是可怖，他对她身体的渴望反而就越是强烈：“集会结束后的那晚我们不停地做爱，再没有比那次更淫荡、更狂野和更粗鲁的经历了。不是阿加特索求无度，而完全是因为我。我就是没法离开她的身体，一整夜我都在不断地要她。”（134）当他第二天早上反思昨晚的疯狂状态时，一开始也完全想不明白到底是什么原因促使他这样放荡：“我的脑袋疼得厉害，仿佛前晚狂饮滥喝了一夜。我有点糊涂自己昨晚到底着了什么魔，为什么突然之间变得如此疯狂。”（134）而当他真正把所有的联系都梳理清楚，即将暴力攻击、性的宣泄以及极端语言和思想结合在一起时，他也终于反应了过来：

> 我想念的不仅仅是她的身体，还有她那吐出令人难以置信的冷酷无情话语的美丽嘴唇，以及那颗充满疯狂、好战和嗜血思想的漂亮脑袋。我依稀感到昨夜着魔般的做爱与她的精神状态之间存在着某种关联。我不禁自问，我是不是有点性变态？（134）

以下情况则进一步强化了他的这种认知。大卫的女佣人厄内斯特因为是图西族人，便遭到了阿加特无情的羞辱，她甚至用玻璃刺得厄内斯特鲜血直流。

目睹了这一幕的大卫认为她对厄内斯特的愤怒和伤害是完全不可理喻的，但同时在这种情况下，他又以一种难以自控的方式渴望阿加特的身体。在送厄内斯特回家并批评教育了阿加特一番之后："她前脚刚走出大门，我和阿加特便像两头饥渴的野兽一样扑向对方，紧紧地滚在一起，展开激烈的肉搏，完完全全沉醉在性交带来的快感中。"（136）他也终于明白了性与爱情之间的本质区别，意识上也得到了升华："在那一天我终于明白了做爱跟爱情与和谐关系不大，它更多地与压迫和抗争有关。"（134-135）而在经历了这次精神上的洗礼之后，正如鲁热蒙在他的著作中所提到的那样，大卫的激情并没有通过经历的最高考验，他没有获得真正的爱情进而得到完美的人生，他与阿加特接下来的关系反而进一步陷入黑暗的激情当中。同时他也如弗里施在画像理论中阐释的那样，他不仅未能通过画像来拯救阿加特，反而通过这种画像行为进一步放大了他们的爱情问题，最终也间接导致了阿加特的死亡，如弗里施在他的画像理论中所指出的那样：

> 我给自己画像，别人给我画像，这是一种不公平。而处于这样不公平中的我再去为"别人"画像，这其实是对"我"的另一重不公平，这种画像的行为使得我们处于一种不公平的社会关系之中，我眼中永远是一个不宽容的充满偏见的世界。我们用"画像"这样的行为，终结了我们从生活之中获得宽容和爱的可能。①

两人最后一次性行为与一只差点被泰奥内斯特和他的侄子杀死的秃鹰有关。秃鹰在卢旺达被认为是"空中老鼠"，对人类没有任何益处，为卢旺达人民所深恶痛绝。但就是这样一只在卢旺达被视为不祥之物的秃鹰却引起了大卫的同情，大卫从他们两人手中解救了它并试图治愈它，但这又进一步加剧了他和阿加特之间的争吵。她在夜里睡觉时被秃鹰的叫声打扰，如果大卫没有阻止她的话，她可能就会立即去杀死它。为了进一步激怒他，阿加特坐下来，把屁股故意放到他的枕头上，因为他非常不喜欢这样。接着她点了一支烟，取笑他的多愁善感。而大卫则完全没有意识到他拯救秃鹰的做法不合时宜，反而想借助这只秃鹰继续给阿加特画像，期待着她能拥有对这只动物的爱：

① 同 FRISCH M. 32.

> 阿加特吸着烟，她用眼神告诉我，我和那些让猫睡在床上、把老鼠当宠物饲养的颓废欧洲人没有什么两样。为了睡个安稳觉，她可以不动声色地杀死一只动物。她丝毫不同情这只可怜的生物，这不仅令我感到非常厌恶，而且有些害怕。而另一方面，她的冷漠、只求结果的不带任何私人感情的认真劲儿却又令我十分好奇。我想知道她脑子里在想什么，是否她心中对这只动物没有一丝爱，因为如果是这样的话，那就由我来种下那颗种子吧。（141）

于是，他们又彼此沉沦在一起。很明显，他的想法不仅没有实现，反而“一周又一周，我深深地陷入到了这种黑暗的、可怕的激情中”（141）。

需要再次强调的是，以秃鹰为背景的场景描写不仅是描述阿加特和大卫之间性关系的最后一幕，而且也是描写他们两人直接的亲密关系的最后一幕。阿加特在小说接下来的大部分内容里消失了，直到最后一章以濒死的形象出现。小说后面依然是只围绕着大卫一个人的视角，讲述他被困在阿姆萨别墅里的一百天。从这个角度也可以说，直到最后一幕，大卫都沉浸在他的激情中，根本没有成功地将性关系转化为对他们亲密关系的证明。相反，他们日益复杂且掺杂了愈来愈多黑暗激情的性行为与该国日益增多的暴力事件并行不悖，成为了抗争与压迫的一种隐喻。

4.2.4　作为隐喻的动物之爱

由于这部小说中人与动物关系的描写非常引人注目，作者也花费了大量的笔墨来书写动物表达情感，因此对之也有必要仔细地研究，以便更好地理解小说中所描述的人与人之间的关系。正如我们在该章节分析的开端所阐明的那样，这部小说中关于爱情的叙事不仅仅关乎大卫和阿加特这一对恋人之间的爱情关系，也是关乎人类与动物之间乃至欧洲与非洲之间关系的一个隐喻，只有在对此也进行详尽分析的基础上，才能更好地去反思这段种族大屠杀时期的爱情模式以及相应符号所承载的全部意义。

首先需要分析的是大卫与那只秃鹰之间的关系。救了秃鹰的大卫一开始也不知道该如何处置它：“我来迟了，这只鸟再也飞不起来了。要是他们刚才彻底把它打死可能会更好些。有那么一会儿，我考虑过把鸟留给泰奥内斯特，或者我亲自拧断这只动物的脖子。”（138）在这个简洁的内心独白中，尤其是表达条件形式的德语虚拟语气“会”（hätte）和“要是”（würde）直截了当地表明了他并不是真的出于对动物的怜悯或爱而拯救这只大鸟。对他来说，动物的死亡并不重要，相反，重要的是他想利用这只动物，或者更确切地说，利用它给非洲人上一堂课：

> 可当我看到泰奥内斯特的侄子时，发现小男孩眼中有一种对杀戮的兴趣，一种面对秃鹰悲惨命运的快乐。他那种充满挑衅、居高临下的眼神与我在阿加特眼睛里看到的一模一样。我于是改变了主意，无论要为这只鸟做些什么，我都愿意。我不在乎它是否会痛苦地活着，或者说安乐死可能对它反而更仁慈一些，我要让他们明白，生命是宝贵的，无论是哪一种生命，要让他们明白自己都干了些什么。（138）

从这个段落也可以看出，本质上，处理秃鹰与泰奥内斯特和他侄子之间的关系影射的依然是他与阿加特之间的关系。由于他在这个小男孩身上看到了类似于阿加特的神情，他的那种居高临下说教式的道德感就被激发了出来。在这个事情上他实际想到的是如何教育阿加特，但在当前这种紧急情况下，他别无选择，只能先对泰奥内斯特和他的侄子这样做。他认为他确切地知道自己在做什么：“我当然知道这有多么疯狂，但通过教导这个孩子尊重生命，我将会为这个国家结束暴力尽自己的一份力量。千里之行，始于足下。还有哪里能比在我的院子里开始实践改良人类的伟大理想更合适呢？由于昨天没有及时介入阿加特的疯狂行为，我的良心一直在谴责自己。谢天谢地，现在我终于有机会稍微做一点补偿了。”（138）

另一个问题则是上文已经提及的，秃鹰进一步加剧了他和阿加特之间的争吵。她在夜间休息时被鸟儿的叫声打扰了，如果大卫没有阻止她，她可能立即就会去杀死它：“她骂我是胆小鬼，我才不在乎呢。当大鸟再次发出一轮嘶鸣时，阿加特开始起身穿衣服。‘如果你胆子太小，无法让那只鸟闭嘴，我来干。’我吓了一跳，赶快把她拦了回来。我把这只鸟从园丁的手中救出来，当然可不是为了让它被我的情人杀死。”（139）

然而颇具反讽意味的是，大卫本来只是打算通过照顾这只秃鹰给他们上一课，结果却在一步一步地为这只动物找吃的东西时，对这只动物产生了真正的感情：“我把包裹送到邮局柜台。在回来的路上，我停车来到死蛤蟆旁，蛤蟆的尸体在尘土和汽车橡胶轮胎的共同作用下变得黑乎乎。我用圆珠笔把蛤蟆尸体从柏油路面上刮下来，装在手帕里，然后迫不及待地想把我的战利品献给秃鹰。”（154）“迫不及待”这个词一方面清楚地表明了他的感受，另一方面也体现了他与这只秃鹰之间逐渐产生的亲密关系。当秃鹰吞食着他带来的猎物并向他进一步乞食时，他终于知道该给它带来什么了。他继续为它寻找壁虎、蛇、爬行动物、老鼠等的尸体，同时还考虑着为它做长期储备：“我搜集到的小动物尸体往往超过了秃鹰每天的消耗量，于是我把这些尸体放入冰箱冷藏起来，每次解冻一部分。”（155）在这种看上去有些奇怪的供养关系中，秃鹰得以从伤病中恢复，同时也进一步对他展示了某种回报性质的情感反馈：

> 秃鹰的身体逐渐康复，体重增加了。褪毛后它变成了一只成年大鸟。它和每天为它带来食物的男人之间建立起了一种信任关系。它站在我手上，任凭我来爱抚，同时喉咙里发出愉悦的咕咕声。我喂它动物尸体，它则深情地感谢我，驱散我和阿加特之间的烦恼。为了赢得这只动物的丁点爱意，我不知道自己会走多远。（155-156）

他虽然已经意识到这种关系的不可持续性以及荒谬性，但这种被需要以及爱意得到反馈的情感体验还是促使他不停地为它寻找食物。某种程度上也可以说，这样一种情感也是对他在与阿加特之间亲密关系中所匮乏的那一部分的反馈。但这样的情形并没有持续太久。当他从一个运尸人那里买了被杀死的野狗时，他意识到自己走得太远了：

> 当腐尸散发出的恶臭钻入我的鼻孔时，我猛然意识到自己已经走得太远。一只健康、强壮的狗因我而被打死，我却心安理得地把它剁碎，拿它去喂一只瘸腿的鸟。更疯狂的是，我所有的工作以及我在这里的整个生活都是遵循类似的原理进行的，而我却没看出有什么问题。（157）

这也清晰地表明，大卫通过照顾这只秃鹰进一步反思了他作为援助发展人员在当地的工作和生活状态，并认为以他为代表的西方人道主义者对当地发生的种族灭绝行为难辞其咎。他在之前就已经反思了援助发展代表处与当地政府谈判代表团打交道的过程：

为了证明我们的诚实可靠，最好的办法就是满足他们的要求。我们简直就像被人下了魔咒，一而再，再而三地向他们妥协。一条笔直的公路，一台在某个偏僻乡下第一次响起的电话机，一支削得尖尖的被某位基层公务员握在手中的瑞士铅笔，他们统统都得到了。拿着我们给的铅笔，他们去写杀人名单。用我们安装的电话，他们下达屠杀命令。通过我们修建的公路，他们把杀人犯运往目的地。（142）

在身份为胡图族人的卢旺达总统的专机被击落后，同一天夜里，首都基加利就陷入了极端混乱的状态，几乎成了人间地狱。援助发展局及时通知所有人员第二天撤离基加利。而为了能继续与阿加特在一起，或者如本分析内容一开始所指出的那样，本质上也是出于他自己起初虚伪的人道主义观念，他躲到了自己别墅的应急发电机后面，不愿意返回瑞士，同时充满了蔑视其他人的道德优越感："我了解撤退计划，因为是我亲手打印并分发给这里的瑞士国民的。我不羡慕他们，心里充满对保罗、玛丽安娜和其他所有人的蔑视。他们就像一群耗子，要赶在船沉没之前逃离险境。"（169）保罗来到阿姆萨别墅试图说服他返回时，出人意料的事情发生了，那只秃鹰突然出现在发电机这里。保罗在屋里寻找大卫未果，来到发电机这里试图向后面探望时，秃鹰则在发电机外壳上跳着阻拦他。"是什么呢？原来是大鸟阻止他这样做。保罗边咒骂边拍巴掌，但大鸟就是不走。它在保护我。"（170）从大卫的视角来看，相比于他在卢旺达产生的所有关系，例如与阿加特的亲密关系，与援助发展局同事的工作关系以及与身边园丁、佣人的生活关系，对以上这个场景的一种解释则可以说，小说中描述的人与人之间的所有关系均未能正常地发生作用，但人与动物之间却产生了感情。同时，小说比较巧妙的地方还有，这一章的结尾并未陷入俗套的欢乐结局，即赞颂人与动物之间的伟大情感，而是做了一个独具匠心的转折，一方面向读者做了一个不祥之感的暗示，另一方面则几乎可以把它理解为对该国大屠杀事件的一个预言，即随着时间的发展，他们之间的关系又颠倒了过来。大卫逐渐意识到秃鹰不像起初那样对他感兴趣了：

我和大鸟之间的关系发生了微妙的变化，我依稀预感到它不再需要我。我憎恨它的不忠、它的背叛。当然，它只是一只秃鹰，对它而言，我

仅仅是个食物供应者，它并不懂友谊是什么东西。尽管如此，我仍然感到自己被利用和欺骗了。（188）

这只大鸟不仅丧失了对他的兴趣，也进一步拒绝了他给它提供的食物。与此同时，他也注意到这只鸟不仅完全康复了，而且变得越来越强壮。而当它再一次在墙后吃东西时，大卫才突然反应过来它为什么不再吃他为它准备的食物了，因为它正在对着人类的一根拇指大快朵颐，尽管一开始他不愿意相信：

> 在那一刻，我明白了它给自己喂了什么有营养的东西……我不知道自己盯着秃鹰看了多久，也许仅仅几秒钟，然后我的大脑投降了，释放出那个单词。大鸟嘴里叼的是一根手指，一根人的大拇指。确切地说，我在认出手指的那一刻也明白了它吃得饱饱的原因。（188）

大卫对这只怪物的反应是立刻取了一把砍刀，杀死了这只秃鹰，尽管它在他挥刀时吃惊地望着他①。由此可见，大卫并非真正出于同情或者爱而救下了这只秃鹰，一开始他只是想利用它给卢旺达人上一课，虽然在照顾它的同时，他们之间产生了短暂的亲密关系，但当发现这只秃鹰违背了他这个欧洲人所信奉的道德伦理时，他便亲手杀了它。而且在杀死它之后，他也没有任何的思想包袱，反而感到轻松："当我挥刀时，它吃惊地望着我。它没料到我的举动。秃鹰脑袋掉到它脚前的地上，可身体又抽搐了大约一分钟，我没看表。那场景有点滑稽，仿佛秃鹰的身体想向我证明，即使没有脑袋也能活得很逍遥。我一度担心自己会感到沮丧，但事实完全相反。我感到振奋，一种满足感充盈全身，就像干完了一天的紧张工作后那样。"（188）因此，某种程度上也可以说，这个动物隐喻是大卫和阿加特之间关系的一个缩影，同时也影射了欧洲与非洲之间的关系。

---

① 扬·苏塞尔贝克在他的研究中指出，这只动物被杀死也与大卫的自我拯救有关。大卫没有自杀，但通过愤怒地砍下秃鹰的头，他也杀死了他的"放肆的……人道……存在"。参见 SÜSELBECK J. Der Erfrischende Machetenhieb: Zur literarischen Darstellung des Genozids in Ruanda, am Beispiel des Romans Hundert Tage von Lukas Bärfuss und seiner intertextuellen Bezüge zu Heinrich von Kleists Verlobung in St. Domingo (1811)［J］//GANSEL C, KAULEN H(Hrsg.). Kriegsdiskurse in Literatur und Medien nach 1989［M］. Göttingen: Vandenhoeck & Ruprecht Verlag, 2011: 197.

小说中第二个重要的动物隐喻体现在大卫去卢旺达国家公园观赏举世闻名的银背大猩猩的情节描写中。与秃鹰所代表的以人为主体来叙述人与动物之间的关系不同，对大猩猩的描写则包含了一个完全相反的叙事理念，即以动物为主体来反观人类。首先，大卫提到了已经见过大猩猩的那些人们深深的惊愕与震撼："它们看到了我，他们回答说，一直看到我的灵魂深处。如果你继续问大猩猩在你心里看到了什么，他们就会彻底沉默不语，不愿意与别人分享他们宝贵的经历。他们说你应该自己去鲁恩戈利，付四千五百法郎，爬上火山坡去看。"（146）

对于富有的游客或援助发展工作者来说，大猩猩是"这片土地的国王、精神领袖，类似于本初子午线，每个人都会提到的坐标。戴安·福茜[①]的书是每个人的必读著作，当她被偷猎者残忍杀害后，人们把她视为圣女，一位为大猩猩献身的殉道者"（146）。某种程度上，这些人已经把大猩猩当成了一种信仰，一种孔子在《论语》里极力批判的将动物置于作为自己同类的人类之上的价值观，如《论语·乡党》中所描述的那样："厩焚。子退朝，曰：'伤人乎？'不问马。"[②]作者在文中借大卫的口对这种行为进行了尖锐的批判："据估计，目前地球上仅存数百只山地大猩猩。我猜想，这些见过大猩猩的圈内人会毫不犹

① 戴安·福茜（Dian Fossey）是一名美国动物学家，毕生致力于研究和保护山地大猩猩。1985 年 12 月 18 日，福茜于卢旺达大猩猩保护区惨遭谋杀。小说《百日》中提到她的经典必读著作为《迷雾中的大猩猩》，该书在西方世界拥有广泛的影响力。值得一提的还有，《百日》中提到的一些在西方世界耳熟能详的作品，例如这里的《迷雾中的大猩猩》以及康拉德的《黑暗之心》是许多西方人认识非洲的重要媒介。这些作品一起塑造了他们对非洲的认识论和价值观，但这些作品往往是从西方人的视角出发的，尽管大多也使用了批评分析的观点。尤其是《黑暗之心》深刻地指出了欧洲人对非洲文化和习俗缺乏理解和尊重，把非洲人视为野蛮、无知、劣等的存在。此外，他们也意识到将欧洲文化和价值观强加给非洲人的行为导致了文化分裂与矛盾。如《百日》里提到比利时刻意按照民族特征将卢旺达分成了两个对立冲突的部分，从而间接导致了后面的种族冲突。即便如此，这些作品依然难脱窠臼，反而造成了另外一种刻板印象，或者说迎合了现代欧洲人对非洲想象的基础上进一步的误解。在某种程度上也可以说，这些作品正是造成本部小说中诸如大卫和他的大多数同事（米斯兰特作为一个例外）无法真正理解并融入非洲的本质原因。这同时也是贝尔福斯在这部小说《百日》中尝试着通过大卫和阿加特之间的爱情关系来进行展示和进一步批评的一个方面。与之相应，诺贝尔文学奖获得者——南非本土著名作家库切的《耻》反而更深刻地反思了这些问题并将视角抛向未来，即未来欧洲和非洲是否有可能实现真正意义上的理解或者和解，以及如果和解之后该怎么办。此外，需要指出的还有，库切也并非是一个真正的土生土长的本地人。他虽然出生于南非开普敦，却是一个有着英国血统、操着一口英语的荷兰裔白人。

② 参见：论语［M］. 张燕婴，译. 北京：中华书局，2007：145.

豫地用成百上千的人类生命去交换每一只大猩猩的性命。穷人和衣不蔽体的文盲在这个世界上随处可见，可是山地大猩猩们仅仅生存在维龙加国家公园。”（146）另一方面，非洲人，特别是该地区的农民，则取笑欧洲人对大猩猩虚伪的热爱，因为对他们而言，这些猩猩糟蹋了他们的庄稼，影响到了他们的生存：

> 米斯兰特说，当地人讨厌大猩猩，嘲笑我们对这些大个儿猴子趋之若鹜。如果我也是农民，并且生活在这片糟糕的土地上，我也同样会憎恨这群猴子。全世界的人都来到这个东非最偏僻的角落，有钱的美国男人们、热爱动物的欧洲女人们、电影摄制组和科学家，只为目瞪口呆地朝拜自己同宗的浑身长毛的兄弟，却没有一个人会哪怕看一眼旁边的农民。米斯兰特也是这些人中的一员，但他对这个事实并没有感到不安。大猩猩的平均寿命明显高于生活在同一地区的人类居民，这并不奇怪，因为旅游业带来的收入当地人分文未得。这里没有学校，没有医院，所有的钱都留在了基加利。猴子们却像婴儿一样，得到了无微不至的关怀。谁感冒了，将不被允许接近大猩猩，因为怕传染给它们。（147）

当大卫也跟随其他欧洲人的脚步，终于在云雾森林的高处见到银背大猩猩时，他首先观察到的是大猩猩如何从岩石上探头向下看平原的场景。那里有七个孩子正在取水，而大猩猩的熟练举动则显示出它每天都在做这样的探头下望，如同山神一样注视着人类的悲欢境遇：

> 然后银背大猩猩疲惫地转向我，就在那短短的一秒钟里，我们的目光相遇在一起。在我像护林员告诉我们的那样移开目光之前，我像被冻僵了一样地站在那里，一边喉咙里尝试发出几声咕噜咕噜声，一边想着如何才能迅速地悄悄溜掉。但我马上意识到，我想要的无非如此，我僵立在那里不是因为恐惧，而是出于爱，出于一种对这个生物的爱，一种对此刻宁静的爱。在那一刻，孩子们一定已经离开了小溪旁。他们每天都要下到山脚取水，然后沿着小路爬上比索克山。那里已经有人在等着他们，那些人手里拿着棍棒和砍刀，还有绳子。（148-149）

在那么短短的一瞬间，大卫一方面感受到了对这个动物的爱，最重要的是对宁静环境和宁静内心的爱，进而开始对人类的进化提出质疑，设想如果人类不进化，继续留在树上是否更好？这样人类就会如同这头银背大猩猩一样在脸上保留纯真，不会有那么多虚伪、狡诈和掩饰的面部表情。另一方面，他设想了一下那些孩子们站在凶手面前的恐惧，那些杀人犯带着假笑面对他们。从通过观赏大猩猩所产生的对爱的体悟和预感，再到对被屠杀孩子们的怜悯和无力感，小说较为直接地描述了大卫身处卢旺达的悲剧性处境，也进一步反映了在卢旺达的所有瑞士援助发展工作者的悲剧性命运。值得注意的还有，人类在人与人之间关系上的麻木性，已经使他们丧失了对同类在共情能力上的敏锐性和感知力，也即在小说中是大猩猩而不是大卫自己首先注意到了那些即将被残杀的孩子，它将大卫的目光引到那些孩子们身上，然后用疲惫的眼神看着他们，这使大卫预感到在孩子们身上一定会发生些什么事情。等这群游客从高处下来，在这个时间内发生了真实的对那七个孩子的可怕谋杀。作者在这里通过人类以实证为方法的当下性和动物具有神秘主义的前瞻性进一步佐证了大卫的观点，即人类的进化脱离了生命的本源，不进化比进化要更好："我面前的这头大猩猩却清楚地知道自己的脸想表达什么，因为它的脸是纯真的，没有像杀人凶手那样脱离生命的本源。就连那些孩子，还有我们每一个人，莫不如此，所以我们都是孤独的。"（148）同时，作者又并不想把他的批判性只停留在人类面部表情的虚伪和伪装上面，也即那些凶手的残忍不仅表现在被杀害的孩子们身上那些"深邃和深红色"的伤口上，还表现在他们无情地展示了需要被极力批判的人类的合乎目的性上，也即为了达到所谓的"正义"目的而不择手段，一如小说中所表达的那样，那些孩子们可能只是胡图族人为了能够指责图西族人而发动战争的借口。为了报复图西族人，孩子们最终成为了牺牲品：

> 令我愤慨的不仅仅是歹徒的残忍，更令人愤怒的是他们在死去的孩子们身上留下一只手套，一只叛军戴的手套。从那一刻起，人们讨论的不再是被杀死的孩子们，而是究竟是谁犯下了这桩令人发指的罪行。真的是那些蟑螂们干的？还是民兵们干的？有没有可能他们故意牺牲自己的六个孩子，以便嫁祸蟑螂们身上，然后再杀死六十名图西族人以示报复。真相

消失在那些欺骗的面具后面，没有人能说出凶手究竟是谁。如果说人类的残忍尚可以勉强接受，那么强奸这些孩子然后再勒死他们的游戏就太过分了。(148-149)

总的来说，这两个动物隐喻都包含着高度的讽刺意味。大卫拯救秃鹰，目的是给卢旺达年轻人上人文主义的一课，确切地说是用“好”的食物照顾它，与它保持近乎友谊的亲密关系。但当他注意到这只秃鹰以人肉为食时，便杀死了它，让自己也不再因为任何人文主义的影响而行动受限。大猩猩让西方游客着迷，其中也包括大卫。相对于卢旺达人来说，这些动物得到了很好的照顾。大猩猩观赏区是络绎不绝的“人文主义者”旅游和朝圣般接受心理洗礼的景点。当游客与这些动物“和谐共鸣”时，同时刻却发生了最可怕的儿童屠杀事件，与麻木的丧失了同类感知力的人类相比，大猩猩反而感觉非常不好（“疲惫地”）。这样一种对人类悲伤场面的预见力和领悟力，具有较强的人文感染力。动物属性在这里不是作为人性的对立面而存在，而是作为人性的一部分而存在的。换句话说，它们更善解人意，比自诩接受了人文主义洗礼的欧洲人更显得人性化。

4.3　结语

在卢旺达发生大屠杀的一百天内，阿加特不再作为一个具体的人物形象而出现在小说中。大卫从泰奥内斯特那里得知，阿加特用扩音器呼吁基加利居民离开这个国家。当大卫也跟着娃娃兵离开基加利流落到一个难民营里时，他听到一个人讲述着他的所见所闻，说一名年轻女子正在指挥另一个难民营。凭着那个人讲述的内容，他也终于发现了阿加特的踪迹：“他在基布姆巴难民营工作的时候，所有难民都听从一个明显发疯了的女人的号令。她很年轻，漂亮的脸上有点雀斑，每天像一个贵妇一样在难民营里散步。所有人都叫她蓬帕杜夫人[①]，因为她总是带着一把遮阳伞，就好像她在城堡公园散步般徜徉于悲惨世

① 蓬帕杜夫人是法国历史上的一位传奇人物，身上拥有非常多的标签：她是出身中产的灰姑娘，是路易十五最信任的情人、玩伴与谋臣，是洛可可艺术的导航员，是启蒙文学的赞助人，是中国热的幕后推手，同时也是日常之美的发现者等。然而，在许多人眼里，她只是娼妓夫人和法兰西衰亡的罪魁祸首。

界中一样。”（202）接着，当那个人暗示这位女士可能作为领导者参与了谋杀时，大卫感到有必要为她进行辩护：

> 我问他，是否亲身经历过那些事情，是否此生在基伍湖东面生活过哪怕一天，是否亲眼看到过这个女人干过他嘴里说的那些坏事。他摇摇头，说某些时候做判断并不需要亲身经历。我质问他，他们怎么能在这里这样胡说八道散播谣言，诽谤那些他们一无所知的人，而不是去关注那些人是如何生活的，以及他们经历过什么。（203）

直到小说的结尾，阿加特才重新出现在读者视野里，但已是一个垂死的形象。关于阿加特死亡的原因和场景，作者利用霍乱这一带有极强隐喻色彩的疾病“赋予”了小说更多的浪漫元素[①]。

总之，爱情、战争以及死亡是爱情小说中永恒的叙事主题。小说在描述大卫和阿加特之间的关系时始终是围绕着大卫的视角进行的，他认为他感受到了爱，而阿加特最多只是在寻求安慰，只是在满足她的性需求。她曾在欧洲求学，觉得在某种程度上可以通过自己在欧洲的经历进而在家庭、婚姻关系乃至民族方面做出自信而明智的抉择，但事与愿违。当一场种族大屠杀的暴风雨袭来时，她不由自主地被裹挟其中进而选择站队。毕竟，她来自一个出身和阶级起着巨大作用的家庭和国家。传统观念在个人生活和选择的许多领域依然发挥着重要作用，同时在一定程度上也与陈旧的爱情观念遥相呼应。此外，她对性的态度也比欧洲人更加开放。尽管大卫和阿加特都在性行为中体会到了一定程度上的和谐，但在情感层面上，他们彼此仍然是陌生人。他们对周围的生活环境以及对动物的感受是完全相反的，这同样也适用于他们的政治观点和社会态度。最后，必须强调的是，由于小说采用了第一人称叙述者的视角，读者始终为大卫的观点所局限。阿加特这个栩栩如生的角色主要是基于大卫对她的描述。大卫作为一个欧洲人，是完全无法理解阿加特这个非洲人对爱情和性的真实想法的。也就是说，直到小说的终章，读者仍然会被纠缠在大卫最初的失望和对阿

此外，蓬帕杜夫人是在法国巴黎第一个成立文化沙龙的人。经常光顾沙龙的人不乏作家、画家等文化名流，也可以说，将法国缔造为欧洲文化中心，蓬帕杜夫人功不可没。

① 阿加特的这个死因以及场景描述使人联想到哥伦比亚著名作家加布里埃尔·加西亚·马尔克斯（Gabriel García Márquez）伟大的浪漫小说《霍乱时期的爱情》。

加特“内在核心”无法企及的痛苦的恶性循环中，就像卢旺达社会的“内在核心”对大卫来说仍然遥不可及一样。他越是去寻找它，就越深地陷入自己的内疚中：“因为我想成为正义的人，所以我变得有罪，当我让自己有罪时，我感到正义。”（195）同样，他还陷入了“可怕的黑暗激情”中。即使回到瑞士，他也未能从这种战争与爱情的双重创伤里走出来[1]。

① 参见：陈壮鹰，王坤. 卢卡斯·贝尔福斯小说《百日》中的大屠杀创伤叙事研究［J］. 德国研究，2023（1）：127-138.

第五章　我听，故我在——莫妮卡·施维特小说《耳朵没有眼睑》中的成长主题①

——“我为我俩建造一个快乐生活的小巢。现在你是我的了，哦哦哦。”

① 该分析内容中涉及《耳朵没有眼睑》这部作品内容的引用主要基于该版本：SCHWITTER M. Ohren haben keine Lider［M］. St. Pölten-Salzburg: Residenz Verlag, 2008.。采用夹注形式。文中引用的中文译文主要由本人翻译完成，同时参考了浙江大学范捷平老师中文译本中相应的表述，在此表示衷心的感谢。

在本章节中，我们从作品《百日》那色调凝重的沉郁叙事中走出来，将目光从非洲转向欧洲，更准确地说，转到瑞士苏黎世的一栋公寓楼里，来一窥欧洲当代年轻人琐碎而又多元的日常生活。《耳朵没有眼睑》这部小说巧妙地利用这栋小小的公寓楼作为叙事场域或者演出舞台，为不同的角色戴上面具，演绎出西方社会当代年轻人令人眼花缭乱的生活方式和错综复杂的亲密关系，可谓是以小见大、采用铺陈叙事的佳作。此外，在这部小说中，文学叙事和舞台演出融合得天衣无缝，丝毫没有不协调之感。一方面，这样的叙事策略跟作者的个人经历有关；另一方面，她的职业特点也为我们的阐释提供了更多的想象空间，因为作者本人除了是一名作家之外，还是一名戏剧演员。

5.1　莫妮卡·施维特与《耳朵没有眼睑》

莫妮卡·施维特（Monique Schwitter）是本书研究的四位作家中唯一一位女作家，她的这部小说也是四部研究作品中篇幅最大的一部。同时，《耳朵没有眼睑》这部小说的第一人称叙述者也是一位女性，所以作家本人的女性身份和作品中女主人公的叙述视角也为我们的分析和研究提供了更多的可能性。

1972 年，施维特出生于苏黎世。大学期间，她主修戏剧导演和表演。毕业之后，她先后在苏黎世、法兰克福、格拉茨和汉堡等地担任戏剧演员。从 2002 年起，她开始从事文学创作，并陆续发表了一些作品。与前面研究过的彼得·施塔姆和卢卡斯·贝尔福斯笔耕不辍、勤奋创作不同，施维特的作品产量并不算高，但她的每一部作品都有其独特的特点，并均获得了大众的认可和各种文学奖项的青睐。她的第一部短篇小说集《当鳄鱼身边下起了雪》（*Wenn' schneit beim Krokodil*）（2005）获得了罗伯特·瓦尔泽奖。她的代表作之一即本章节研究的作品《耳朵没有眼睑》（*Ohren haben keine Lider*）于 2008 年出版。2011 年，她又发表了一部短篇小说集《金鱼记忆》（*Goldfischgedächtnis*）。她于 2015 年出版的小说《其他中的一个》（*Eins im Andern*）（2015）获得了巨大的成功，被当年的德国图书奖提名并进入最终决选者名单，之后获得了 2015 年的瑞士图书奖，2016 年又被授予了瑞士文学奖。时隔八年之后，她于 2023 年又出版了一部小说《一直被深爱着》（*immer geliebt*）。她于 2010 年结束了自己的戏剧演员生涯。从那时起，她就一直以自由撰稿人的身份工作，目前居住在汉堡。

如上所述，《耳朵没有眼睑》这部作品除了是一部小说，还有许多舞台表演的元素在里面，某种程度上可以类比为一部戏剧剧本。所以从结构分析的角度，这部小说的第一部分和第二部分也可以被看作是戏剧舞台上的两幕剧：第一部分或第一幕是从第一人称叙述者的角度写的，第二部分或第二幕则是从全知型叙述者的视角写的。鉴于这部小说在形式和结构上的特殊性，这里也有必要详细地对小说内容尤其是人物角色或者说是舞台演员做个简单的介绍，在梳理小说人物之间错综复杂关系的基础上进而领略其独特的魅力。

在小说的第一部分，也即第一幕里，小说描写了一对年轻情侣搬进了一栋合租公寓楼。通过女主人公也同时是第一人称叙述者如摄像机镜头扫描般的目光，读者不仅可以一步一步了解到该公寓楼中其他所有的人物（女主人公的“老公”以及公寓的其他居民），还可以与女主人公一起发现这栋房子及其周围环境的特点。

首先引入的是女主人公的“老公”法比安。他高中毕业后，决定不做任何事情，为的是测试他大声宣称的所谓绝对自由意志理论。但他却始终无法说服他的伴侣即女主人公相信他的这个理论。关于这个问题的讨论往往是他们争吵的起点。至少在他们恋爱之初，争吵似乎是联结他们关系的真正纽带。

其次出场的是一对住在一楼的“夫妇”——阿格尼丝和盖尔特。阿格尼丝看上去是一个相当谨慎但平静随和的人，而盖尔特的行为举止则相当粗鲁，非常简单直接。第一人称叙述者与阿格尼丝认识之后，快速发展出了一种复杂的亲密关系，一方面是情感上的，另一方面则具有神秘性质。她们两个是否可以称得上是女同性恋关系，在小说中也没有明显的表达。同时需要提到的还有，在小说第一部分的后面几个章节，盖尔特和法比安之间也产生了一种特殊的关系，这是一种具有某种象征意味的“男性友谊”。

儿科医生康妮也住在一楼。她的显著特点是个头很小，总穿着非常高的高跟鞋，听萨尔萨音乐，业余时间也从事绘画。随着故事的发展，读者会发现她可能存在酗酒的问题。

鲍姆加特纳夫人是一名教师，也住在一楼。与房子里其他所有经常听音乐并且相对嘈杂的居民相比，她对噪音非常敏感。她经常把便利贴贴在其他邻居的门上，提示他们在房子里如何正确行事。

大提琴手杰夫是一个美国人，住在三楼。他每次出场都是一副模式化的固定形象：穿着黑色西装和白色衬衫，并经常背着大提琴箱。

三个大学生与第一人称叙述者和她的“老公”法比安一起也住在二楼。根据发生的各种事件，很明显他们三个与这对“夫妇”的关系很成问题。

丹尼洛和奥利虽然不住在公寓楼里，但与公寓里的居民保持着相对密切的联系。丹尼洛和康妮是同一家医院的医生，奥利在一家花店工作，他们处于同性恋关系中。

整栋房子的特色之一是展示了各种各样的声音。在他们的公寓里，除了鲍姆加特纳夫人之外，其他每个人都根据自己的兴趣爱好播放着不同的音乐。值得一提的还有承载了女主人公丰沛感情的流行音乐，这些音乐不时地从房子对面的卡拉 OK 酒吧传来。此外，房子正前方的高速公路、社区花园下的地铁和隔壁的发电厂也会产生持续的令人无法躲避的背景噪音，而且在女主人公和她“老公”的房间里还可以听到夜晚老鼠抓挠的声响。

此外，这栋房子的另外一个重要特色是公寓中间的那个社区性质一样的花园，它是女主人公一开始选择租住这所房子的决定性因素。这个花园和阿格尼丝与盖尔特房间里的植物一起在这部小说中扮演着重要的角色。

小说的第一部分由不同的故事情节组成，最终在决定性事件即阿格尼丝的死亡后宣告结束。除了与“老公”的同居关系外，女主人公还与阿格尼丝建立了一种她越来越无法逃脱的亲密关系。她几乎每天都会去看望温文尔雅的阿格尼丝，这给了她一定的安全感。与此同时，女主人公对康妮也逐渐产生了嫉妒的心理，因为她怀疑阿格尼丝和康妮也保持着某种超出一般友谊的亲密关系。

女主人公与阿格尼丝的关系日益亲近，却渐渐失去了与“老公”的亲密关系。虽然他们仍住在一起，但他们讨论的次数却越来越少，争吵反而越来越多。尽管他们彼此发誓要重新接近对方，但他们越来越陷入一种死循环，以致于他们的亲密关系最终以失败而告终。

在患上严重的牙痛之后，女主人公非但没去找牙医治疗，反而试图通过丹尼洛提供的强效止痛药来加以制止。同时，小说中展示得越来越清楚的是，这位麻醉师丹尼洛为公寓楼中几乎所有居民都提供了不同种类的成瘾物质。从这个意义上也可以说，小说在这里创造了一个潜意识的关系网络，越来越多地展现出各个角色的特殊性和弱点：阿格尼丝依赖安定药片，康妮是酒鬼，盖尔特和主人公的“老公”吸食毒品。

此外，需要指出的还有，正是由于牙痛和强效止痛药的迷幻作用，主人公在与“老公”产生交流障碍后，退缩进个人的幻想中。例如，她在浴缸里幻想着与陌生男人发生性关系，怀疑杰夫是杀人犯——他正在用大提琴箱运送一名女子的尸体等。

圣诞节和新年假期前，公寓里几乎所有的居民都离开了家。盖尔特和法比安决定年底去一个砾石坑里露营。除了三楼深居简出的杰夫，整栋房子里只剩下阿格尼丝和女主人公，她希望和阿格尼丝一起度过一个美好的新年。然而，这个计划并没有实现。她按了许久阿格尼丝的门铃，但并没有人回应。带着嫉妒和愤怒，女主人公在31号那天去了超市。在那里她遇到了一个陌生的年轻人，简单交谈之后，她将他带回了她的公寓。之后，两个人都吸食了毒品，然后睡在一起，经历了一个彻彻底底疯狂的夜晚。后面无论是暴风雨般的门铃声，还是女人的尖叫声，都没能吵醒她。直到第二天早上，当警察按响她的门铃，她打开门后才得知阿格尼丝昨夜被人袭击受了重伤。

随着阿格尼丝的不治身亡，这个类似于家庭一般的小型社区就此解散。康妮去寻找另一间公寓，盖尔特踪迹全无，杰夫的公寓里再也听不到任何声音，女主人公的“老公”法比安决定跟她分手去另一个城市重新开始自己的生活。

小说的第二部分进一步描写了女主人公的后续生活，但与第一部分的第一人称叙述者视角不同，作家在这部分采用了全知全能型叙述者视角。同时，女主人公的形象也变得丰满了许多。与第一部分整日无所事事沉迷于与阿格尼丝的暧昧关系以及耽于个人幻想不同，女主人公现在有各种各样的事情要做，也从事过不同种类的工作，但她的工作主要还是围绕着她试图了解更多关于阿格尼丝的过往经历和她的死因而展开的。例如，阿格尼丝曾向女主人公热情地讲述自己做志愿者工作的经历。为了更多地了解阿格尼丝的过往，她就去喀麦隆寻找阿格尼丝做过志愿者工作的儿童村。遗憾的是，她没能找到那个村子，或许阿格尼丝根本没有来过，只是给她虚构了这个地方，而她却信以为真。意料之外的是，她遇到了莱奥诺拉——一个激发了她的情感同时并不反对与她建立同性恋关系的人。

除了去探寻阿格尼丝的足迹，女主人公再次试图与杰夫取得联系。经过几次尝试且得不到任何回应之后，她给他写了一封长信，在信中她讲述了她对他生活的设想以及阿格尼丝的命运。她在信中尤其强调了阿格尼丝的去世让她感到非常痛苦。

在小说的最后几个章节，主人公搬到了柏林，并在那里租了一个带家具的房间。她很快就与室友朱迪斯和鲁道夫建立了友好的关系。鲁道夫是一名医生，通过他的帮助，她接受了培训，成为听觉感知和听力障碍方面的医生助理。她的工作是要求年轻的父母让他们的孩子接受听力测试。在最初的怀疑之后，她对自己的工作充满了热情。同时，她对鲁道夫产生了一定的感情，但不知道是不是爱情，因为她也与朱迪斯建立了一定程度上的亲密关系。

根据女主人公的详细描述，富有雄心壮志的“准侦探”朱迪斯试图根据她提供的信息来分析阿格尼丝死亡的场景，通过推理进而找出真正的原因。仿佛电影中的延时画面一样，朱迪斯根据女主人公的分析复原了整个故事。这个被讲述的虚构故事中的虚构故事始于女主人公和她的“老公”搬进来之前，终于阿格尼丝遇袭身亡。

由于鲁道夫和女主人公共同负责听力障碍者的检查和治疗，他们的关系变得愈加亲近，但女主人公对朱迪斯也仍然抱有浓厚的兴趣。最后，女主人公嫁给了鲁道夫。然而，关于婚姻登记员询问谁嫁给谁的问题最终在小说中没有得到非常明确的回答，显然这三个人都结婚了。最后的这个开放性结局为更好地了解西方社会现代年轻人的生活方式和情感问题进一步提供了新的视角。

5.2　日常生活中的爱情——无所事事和争吵作为一种交流手段

在正式开始分析这部小说之前，有必要再次说明的是，与其他三部小说相比，这部小说的结构和呈现方式在许多方面都有所不同。小说由两部分组成，这两个部分之前都有一个人物介绍，就像在戏剧作品中有个出场人物列表或者电影中有个片头字幕一样，其中主角、配角以及地点都被冠以名称①。此外，第一部分两个主要角色之间的恋情并没有按照传统的时间顺序描述，例如萍水相逢—相互了解—坠入爱河—产生矛盾—无法和解—分手各奔东西这样的叙事策略，而是在故事开篇就直接邀请读者进入两个年轻伴侣当下的日常生活。通过小说这个开篇，读者可以发现自己处于小说叙事现场的旁观者或者戏剧演出的观众席位置。小说一直进行到第 153 页才慢慢回顾了女主人公和她“老公”如何相识、彼此了解以及恋情的发展过程，而且值得注意的是，这个内容还被称为“叙述中的前言”。与施塔姆的《阿格尼丝》类似，这部小说也借助于倒叙和插叙的叙事手法推动了情节的发展，这样一种热奈特意义上叙事策略的

① 值得一提的是，施维特学习戏剧导演和表演以及后来担任戏剧演员的经历对她的写作助益良多。在她的作品中，戏剧化的对话、间离效果、脸谱等艺术表现手法俯拾皆是。

“时空倒错”也赋予了小说更多的阐释空间。

同时，在小说中，作者还时不时客串一下，借第一人称叙述者之口打断叙事进程或者重新修改叙事的方向，采用戏剧的陌生化效果与读者直接交流。在小说开篇不久，她已经使用了这样的范式：

> 那天是我约好的看房时间，前门紧锁着。（当时是鲍姆加特纳女士，也就是那个老师，在这栋房子里说了算。当时这栋房子白天黑夜大门都是紧锁着的。不过尊贵的读者现在还不认识鲍姆加特纳女士，所以我请你们耐心等待，好让我立即结束这个题外话，以便可以回到阿格尼丝在一楼的隔壁邻居康妮身上来了。）要出租房子的房东毫无踪影。我站在公寓楼前，在嘈杂的汽车声中一筹莫展。（15）

很明显，在与读者进行简单交流之后，第一人称叙述者拉上了舞台帷幕，自己选择结束对话。几页后，第一人称叙述者又恢复了她的独白，她想就她“老公”提出的“无所事事”的理论与读者进一步分享她的感受：

> 我老公有个理论，他在读中学的时候就想出了这个理论，尽管它容易引起一些疑虑和担忧。他的这个理论涉及一个根本性问题，那就是人应该怎样生活。同时，他不仅仅是这个理论的首创者，而且还是这个理论唯一的践行者和使用者……我想在此做个说明，我没有跪求他解释这个理论。他是自愿地向我解释了它（顺便提一下，在我们认识后不久他就令人惊讶地开始向我推销他的理论），这也进一步证明了他的理论是否有用。因为我们刚刚知道了他的理论是建立在什么前提之上的，不是吗？亲爱的读者。（19）

在两人针对他所谓的“无所事事”的理论又一次争吵后，女主人公又悄悄地告诉读者，点明他现在无所事事的生活状态到底是什么样子：“只有我们俩知道，他在大家都理解的‘做事’意义上的确是什么事都不做。他究竟在什么时候做了这种打算，即什么都不做，这点他从来没有告诉过我。”（22）通过这样一种叙事策略，第一人称叙述者与读者之间建立了某种同盟关系：第一人称叙述者如同一个幽灵一样漫步在小说中，或者确切地说如小说中所描述的那样在公寓楼里偷听和偷窥，从而展开了一种在窥探他人生活之后展示给读者看的隐秘叙事。

这部小说没有像小说《阿格尼丝》那样表达自己对于爱情与死亡的思考，没有像小说《百日》那样描写爱情和战争，也没有像小说《完美的侍者》那样刻画爱情和激情，而是如作家本人在法兰克福汇报的一篇评论中所说的那样，她写的是一部成长小说（Entwicklungsroman）[①]。小说没有宏大的叙事主题，也没有描写尖锐的社会问题，而是不厌其烦地叙述了女主人公日常的琐碎生活和或隐或暗的各种亲密关系，反映了当今西方社会人与人之间尤其是年轻人之间的各类关系和特征。

如果我们还想进一步为这部小说提取一个关键词的话，那么伴侣生活这个词无疑是最合适的，这从小说正文的开篇就可以看出：

> 夜幕降临，曙光初照。我老公睁开眼睛，说："现在我们在这里住下了。"在一个风和日丽的五月的早晨，在我们度过在合租房间的第一晚之后，我托着两杯牛奶咖啡和小糖瓶子从二楼跑跳着来到一楼。我老公想出了一个好主意：我们应该在花园里吃早餐。（9）

这里有必要简要解释一下，女主人公称她的伴侣是她的"老公"，但他们实际上只是同居的男女朋友关系，并未结婚。小说直到第 58 页才解释了她为什么这样称呼她的男朋友。她在这件事上完全受到阿格尼丝的影响，因为阿格尼丝在谈论到她和盖尔特之间的关系时发明了这样的称呼：

> 阿格尼丝称盖尔特为她的老公，我亲耳听到她这么叫过。这就是为什么我直到今天仍然称我当时的男朋友为我的老公，尽管我们像阿格尼丝和盖尔特一样没有结婚，相互之间也不以老公老婆称呼。阿格尼丝说，她在陌生人面前也称盖尔特为她的老公。她告诉我，每当这些人立即赞许地问："哦，您结婚了？"她就忍不住笑起来。（58）

在这个段落里，婚姻关系不再体现出道德或者制度方面的约束力，而是被

① TEUTSCH K. Literatur: Ich ist ein Hörtest［N］. Frankfurter Allgemeine Zeitung, Aug 06, 2008 (Section: Feuilletion; Literatur): 34.

当作调侃或者揶揄的对象。在受到浪漫主义思潮影响的“有趣或无趣”的美学转向上，作为当代西方年轻人的女主人公和阿格尼丝都认为有趣比什么都重要。

同时，关于女主人公和她“老公”之间的伴侣关系，实际上他们搬进合租公寓第一天的场景就展示了目前是什么样子以及暗示了未来会有如何的走向。这并不是一种正常的亲密关系或幸福的伴侣生活，它几乎就像一种精神疾病或类似于一种成瘾的状态。所以一方面他们的关系非常不稳定，同时另一方面两人也还没有找到合适的相处方式：

> 昨天是我们搬家的日子，也是对我俩关系进行严峻考验的一天。我们成功地通过了考验。尽管我们表现得不是很出色，几乎每隔几分钟就会发生一次争吵，但也只是“几乎”而已。令人惊讶的是，在我们相识的前三个月里，除了吵架之外，我和我老公没有做太多事情。我们俩就是喜欢争吵。打口水战是我俩年轻的恋情关系的基石，同时也是对我们的挑战。但是在昨天搬家的时候没有人说刻薄话，也没有谁提高嗓门，对原则问题也没有展开讨论，没有出现泪水的场景，因此我们也不需要相互和解。(9)

从这段情节描述中，我们可以了解到他们的关系非常特殊。首先，他们三个月前才认识，爱情对他们而言，并不是多么重大的一件事情，只是被主人公简单地称为年轻的恋情。其次，如上所述，他们自己也知道他们之间的关系并不稳定。争吵一方面是他们的关系赖以维系的存在方式，另一方面也是对他们关系的严峻挑战。也就是说，争吵这种行为在两人的关系中不仅不是被尽量设法避免或者解决的对象，反而成为了维系他们日常生活必不可少的一部分。更进一步地说，争吵其实也是两人交流的一种手段，关于这一点在小说第三章有详细的描述：

> 我不赞同他的理论，确切地说还常常不厌其烦地与他争论，这点他感到很满意。这种观点的分歧是我们争吵的摇篮，自从我们认识以来，我们就培养了这个摇篮。我们对所有事情都会争得面红耳赤，比如对方发出噪音负担（只有我们中的一个人喜欢的音乐，或者像我剪指甲和他大声打哈欠这样的噪音），彼此关心得太多或太少，以及诸如物体是什么颜色、谁

是有史以来最伟大的演员、哪个季节最美好等问题。当我们没有什么可值得吵了，我们就会回到那个争吵的摇篮里，再次争论他的理论。(22)

在他们争论时对她“老公”所谓的理论的分析已经成为观察并研究他们异乎寻常关系的重要线索。在上一章中，女主人公解释了一下她的“老公”在中学时代已经发明了这个理论：“为了了解自己的自由意志，并且能够只执行源自其源头的行为（在这种情况下，重要的是将所有一切都理解为行为，而不是过程，更不能把它当成一个缓慢的过程。没有什么会顺其自然，这只是人逃避其行动责任的一个借口），必须长时间无所事事。”（19）

“无所事事”不仅是他们日常生活的状态，也是理解他们两人关系的另外一个关键词。这里还必须指出，尤其是在艾兴多夫（Joseph von Eichendorff）将这个主题通过他的小说《一个无用人的生涯》（*Aus dem Leben eines Taugenichts*）带到公众面前之后，“无所事事”便成为文学研究的一个重要主题。同时，在某种意义上，无所事事也成为对这个已经完全经济化、充满了竞争和进取的现代社会的一种挑衅和反抗方式。然而，与艾兴多夫笔下的那个一无是处的人通过不间断的旅行获得认识上的新体验相比[①]，小说中的法比安则一直停留在一个地方，即在他们租住房屋的客厅里，希望藉此隐居获得内心的平静，这无疑是徒劳的。此外，他的理论能够被检验也是基于他祖母的遗产给予他的经济支持。对此，女主人公进一步解释道：“他靠祖母的那笔遗产过日子，好在他的祖母在他高中毕业的紧要关头准时死掉了。从某种意义上来说，他祖母就是他无所事事的脑袋上真正的保护伞。”（22）在这种情况下，女主人公还分析了她“老公”和他父母的关系。根据她的观察，他们的关系看起来很糟糕，甚至他与他们根本就不联系：

但我无法预见这能撑多长时间，他从来没有跟我说过这笔遗产的数字，即使当他谈到他富有的父母时也闭口不提这个事情。他已经通过公证合同拒绝了他们的遗产（这句话是否属实，我永远也无法知道），因为他不想再与他们有任何联系，即使在他们死后也不愿意。如果祖母的遗产花完了，一切也就结束了。他没有任何计划，也不说他有多少钱，这就意味

---

① 参阅 VON EICHENDORFF J. Aus dem Leben eines Taugenichts［M］. Stuttgart: Reclam, 2012.

> 着他可以什么都不做。在我们决定搬到一起住的那段时间里，他特别愿意跟我说这些，每天晚上都要细致地阐述他的理论。(22-23)

结合对这两个伴侣日常生活的描述以及他们一起搬进这栋公寓的决定，他们一起住在这栋公寓楼的最后一幕在小说的第三章被非常突然地提前插入进来："我们在这间公寓住了九个月。当我们搬出去时，盖尔特早已消失得无影无踪，阿格尼丝也死了。我的老公去了别的城市，开始了新的生活。住在我们楼上的那个大提琴手回到了他的家乡，回到了波士顿。这是我从女教师那里听来的（在这里我们第二次提到鲍姆加特纳女士），她住在我们楼下，尽管在那九个月的时间里她很少跟我们说话。"（24）这样一种叙事策略对于作者来说无疑是一种冒险，因为它对读者来说是一个挑衅，如同看戏剧或电影时被提前告知了剧情，读者可能会怀疑自己是否还需要继续阅读下去。换句话说，作者在这里用这种技巧破坏了事件的前瞻性，也打乱了回顾性的时间顺序。正如我们上面提到的，直到小说的第 25 章才出现了对女主人公和她“老公”相识的场景的描述。但这同时又创造了一种即时性，能够让读者参与到第一人称叙述者的情感状态中来。

小说对女主人公的性格特征和心理状态着墨颇多，用非常细腻的笔触描写了她不同寻常的心理癖好，即喜欢危险、恐惧这些特殊的情感：

> 尽管我对成为一个无拘无束、无所畏惧的人很感兴趣，但我又必须承认，我非常喜欢那些令我忍受恐惧的状况。除了我们的争吵之外，我还喜欢做一些危险的事情，那就是为我老公和我们俩担惊受怕。我喜欢那些我清楚明了地知道我全身心爱着他的情形。而这样的情形却很少出现，所以我时不时得需要帮帮忙。(37)

事实上，这种对恐惧状况的渴望也是促使她对她“老公”产生爱的一个因素，这表明他们的关系并不稳定，她没有安全感，他们在一起的生活相当于一个大的实验。女主人公经常怀疑自己不是很爱她的“老公”，她试图通过恐惧这种情感来确认她的爱。这样的一种心理状态也非常明显地体现在他们搬进这个公寓的第一晚。夜里，他俩被老鼠的声响吵醒了。起初他们不知道是什么东西产生的这种声响，她的“老公”还试图找出到底是什么东西，但他并未成功。

两人开始了关于这个问题的对话：

> “我们应该怎么办？”我抱怨道。“睡吧。”他说。我又搂住了他的胳膊。“你才疯了。”我嘀咕了一句。他一动不动地躺在我边上，伸长了手去关灯。就在这个时候，我看到了它。老鼠。它在地板上一下窜了过去，发出这种爪子抓地板的声音。我老公笑了。他说：“破房子。”他关了灯，盖上被子。“我爱你。”我说，“你听到了吗？我爱你。”他把身子转向我这一边，踢掉被子，爬到了我身上。（39-40）

在文学作品中，老鼠这种动物的隐喻叙事一方面经常与情欲描写有着千丝万缕的联系，另一方面，对于女主人公和她“老公”无所事事的日常生活而言，他们的交流方式更多地局限在日常的琐事和对她“老公”理论的争论上，而在这里正是对老鼠的恐惧首先触发了他们之间短暂的具有情感表现力的对话，然后是性行为的发生。同时，这是女主人公在小说中第一次也是唯一一次清楚地表达她在他们共同生活中对爱的感受，但也只是在害怕老鼠的前提下。而且她的“老公”也不是用言语来回应她爱的宣言，而是用直接发生性行为的方式来加以回应，所以我们仍然不知道他对他们两人感情生活的真实想法。

随着故事情节的发展，女主人公开始一步一步地探索这栋房子并观察甚至偷窥其他住户。她几乎每天都去拜访住在一楼的邻居阿格尼丝。她每次拜访阿格尼丝几乎总按照相同的步骤进行，类比于舞台上的演员通过重复动作来形成一种范式，或者说几乎已经成为了一种仪式：阿格尼丝欢迎她进门—女主人公“欣赏”阿格尼丝的黑色卷发—两人一起品尝咖啡并讨论它的“黑、热、甜”—阿格尼丝说女主人公还那么年轻，美好的时光在前面等着她—离开时阿格尼丝用“你可以随时来”作为告别语。声音叙事是这部作品非常典型的叙事手法之一。在她拜访阿格尼丝期间，两人同时听到附近卡拉 OK 酒吧传出的声响很大的流行歌曲《阿妮塔，我在墨西哥的某个地方找到了孤独的她》则进一步强化了这种仪式：

> 当唱到“她的黑发”和“眼睛就像两颗星星一样清澈明亮”时，我总

> 是会想到阿格尼丝，不过那是我常常去她那里看她之后的事情了[1]。在她身边，我总是反复数着她的黑色卷发变化出的颜色，有十一种，并且不断地得以证实。我总是看到她的眼睛与那色彩斑斓的黑色卷发一样闪烁着光彩。(17)

如这个段落所表明的那样，这首歌不仅能够使女主人公立刻联想到阿格尼丝，同时也为她以后再回到这个公寓附近缅怀过去埋下了伏笔。同时，这首歌也推动了情节的进一步发展。作为她与阿格尼丝暧昧关系发展的背景音，之后每当女主人公拜访阿格尼丝时，这首歌要么可以被直接地听到，要么就自动在女主人公的脑中响起。

女主人公有一个非常特殊的习惯，那就是喜欢偷听别人的议论（或者如我们在前面所分析的那样，作为与读者共谋的她，偷听别人说话不仅仅是受她自己好奇心的内在驱动，同时也是读者赋予她的一项任务，她是带着读者的耳朵和好奇心去走近小说中每一个人物的）。这也是她在花园结识阿格尼丝之后，第二天便去拜访阿格尼丝并想快速与阿格尼丝建立联系的一个重要原因。只是当她试图与阿格尼丝讨论同楼的其他居民时，却没有得到满意的效果，因为阿格尼丝不喜欢在背后评价其他人：

> 我非常喜欢听人在背后议论别人的是非，这是我的一个坏毛病。不幸的是，直到今天我还没有把这个坏毛病改掉。最糟糕的是，我喜欢一开始静静地听人在背后诽谤其他人，然后装模作样地跳出来为别人鸣不平。我似乎站在受害者一边，煽风点火，并从我的对手那里引出有关这些被议论人的有趣细节。遗憾的是，这对阿格尼丝却丝毫不起作用。她从不在别人背后议论别人，说任何人的坏话或贬低人。(18)

一方面，阿格尼丝无法理解女主人公这种搬弄是非的恶趣味；另一方面，女主人公的这种行为也无法激发出阿格尼丝对于倾听他人和参与吐槽的真正兴趣。这在某种程度上进一步加重了女主人公日常生活中的无聊和无所事事。

---

① 在这一点上，我们也可以看到小说中的人物阿格尼丝和这首情歌中一个角色之间的联系，这个角色的特点也是拥有黑头发和清澈的眼睛。当女主人公在阿格尼丝死后重新回到这个地方，在这个酒吧唱起这首歌时，她和阿格尼丝之间的特殊感觉以及两人之间亲密且神秘的关系就被瞬间复活了。

为了更好地理解女主人公的日常生活情形和精神状态，作者在第九章详细地描述了她的日常生活究竟是什么样子的："如果我不坐在阿格尼丝的红沙发上时，我通常就一定躺在浴缸里。是的，我有很多习惯（不仅是我，以后我会再细说）。我也喜欢什么事都不做，思考人该如何生活，但这只有在我躺在浴缸里泡澡时才有可能，所以我每天至少要洗一次澡，而且随着时间的推移，我洗得越来越频繁。"（50）

在某种程度上，浴缸的这种颇具私密性的特质在切断女主人公与外界交流的同时又促使她产生了对日常生活的种种幻想。例如，女主人公一方面在日常生活中什么都不做，另一方面却又在思考着她生活中的各种可能性。知与行在这个地方是完全割裂的。尤其是在浴缸中泡澡这个具有某种神秘性的述行行为为她提供了丰富的想象力。她甚至派生出这样的想法，即她可以同时在浴缸里喝咖啡和阅读，也就是把她日常生活的一部分搬到浴缸里进行。但经过短暂实践之后，她很快就放弃了这个想法，因为在浴缸里喝咖啡的味道并没有想象的那么好。之后，她就继续利用在浴缸里待着的时光幻想更有趣的事情：

> 尽管如此，我还是每天泡澡，坚持不懈地躺在那里思考，想我人生道路上的各种可能性。我把它们统统唤醒，将它们分门别类和计数，描绘它们并试图从中选出一个最美好的。我在想象这些可能性的时候，好像自己在试穿不同样式的衣服，站在镜子前穿上脱下，让美装在我身上发挥它的魔力，欣赏完了就再换上另一套。我也不断地想象着自己从事不同的职业和活动，在不同的国家，说着各种不同的语言和在不同的环境，以及身边是各种各样的男人、孩子和动物。（51）

就这方面而言，女主人公的这种行为深刻地反映了一部分西方现代年轻人的"行动困境"，即不再去思考政治、经济、历史和社会之类的宏大叙事，而是沉溺于日常生活的琐碎细节中，更加耽于幻想，缺乏真正改变的行动力。当行动力与想象力产生冲突后，他们毫不犹豫地选择将想象力作为自己最后的精神慰藉。因此，浴缸为她提供了一个完美的空间，让她既可以摆脱与人直接接触的交流困境，同时又可以对生活中可以感知到的可能性进行丰富地想象。更加值得进一步分析的还有，她还将想象力引向公寓楼里的其他居民：

我们公寓里最安静的地方是厨房。厨房里没有窗户，假如没有无情照耀的日光灯，这里整天都像是黑夜。外面的声音自然也被隔绝了，只有从远处隐隐约约传来的一些噪音。当我把耳朵浸在水中，我感觉自己就像进入了一个太空舱里，从遥远的太空俯视着这栋房子和它里面的居民。我看到自己躺在浴缸里，我老公在隔壁客厅的地板上看他的一本书，阿格尼丝在反复抚摸着她的植物，盖尔特坐在马桶上挠着他那赤裸的、毛茸茸的啤酒肚，康妮戴着安全头盔在发动她的那辆小摩托车，鲍姆加特纳太太手里握着红笔在批改作业，杰夫正在给他的大提琴箱子上油，擦得明亮。然后我在他们没有注意到的情况下，从天上向他们挥手示意，也包括我自己在内。（52）

需要着重指出的是，这个段落一方面呼应了该部小说的声音主题和耳朵隐喻，另一方面正是通过将耳朵浸入水中封闭对外界听觉的这一行为，从而使幻想的产生排除了其他的来源而主要基于主体自身的感受。同时，这里又一次出现了虚构故事中的虚构故事叙事策略。女主人公通过幻想使自己开辟了全知全能型的上帝视角，自上往下俯瞰这个公寓里面的每个个体，尤其是将第一个虚构故事中的“我”也包含在内。那个在公寓里真实生活的“我”就如同一个生活在信息茧房里的被创造物一样，并不能感知到那个全知全能型的创造者。作者在这里通过巧妙的叙事策略，通过引入“上帝”这个默声的角色来进一步启动对女主人公无所事事和她的行动困境的打量。需要进一步指出的还有，她幻想之旅的巅峰是借助性的隐喻把各式各样的男人[①]带入浴缸。而这样一个癖好的形成也是基于她没有缘由的牙痛，从而为浴缸隐喻埋下了一个疾病隐喻的种子：“我的牙痛得越厉害，我泡澡就泡得越频繁。在选择泡澡还是去阿格尼丝那里的情况下，我往往现在泡澡。这样的现在绝没有任何贬低阿格尼丝的意思，而只是我的牙根剧烈疼痛和不断抗议的结果。”（70）而且，她的性幻想对象一

① 特别值得一提的是，施维特在 2015 年出版的获得巨大成功的小说《其他中的一个》（*Eins im Andern*）中仅用了一章就发展了她在小说《耳朵没有眼睑》中书写的男性幻想。评论家亚历山大·卡曼（Alexander Cammann）在《时代》杂志上写道：“男性的幻想：在她的新小说中，莫妮卡·施维特敢于对充满爱的女性灵魂进行 X 射线观察，并将其变成伟大的文学作品。”参阅 CAMMANN A. Männer-Fantasie: Monique Schwitter wagt in ihrem neuen Roman einen Röntgenblick in die liebende weibliche Seele und macht daraus große Literatur［N］. Die Zeit, 2015 (32): 43.

开始主要还是一些不熟悉的男人，从这个动机上也可以看出，她渴望温暖，渴望与人建立直接的身体上的接触，但这些人首先是外人，而身边熟悉的人却成为了一种障碍。陌生感在这个时候反而成为了一种保护：

> 当我老公还在睡觉或者和盖尔特一起出去的时候，我就把陌生的男人们带到浴缸里，和他们一起亲昵地玩耍。他们全是些我从未见过的绅士，他们都是从我的脑子里或内心本能欲望库里（谁能确切地知道呢）蹦出来的。如果一定要我给他们找一份工作的话，他们都是些色情片里的男明星，一个比一个有名气。尽管我对这一行当完全没有了解，但是他们都是我脑海中那部影片的合适演员。他们一个接一个地与我这个导演搞暧昧。（70）

同时，作为与小说的主题（耳朵）相对应的另外一个器官——嘴巴也开始变得重要起来。女主人公在幻想被那些陌生男人治愈牙痛和爱抚的过程中突然习得了一种语言表达能力，而且能够熟练地运用这门语言与这些陌生人进行交流：

> 我请求这些陌生的男人来设法减轻我的牙痛，让他们拉开我的嘴，接着让他们熟练地用工具撑开我的嘴，找到让我感到疼痛的地方，对比和检查周边的牙齿，用工具轻轻地、温柔地敲打和捣鼓着，揉搓着，再敷上软软的药膏，让我感觉到疼痛渐渐远去。接着我请求他们把这种治疗方式扩展到我全身上下，他们也照着做了，直到我的愿望得到满足。令人惊讶的是我竟然在整个治疗过程中说话了。我竟然不知道我拥有那么多的词汇量，也许那是一门什么外语，一种我所熟悉的外语，一种长着翅膀的语言，径直飞进我的宇宙，与我融为一体。不管怎么说，我在说话，并且说得非常流利和熟练，对此我感到十分满意。我很高兴能与这些陌生的男人谈论他们的疗法、他们的手法和他们对我的治疗过程。（70-71）

其次，当她习惯了这样一种幻想的节奏，也即摆脱了心理障碍之后，她带入浴缸的人物就开始不再局限于陌生人，而是扩展到身边的一些熟人。同时需要注意的是，这些熟人的到来与那些陌生人完全不一样，一开始并不是她邀请他们来的，比如超市的那位收银员，是他自己主动来的，而且是以沉默无言的形象出现：

> 我在那些陌生男人当中突然看到了一张熟悉的脸庞，那是超市里的那个男收银员，我感到万分惊奇。你到这里来干什么？你不是有份工作吗？你为什么要换行当，而且要换得这么彻底，从食品销售行业换到这么狭窄的色情娱乐业里来？你真的想好了吗？他没有回答，而是带着坚定的眼神，从排队机里取了一张票，默默地开始排队等候。好吧，他也应该获得机会。尽管我在购物的时候没有发现他长得很有魅力，就凭脖子里露出来的那一串金项链并不能打动我。（71）

在与这个超市收银员一起度过了美妙的沐浴时光后，她还尝试过在现实生活中去重温那种感觉，例如之后的一段时间她经常去那个超市购物，在收银台边上再次重复她在浴缸中的色情幻想，不过并没有收到什么效果。同时令她一直感到困惑的是，为什么这个男人会在她的浴缸里出现？她没有找到答案。但无论如何，第一个身边熟人的出现打开了她一开始只局限于陌生人的幻想之门。正是由于她与这个超市收银员有过这么一段美好的浴缸经历，所以她有了新的想法，那就是邀请她所有熟悉的男人都来光临她的浴缸，包括盖尔特和杰夫，当然也包括越来越多的男人，所有那些她见过的男人。比较有意思的是，虽然她在提到盖尔特和杰夫之后又补充说明了所有的男人，但是她对熟人在浴缸中的具体想象也主要还是围绕着这两个人进行的。涉及其他熟人时，她并没有太多的感觉，或许是因为在她认识的这些熟人中，盖尔特和杰夫代表着两种她所不能触及的人格，也即男人性格中两个截然相反的端点，一个是粗俗无礼，一个是彬彬有礼。而且他们两个人在她幻想中的反应也完全符合各自在日常生活中的角色设定以及她的喜好偏爱。对于盖尔特，她立即在浴缸边缘直接拦住了他："我不许盖尔特走到我的浴缸边上来，我虽然有意和盖尔特风流调情，但是实际上却做不到，我在盖尔特身上唤不起一丝一毫情欲的想象，所以我立即将他轰出了我的脑海。"（72）而对于杰夫，她则表现出截然相反的态度。杰夫不太情愿进入她的浴缸，她则在杰夫抗拒时，顺势将杰夫和他的大提琴箱子一起拉入水中：

> 杰夫就不一样了，我马上就可以让他进来。哦！我一把抓住他领子上

> 的领结，将他和他那永不离身的大提琴箱子一起拉进我的浴缸。但他在最后一刻摆脱了我的控制。他一边逃离，一边不断地声明他要去管弦乐队排练，下次他愿意陪我，他边说边礼貌地鞠着躬。我甚至没有与所有其他熟悉的面孔进行初步交谈的欲望，所以我又转回我的脑海中那些陌生的绅士们。我有多少人不认识啊！很多人并不存在，但是他们都有一张脸。我是什么时候把他们收入我的信息库的？我是什么时候将那些脸像照片一样拍下来的？或者是不是我一生下来脑子里就有他们了？是祖先给我的礼物？（72）

总之，关于“浴缸”主题的整段描写包含了许多女主人公将自己的思考带入自己情感生活的隐喻。一方面，她抱着了解他人、了解世界的想法，很好奇地想听各种各样的声音并进一步对它们分门别类，但另一方面，她又无法决定自己想听什么。例如那句话“如果我的耳朵在水中”就涉及了小说的标题“耳朵没有眼睑”。更确切地说，耳朵这个器官不能像眼睛一样。眼睛有眼睑，因此能够主动选择何时、何地打开或者关闭，想看什么或者不想看什么。而耳朵则不行，它始终处于时时刻刻倾听的状态，不间断地受到外界声音的影响。换句话说，耳朵在某种程度上代表了主体的一种状态，在时间上和空间上都无处可躲，在听的内容上也无法拣选。人们无法自己决定何时（wann）、何地（wo）和想听什么（was）。人类通过这样一个器官，与世界和他人建立了紧密的连接，或者可以说，作为一个能够加工处理的接收器，它一方面源源不断地从这个世界接收信息，另一方面也无意中为主体提供了参与到其他人生活中去的一个媒介。比较典型的例子便是女主人公和她的“老公”与合租公寓同楼层那些大学生的关系，如文中借女主人公之口所道出的“我们在声学上与他们同住同在”（67）。也正是通过听觉这样一种方式，女主人公和她的“老公”直接参与了合租公寓中大学生们的日常生活，无论他们喜欢与否。因此，通过浴缸这个颇具想象力的空间隐喻与浸入浴缸水中的这个述行行为，第一人称叙述者逃离了将她裹挟在日常生活中无处可逃的现代性喧嚣，即卡拉 OK 酒吧流行歌曲的歌声、地铁的轰鸣声、汽车的鸣笛声和发电厂的锤击声以及同楼层大学生们琐碎的日常生活噪音，然后进入浴缸的宁静和隐蔽之中，继而展开幻想。

简言之，通过作者在作品中对现代噪音的描写以及对耳朵不能闭上这个功能的叙事，可以进一步加以阐明的是：从未有一个时代像我们今天一样，充斥着如此多的我们无法忍受的噪音。更加值得反思的是，这些噪音并不是凭空产生的，而是我们人类自己制造的，但同时我们又忍受不了它们。这个世界几乎就像一个我们自己建造的由噪音组成的监狱。

现代社会的噪音引起的恐惧和干扰也让我们联想到了瑞士德语文学经典作家罗伯特·瓦尔泽（Robert Walser）[①]对声音类似的描述。他在小说《雅考伯·冯·贡腾》（*Jakob von Gunten*）中写道："可怜的耳朵们，它们不得不忍受如此多的恐惧。当呼唤或命令的声音击中这些耳朵时，它们会像被触摸和干扰的竖琴一样振动和颤抖。好吧，碰巧的是，耳朵正好也想睡会儿觉，之后它们又是怎么被吵醒了！这是一种喜悦。"[②]

除了将耳朵浸入水中封闭听觉感官这个行为，女主人公带有色情的性幻想也一样值得进一步探究。在浴缸里的性幻想中，女主人公通过这样的论述"接着我请求他们把这种治疗方式扩展到我全身上下，他们也照着做了，直到我的愿望得到满足"（70）以占主导地位的身份出现，并将男人视为享乐的对象。这一描述与她在现实生活中的情形形成了强烈的反差。例如浴缸幻想之后，在对她与她"老公"性行为的描述中，很明显她并没有感到任何满足，相反还表达出各种不和谐的问题：

> 我老公和我虽然每天晚上都要做爱，但是我们在做爱时从不谈论它。就我自己而言，我从未把话题引向那个方向，他也没有往这方面谈论的企图。正如大家都喜欢用美丽的话来表述的那样，我们让我们的身体说话。在这种身体对话中，我们从不打扰它们。一旦它们开始说话，我们就闭上了嘴。我完全不知道该说些什么，所有我在浴缸里如温泉般欢快喷薄而出的单词和句子在跟我老公床上做爱时都干涸了。他也像铁块那样沉默。（72-73）

由于她在浴缸里的性幻想与她和"老公"之间的真实性行为差异明显，她也试图找出原因何在，并将其指向现代社会里与陌生人共同生活所造成的某种

① 值得一提的还有，作为瑞士现代主义文学的经典作家，罗伯特·瓦尔泽对莫妮卡·施维特、彼得·施塔姆以及卢卡斯·贝尔福斯等作家都有着直接或间接的影响。莫妮卡·施维特的第一部作品《假如在鳄鱼边上下雪》还获得了罗伯特·瓦尔泽文学奖。

② WALSER R. Jakob von Gunten: Ein Tagebuch［M］. Berlin: Bruno Cassirer, 1909: 65.

障碍，但显然这种思考是徒劳的："这也是与大学生们和谐共处或比邻而居的结果吗？我不记得在我们住在一起之前，我们在床垫上做爱时是否交谈过。我完全没有任何记忆。"（72-73）

客厅中的一棵菩提树成为了他们之间的性问题以及她与她"老公"关系的一个重要隐喻。她的"老公"每次事后都会撒尿到这棵菩提树上，她一开始忽视了这棵菩提树或者根本没有关注过它。等她注意到这棵植物日渐枯萎时，又没有采取任何措施来挽救它，任其自生自灭。这就像她和她"老公"的关系一样，她的"老公"并未给予她任何生活上的，包括情感上的照顾。她的"老公"任他们的关系自生自灭，直到最后两人以分手而告终。

如果我们沿着这个思路，再进一步仔细分析一下女主人公的"老公"法比安，就会发现，他们虽然在一起生活，但是基本上已经没有什么交流了。例如他们在一起的日常生活是这样的："客厅是我老公的天下。那里有他的书柜，他整天盘腿坐在地板上，在那里不是看书就是研究他的理论，他也看电视放松自己。我观察到，我们在一起生活的时间越长，他放松思想的持续时间就越接近他的研究和阅读时间。"（53）值得一提的还有他们之间的争吵，这在他们关系刚开始时还能在某种程度上作为他们交流的替代手段，但在两人同居的过程中，争吵也大大减少了：

> 无论如何，我们争吵的次数比没有一起住的时候少了很多。我们已经没有任何争论的理由了。这听上去好像我们特别需要它似的。过去，我们总是找一些什么事情来充当争吵的导火索。如果没有找到可以争吵的话题，我们就回到谈论他的理论上面，并发现自己瞬间进入口水战之中。但是哦，这些都成为过去了。好像我对我老公也没有什么不满意的。当他训斥或教训我时，我通常会认为（事后回想起来，这让我感到极其震惊）他是对的。对他的理论我们也争论不起来了，我对他的理论已经熟悉到想不出任何可以攻击它的地方了。（54）

严格来说，他们晚上才在卧室见面，尽管他们实际上住在一间公寓里。两个人的状态是白天仿佛彼此在对方面前不存在一样，到了晚上发生性行为也只是程序化地按部就班完成一项任务似的：

> 就这样，我们过着安静祥和的生活。我待在厨房，他在客厅，深夜我们在卧室里我那张席梦思上见面。每天晚上，当我老公关掉灯，周围安静下来后，他的那东西就会有目的地往我的大腿中间找，绝对不开玩笑。我们甚至已经习惯了那只老鼠（是的，两件事都习惯了！）。“我去买个老鼠夹。”我老公虽然总是这么说，但是我们已经习惯了它在夜里抓挠地板的声音。那种声音总会在我老公关了灯，我们在床垫上安静了一会儿之后响起。也就是在他转向我，我们开始动起来之前。（55）

在小说中，从头至尾她的“老公”对他们的关系都没有做出具体的表达和评价。毕竟，他的无所事事的理论已经透露出他许多自私的成分。尽管他诚挚地邀请她也参与讨论和实践他的所谓理论，但是从未真正地关心过她的想法和状态。在这方面，他们的伴侣关系是一种极其不平等的关系。当她“老公”建议两个人同居时，尽管她针对他们经常争吵的状态对两人一起生活提出了质疑，她“老公”法比安却直截了当地表明了他对于恋爱和感情的态度，话语里充斥着极端主义和极权思想：“恋爱关系中的绝对多数本质上是极权主义的。”（24）此外，让我们再翻阅到小说第一部分快结尾时突然插入的那个关于他们如何相遇的叙述内容。当女主人公在聚会上看到她“老公”法比安时，她的第一反应是感到恶心，而这种恶心只有在他们睡在一起后才会消失。而他则完全没有这种对两人关系不和谐的预感，反而用一见钟情美化了两人第一次的相遇场景：“第二天早上我说：‘当我看到你时，我感到恶心。’他回答说：‘对我来说，这是一见钟情。’通过这样的话，他定义了我们之间的关系，也就是爱，一见钟情的那种。”（162）

但她却总是想知道，尤其是与她搬进来的感觉相比，这究竟是爱还是与爱有关的某种感觉。尽管她之前经常会出现一种担心她“老公”出事或者死亡的恐慌感以及随之而来的带有某种爱的感觉，但她的感觉似乎在他们同居后的日常生活中慢慢消退了：

> 总而言之，在我们运动完之后，那只老鼠似乎也不那么活跃了，我们也得以安静地入睡。直到深夜我老公感到气闷，或者他对窒息的恐惧再次袭来，就起身开窗透气。奇怪的是，他那听上去大口大口的剧烈呼吸并没有引起我的恐慌。我不担心他会因此而丧命，也没有感觉到对他有某种特

别奇妙和纯粹的爱，对他的感觉就像那只老鼠刚出现时的那种感觉差不多。我对这种状态感到很遗憾，但也无法改变它。（55）

这里也能很明显地看出，女主人公将她对她“老公”感觉的消退与那只代表情欲的老鼠联系在一起，同时，她也清算了最初由那种担忧的恐惧感而产生的对他的依赖感觉。但她暂时还没有想明白的是，这究竟是因为两个人在一起同居后所引起的问题，还是在他们最开始相遇时彼此便感受不同所进一步导致的。有鉴于此，她又一次反思了他们两人共同生活的状态，更确切地说，又回到了西方现代年轻人遇到的“行动困境”，这是一种很难挣脱的日常生活的惯性：

我们的共同生活并没有给我带来特别的冒险和刺激。生活开始安顿下来，我们已经很好地适应了彼此。尽管我们毫无计划地进入了共同生活，但我们还是接受了习以为常的方式。“混沌万岁！每一天都是不同的！”这是我们的信条。但每一天我们的惰性和习惯都在不断地被强化着。我们本应积极地去改变这种状况，但日复一日，我们无法摆脱这种日常生活的惯性。当我晚上进入梦乡之前，很少会对过去一天发生的事情感到惊讶。（55-56）

上文已经提到，她“老公”除了对他们第一天相遇的场景表达过他的感受之外，小说中再也没有直接描述过他对他们两人关系的看法。不仅如此，关于她“老公”如何看待最初由他所提议的同居生活，作品中也没有具体的描述，读者也只能凭借文中的蛛丝马迹来加以推论，因为女主人公也没有直接问过他这个问题。他曾经与她分享过他的那个奇特的无所事事理论，但把他反思的成果留给了自己，包括他不再高声宣读那个激情澎湃的句子“我们昂首屹立于世界之巅，再次向宇宙间一切星球发出挑战”[①]。这说明，他除了与女主人公还发生性关系之外，其他的交流方式已经基本上不存在了，两人的关系也基本走到了尽头。两人也同时开始在两人关系之外寻找建立新的关系的可能性。于是，当女主人公每天拜访阿格尼丝并与她建立亲密关系时，她的“老公”与盖尔特

① 值得注意的是，在小说文本中，她“老公”随后便立即进行解释，该引文是来自未来主义宣言的最后一句话。这里也可以很明显地看到，过去两人都还一起讨论过艺术，但现在他们不仅不再交流，甚至放弃了作为他们最后交流方式的争吵。

也成为了朋友。如女主人公抱怨的那样："他摆脱了与我分享想法的习惯，但他却习惯了喝啤酒并与盖尔特出去鬼混。"（66）

由于第一人称叙述者视角的限制，她的"老公"法比安几乎所有的性格特点乃至角色设定都来自女主人公对他的描述。只有一次，也是小说中唯一一次，她"老公"对自己进行了一个明确定位，就是在他提到盖尔特时，而这个话题也引起了他激烈的反应：

> 觉得盖尔特跑偏了，我的天哪，这种观点也太平庸了。你在温室里被保护得很好。你四处打听打听，如果只会遇到对盖尔特不屑一顾的人，那么恭喜你。我本应该再多信任你些。但是不，盖尔特在你这位追求解放的、有教养的高雅女士眼里是个不受欢迎（Persona ingrata）的人，是吧？！你对他的那种摆姿势拍照的样子感到毛骨悚然，你是个娇小甜美的小姑娘，是吧，如果不是的话我很抱歉。说这样的话是不是让你不舒服了？难以忍受了吧？这个无赖大叔，真的，那是不行的。（137）

在对女主人公的出身和性格进行了无情的嘲讽之后，他并没有给女主人公发言解释的机会，或者在他眼中他认为他了解的女主人公就是他提到的那样，因为如同前面所分析过的那样，女主人公之前已经习惯了他居高临下的教训姿态，并且当时还会认为他是对的，即便事后察觉到这种心理是不正常的。这里也有必要提一下两个人目前的姿势状态。一开始女主人公躺在他身边，而他则坐在床上看他的书。在他一番言辞激烈的表态之后，为了在姿势上进一步表明他的优势地位，他站起身来继续表达他鲜明的立场和观点：

> 你听着，你可以做你喜欢做的事。但是我觉得这个无赖（Proll）很不错，值得交往。如果你觉得一定要认同某一个社会阶层，如果你要待在某一个排斥他人、也被他人排斥的社交圈子里，我不会阻拦你。但你没必要到处给人脸色看。你可以马上去读心理学，或者你马上去读那些当教师的专业，那会更好些！然后你每天都会知道你要去哪里，你会认识很多这样的人，可以进入一个高尚的、干净的、完美的小圈子！我对生活的理解却不是这样的，你知道的，我是个白痴，我厌倦了不得不讨论这些愚蠢的事情，晚安。（137）

在这唯一一次她“老公”表明个人观点立场的段落中，我们似乎找到了女主人公和她“老公”未能成功度过同居生活阶段进而进入下一个和谐生活阶段的一些原因。按照她“老公”的描述，他认为女主人公属于所谓的文明教养阶层，对盖尔特这种看上去粗俗没有教养阶级的人有本质上的厌恶和抵触，而他则为盖尔特鸣不平，并认同他的性格特点和生活方式，与他建立了同社会性的友谊。关于这一点，我们后面也会详细论述。由此可以看出，如同我们已经在《百日》中引用鲁热蒙的经典著作《爱情与西方世界》中所论述的那样，虽然新的爱情观念例如自由选择，冲破民族、阶级、出身乃至年龄和性别等限制的观念已经形成，但是旧的爱情传统中家庭、门第、阶层、性别等因素的影响依然深深地刻在人类基因的最深处，时不时就会浮现出来。

在这一番“言论”之后，他们仍然如往常一样发生了关系，但女主人公的头脑长时间都处于清醒状态，确切地说在事后一直想着阿格尼丝，这样一种精神出轨更加表明了他们关系的名存实亡：“我一句话也没有回应。过了一会儿，我又打开了电灯，企图等他睁开眼睛看我。他没有理我。‘那好吧，不理我。’我说完就把灯重新关上。我们在黑暗中各自喘着气，接着我听到他侧身转到我这边，紧接着就压在了我身上。完事之后，我静静躺着，难以入睡，心里一直在想阿格尼丝。她在跟我告别的时候说‘明天见’。这就是她整个晚上唯一跟我说的话，没有别的了，明天，明天，什么事情都总是推到明天。”（138）只有当她的“老公”再次便秘时，她才又有点担心起来。但是现在这种担心和一开始那种由担心害怕所引起的类似于爱的感受不同，而且她也不想对他的便秘发表过多的意见。她的生活和思想究竟发生了什么样的变化，我们通过下面这句话就可以看出来：“深夜，我躺在老公旁边的床垫上。‘不要给我脸色看。’他说，然后就转过身睡去了。他整夜都让灯开着。他不再碰我，也不再爬到我身上来，我们的身体也停止了对话。”（150）

这意味着他们最后的沟通方式——性行为也不再奏效。她“老公”法比安对她的行为越来越疏远，他们的关系也正在一步步走向尽头，以至于他们不仅不谈论他们的关系，甚至连性也慢慢不涉及了。虽然他们仍然让彼此的身体继续对话了一段时间，即他们仍然睡在一起，但随着时间的推移，这也基本上不起作用了。那只象征着情欲隐喻的老鼠和暗喻了她疏于打理的爱情关系的菩提树后来都死了。法比安一脸严肃地将老鼠“埋”在垃圾桶里，但并没有露出厌恶的情绪，如同他不久之后亲自结束与女主人公的关系一样。

他们分居过程的高潮发生在除夕前不久，当时她“老公”告诉她他要和盖尔特一起出游，她极力挽留，但他根本没有改变主意的想法：

他又在客厅里坐了下来，继续沉思。我恳求他留下来，但他却不愿意改变主意。“我们一直粘在对方身上。”他说。我反驳说，我们已经很久没有粘在对方身上了。但他没有再接这个话头。他说他需要安宁，“终于可以安宁了，至少安宁一次，我想要的只是安宁”，他在我这里找不到安宁。然后我狠狠地推了他一把，让他从盘腿的姿势上摔了下来。他站起身来，打了我一个耳光。我哭了，但他并没有丝毫和解的意思。他不仅没想要和解，反而对我说“警告”，“你不要践踏我的神经”。两个小时后，他没有打招呼，径直坐在盖尔特的摩托车后座，和他一起开车离开了。他在警告我之后说，他于 1 月 1 日回来。(212-213)

通过女主人公这个第一人称叙述者的视角，读者可以非常详细地了解到她“老公”对待她的情绪状态。他觉得自己的生活方式受到了她的骚扰，因此向她施以行为暴力和语言暴力，用所谓强者的姿态对待她，自认为也有权惩罚她。尽管她哭了，但他并没有道歉和解，这一事实也象征着他们实际上的分离。当她“老公”和盖尔特一起旅行回来后，他们甚至连争吵都没有就直接分开了，而且分手的提议依然是她“老公”直接提出来的，如同他一开始提议两个人开始同居生活一样：

“我在砾石坑里做出了一个决定。”我点了点头。他说他想在另一个城市重新开始生活，我继续点了点头。“在哪里开始？”我问他，目的是明确表示我完全接受他的决定，他不必担心面临分别时任何的不愉快。他说，这要再想想，“可能在首都吧”。(222-223)

颇具反讽意味的是，虽然她表明了她对两人分手没有任何意见，但她依然“忧郁地”引用鲍勃·迪伦（Bob Dylan）的歌词作为他们决定分开的总结：

然后我笑了，因为我在翻页时找到了一段合适的歌词：“And if anybody asks me, ‘Is it easy to forget?’ I’ll say, ‘It’s easily done, you just pick anyone

And pretend that you never have met!'"。[①]我读给我"老公"听，而他也表达了赞同的观点。(223)

在她"老公"表示赞同后，她的进一步反应是："你说得对。……你的意思很简单，连我都能听明白。简单地说，我们从未认识过。是的。"(223) 由于女主人公同意她"老公"对这首歌词的解释，他们分离的这个场景就在两个层面上被巧妙地表达出来：首先，根据歌词的释义，实际上是她"老公"第一个意识到他们彼此是不合适的人。其次，女主人公的同意也就意味着，虽然她同意他的判断，但她可能不会自己做出这种评价。另一方面，是女主人公从鲍勃·迪伦（Bob Dylan）的歌词那里翻到了这段话，因为她的"老公"从他们关系的一开始就拒绝听鲍勃·迪伦的歌。所以自始至终，在他们的关系中，她都是一个被拒绝的客体形象，这也与该小说第一部分的主旨相吻合。直到第二部分，女主人公才作为一个鲜活的主体形象出现在读者面前。

考虑到音乐对这部小说中各种错综复杂关系影响的重要性，尤其是与充斥在文本中的日常生活的各种噪音相比，可以得出相应的结论：女主人公和她的"老公"从一开始就是陌生人，而且从未克服过这种陌生感。同时，为了更加详细地考量音乐在小说中扮演的角色，我们将在下个章节进一步展开论述。

5.3 通过音乐寻找自我

音乐，尤其是歌词在这部小说所描写的各种各样的关系中扮演着重要的角色。根据性格特征，公寓楼里的所有居民（鲍姆加特纳太太和法比安除外）都被分配了某种风格的音乐：阿格尼丝——比库兹（非洲音乐风格），盖尔特——重金属（摇滚），康妮——萨尔萨（桑巴），杰夫——布鲁克纳（古典音乐），大学生——慈善修女会（宗教音乐），女主人公崇拜鲍勃·迪伦（流行音乐），但因为她"老公"拒绝听鲍勃·迪伦的音乐，所以她就暂时不再听他的唱片。然而，与前面提到的各式各样的音乐相比，他们公寓楼对面卡拉 OK 酒吧传来的

① 该歌词来自鲍勃·迪伦的歌曲 *I Don't Believe You*（《我不相信你》）。大致意思为：如果有人问我："遗忘是否容易？"我会说："这很容易做到，你随便挑个人，然后假装你们从不认识！"

流行音乐对于小说的情节推动则更具决定性，更确切地说，一种俗气的音乐，尤其是歌曲 *Anita*（《阿妮塔》）和摇篮曲 *Heidschi Bumbeidschi*[①]。特别是这首热门流行歌曲《阿妮塔》的副歌在小说中一次又一次地出现，它以某种方式赋予了整个文本一种独特的节奏，在非常重要的关键节点上通过这首歌逐渐向读者展示小说中形形色色关系的细微变化。例如，当女主人公第一次拜访阿格尼丝时，这首歌曲中反复被吟唱的那句“阿妮塔，我在墨西哥的某个地方找到了孤独的她。她的头发是黑色的，她的眼睛像两颗星星一样清澈明亮”（17）就呈现在了读者面前。从那以后，这首歌便和阿格尼丝联系在了一起。每当她想起阿格尼丝时，这首歌便会不由自主地在现实中或者在她的脑海中响起。在一次公寓花园派对快结束时，女主人公第一次也是唯一一次看到阿格尼丝穿着红色、不透明的衣服和鞋子，最重要的是她观察到阿格尼丝和康妮之间可能存在某种亲密关系，然后她的脑海中立即就浮现出那几句歌词：“今天的夜晚不是用来睡觉的，阿妮塔，阿妮塔……”（46）经过这件事情之后，女主人公感觉自己的感情受到了伤害，然后决定不再去拜访阿格尼丝。但经过三周“禁欲”式的折磨，她还是鬼使神差地出现在了阿格尼丝的门口。在门外等待时，她的脑海中便又浮现出《阿妮塔》的歌词：“我为我俩建造一个快乐生活的小巢。现在你是我的了，哦哦哦。”（89）作为解读该小说重要主题之一的这句歌词，在这里一方面表明了两人之间若即若离的亲密关系，另一方面也表明了女主人公期待成长、期待与人建立固定关系的渴望。过了一会儿，当她看到阿格尼丝那双闪亮的黑色眼睛时，“她的头发是黑色的，她的眼睛像两颗星星一样清澈明亮”这句歌词就又自动地在脑海中循环起来。经过三周的“冷战”，两人之间可以明显感受到某种紧张的状态。当她们都坐在沙发上时，她突然有了一种吹口哨的渴求，曲调便是：“我为我俩建造一个快乐生活的小巢，阿妮塔，阿妮塔［……］”（91）在小说中短短的一页叙述时间内，这几句歌词通过循环往复的形式出现，进一步强化了两人之间的亲密关系，但同时也表明了两人关系中女主人公的附属地位。与此同时，女主人公注意到阿格尼丝正在吃某种药。当被问及她是否也感到疼痛时，她却说没有。但阿格尼丝没有向她倾诉的事实

① 该歌由德国著名童星歌手 Heintje 演唱，被收录进 *Ich Sing Ein Lied Für Dich*。Heintje 最广为流传的歌曲为 *Kleine Kinder*，*Kleine Sorgen*，在中国被改编为歌曲《小小少年》。女主人公特意将能与阿格尼丝联系起来的 *Anita* 这首歌和 *Heidschi Bumbeidschi* 这首摇篮儿歌一起提及，营造出了一种成长过程的回溯现象，也契合了作者关于这是一部成长小说的论述。

像云一样笼罩在她的心头。在即将分别时，她第一次尝试颠覆两人之间的关系。她用植物隐喻指称阿格尼丝的告别语“再见，维纳斯兰，谢谢你”（93），故意不再使用之前每次拜访结束后说的那句套话（“那天我没有说‘谢谢你的咖啡’，而是说了‘谢谢你的茶’”）（93）来感谢阿格尼丝送给她带有麻醉药剂的花茶礼物。走到门口时，她感觉自己有些话没有说明白，又转过身去关照了阿格尼丝一句：“希望你的药能起作用。”（93）由此可见，由于音乐自身的节奏性和重复性，女主人公在这首流行歌曲的不断重现中，在与阿格尼丝之间的关系中逐渐成长起来，慢慢地以一种成年人的视角去看待这段关系。还有一次，在阿格尼丝提到她与她“老公”盖尔特之间亲密关系的谈话中，她内心开始嫉妒起来。同时，在《阿妮塔》这首歌即将又要自动响起时，女主人公不仅在心理上起了变化，而且更重要的是在生理上也有了反应，尤其是在性的暗示方面：

> “他不愿让别人指指点点，告诉他他能做什么，不能做什么。”阿格尼丝说。她说这番话的时候就好像她正闻着麝香玫瑰的迷人香味。在阿格尼丝这样说话的瞬间，我突然想到了《阿妮塔》中的一句歌词：“我看着你，一座火山蕴含着爆发时的火焰。”我有一种火山要爆发的预感，腹股沟区突然也有一种翻江倒海的刺痛感。（100）

大提琴手杰夫要去南美洲巡回演出两个星期，因为无人照顾他的猫，他便求助于女主人公，而女主人公也出于对他房间的好奇满口答应了下来。结果她并没有把杰夫的猫照顾好，反而还把它搞丢了。当杰夫从旅途中归来，女主人公便充满了对被指责的恐惧，恰巧这个时候她透过窗户又听到了《阿妮塔》这首歌：“像风那样疾驰，直到夜幕降临。阿妮塔，阿妮塔，我看着你，火山静静地尚未爆发。你在等待着爱情，我要唤醒它，找到以前没有人见过的一切。哦哦哦。”（111）此时，在《阿妮塔》歌词中火山隐喻蕴含的力量驱动下，她外在的恐惧反而转变成为突破自我的一种勇气，她想要直接去告诉阿格尼丝一切，告诉她她喜欢她：

> 我轻轻地跟着曲子哼唱着，想去拜访阿格尼丝，告诉她这所有的一切，告诉她我脑子里对杰夫大提琴箱子里的幻想，告诉她我坐在杰夫沙发上的那些胡思乱想，告诉她我想撬开杰夫的那两扇锁住的房门，告诉她我对那

只正在绝食或者已经饿死的猫咪的悲伤，告诉她所有的一切，也告诉她，我喜欢她。(111-112)

但之后她又依然被囿于“行动困境”中，所有的勇气都烟消云散了。她没有告诉阿格尼丝那天晚上她的真实感受，反而与阿格尼丝东拉西扯着关于杰夫大提琴箱子的事情。用她自己比较悖论的话来说，这也是一种行动：

> 我没有像杰夫回来那天晚上想的那样去找阿格尼丝说话。我没有告诉她我的想象，没有告诉她杰夫的猫死了，也没有告诉她我喜欢她，而是完全相反，我什么都没有跟她说。在与阿格尼丝的关系上，我采取了一些行动，但事与愿违，不过我至少可以说，我行动了。我的行动是跟她说：“杰夫的大提琴箱子很重。”(113)

小说中，作者除了引用《阿妮塔》这首流行歌曲来推动情节发展之外，还大量反复引用了美国著名歌手同时也是诺贝尔文学奖得主鲍勃·迪伦的一些歌词。这两个音乐引用也从两个方面契合了这部所谓成长小说的主题，一方面是对错综复杂的亲密关系的展示，一方面是对人生之路在何方的追寻。当女主人公想到由于她“老公”讨厌听迪伦歌而她也不再听且还收起了装着歌词的磁带时，她开始反思影响她的许多声音，包括《阿妮塔》这首歌。她注意到她毫不费力地破译了这首歌中的含义，因为它与迪伦歌曲中的一句歌词含义不谋而合：“鸟们能摆脱飞行路线的束缚吗？”[①]（169）反过来说，这也是借助于迪伦的歌词再次反思与阿格尼丝有关的《阿妮塔》歌曲中的场景。

随着小说情节的发展，《阿妮塔》这首歌在小说第一部分最后一次出现的情景在某种程度上也可以被理解为女主人公和阿格尼丝之间的关系降温了。当女主人公终于想面对阿格尼丝服用安定的事情时，阿格尼丝却并不想告诉她事情的真相。阿格尼丝说她最初是想通过保持沉默将自己从婚外情中拉出来。后

---

① 迪伦的这句来自《朴素 D 调歌谣》(*Ballad in Plain D*) 的歌词本意为比喻失去的爱情，这与《阿妮塔》歌中寻找爱情、渴望筑巢的隐喻不谋而合。同时这句歌词以鸟类的群体迁徙为例，表现了生活中的群体社会行为以及某些惯性，这与女主人公和她“老公”离群索居般无所事事的反社会生活状态也形成了鲜明的对比。此外，迪伦的个人名言“没有人是真正自由的，连鸟儿都被天空束缚”(No one is free, even the birds are chained to the sky) 也再一次印证了这一点。

来，她承认自己其实喜欢女人，但在女主人公的注视下又语无伦次地很快加以否认："她说：'我想，我大概 11 岁的时候就不再有偶像了。'这时我发现她的嘴唇的确在动。她接着说：'我 11 岁时发现自己喜欢女人，真的。'我的眼睛好像在她的嘴唇上烧灼了似的，我盯着她看，但是她却把眼睛聚焦在热带丛林般的绿色植物上。她轻轻地、语速很快地说：'人的情感总是要有地方发泄的。我开始为这种情感筑梦，为情感筑一个巢。'接着她突然看着我，好像想到了些什么。'不是那样的，我想说的是我什么也不知道。'她摇了摇头，微笑着。'事情是另外样子的，那是，我说了些什么啊，对不起。'"（182）在这番语无伦次的表达里，阿格尼丝自己先暗示了建筑某个情感的巢穴，同时也没有怀疑这个词对女主人公的全部意义。由于阿格尼丝的身体状况很糟糕，女主人公不得不很快结束拜访。针对那句已经成为仪式般的送别语"你可以随时来"，阿格尼丝这次说得令人听起来很空洞，女主人公听起来则是另外一种想法：

> 我不想再去敲阿格尼丝的门了。她说过"明天见"。她相信我还会去找她的。我心里想，你来吧。除了那个同性恋的丹尼洛之外，我们家还从来没有人来做过客。从来没有人来过，也从来没有人问过能不能来，男的女的都没有过，好像没有人愿意来我们家是很简单明了的事情。我为我俩建造一个快乐生活的小巢——显然不可能和我们一起生活，每个人都有这种感觉。但我却和我老公一起坐在窗前，一起欢笑。你可以随时来——你也一样！来吧，你这个蠢婆娘。我老公大声地笑着，在笑《辛普森一家》里的情节。我看着他。（183）

从这段内心独白里可以清晰地推断出女主人公的心理状态，即她已经意识到她与阿格尼丝之间的关系开始失衡，而且自己并未处于有利地位。她只能通过不断设问以及在内心辱骂阿格尼丝"蠢婆娘"这样粗俗的话语来发泄着这种郁闷。更重要的是，除了之前在她"老公"便秘问题严重时她才真正地关心她"老公"之外，这个和她"老公"一起看动画片一起欢笑的"合家欢"场景成为了他们关系发展过程中少有的亮点。在给读者产生两人关系可能要进一步升温也即她要彻底断绝与阿格尼丝的暧昧关系回到她"老公"身边的错觉下，这个场景也为小说下一步制造悬念、产生戏剧冲突埋下了伏笔。毕竟，在本书着墨最多的现代爱情隐喻里，同时与前面两个章节分析过的《阿格尼丝》和《百日》的爱情叙事相呼应的是，只有失败的爱情才值得大书特书，完美的爱情叙事引不起现代读者的兴趣，自然也不会成为当代作家所热衷的题材。

但很显然，彻底结束一段关系并不是在头脑里想想那么简单，在实践层面则要更复杂一些。这里还涉及在这段关系中究竟是谁退出以及以什么样方式退出的问题，也即谁被谁抛弃了，被抛弃的一方处于什么样的状态。女主人公在进一步思考之后，做出了自己的选择。在最后一次对阿格尼丝的拜访中，针对在两人关系中始终是阿格尼丝处于主导地位且最终也是她为两人关系做出了清晰定位的情况（两人的关系是阿格尼丝主动开始的，且也是她要直接结束的），女主人公则被动地想到了自己的解决办法：

> 她已经找到了一个方法，可以让我参与，同时也可以让我退出。我不喜欢旁观者的角色，即使是阿格尼丝来握我手这个我喜好的动作也不能改变这一点。她会时不时地突然来握我的手。但做旁观者比完全看不到阿格尼丝要更好些，所以我坐在沙发上点了点头，她的植物也像回应我似的点了点头。（210）

值得一提的还有，在小说第二部分的中间章节，女主人公和她的音乐经销商朋友一起去居住过的这个公寓对面的卡拉 OK 酒吧里唱了这首《阿妮塔》。然而，她的这个朋友对如此俗气的音乐感到非常厌恶，当他得知她想唱这首歌时更是怒不可遏，以至于在她解释为什么要唱这首歌之前他就离开了酒吧。而她则沉浸在演唱这首歌的情绪中，所有关于这栋公寓楼的记忆也都浮现了出来：

> 她闭上眼睛开始唱，她不需要去看屏幕上显示的歌词和歌曲的进度。她沉浸在歌曲之中，那过去的八年意味着什么，她唱得非常娴熟，毫无错误。有那么一个瞬间，她看到自己站在街对面公寓楼里那扇卧室的窗户旁，她在听自己唱歌。她知道对面有人听到了她的歌声，但她不知道是谁在听。是住在一楼的鲍姆加特纳太太。除了她之外还会是谁呢？没关系，她唱给房子里的其他人听。（276-277）

这个动人的场景给人的感受是：通过这首卡拉 OK 歌曲的演唱，她已经将这首歌从她的灵魂中清除出去了，尤其是其中所表达的“筑巢”的想法。与之前她依然想成为旁观者的愿望相比（即虽然不能与阿格尼丝真正在一起，但却不会彻底断绝关系，依然可以成为阿格尼丝身边的旁观者），这个场景在某种程度上也表明了她彻底终结了与阿格尼丝的关系并最终实现了与自己的和解。从这个层面上来说，这个场景也呼应了小说作者施维特所强调的成长小说主题。女主人公通过摆脱（德语不可分动词前缀 ent-具有去除、摆脱的意思）迷惘的混乱状态（德语动词 wickeln 具有缠绕、盘绕的意思），最终实现了成长（德语动词 entwickeln 具有成长的意思）。最终，女主人公在另一个城市——柏林搭起了帐篷，但依然没有为自己筑一个巢。这也意味着她的成长之路并未结束，并会在未来继续面临成长的其他问题。

5.4　作为隐喻的疾病

在小说中，有许多关于不同疾病的描写，最典型的是如同每个人都有对应的音乐叙事一样，公寓楼里几乎每个人都患上了一种与自己性格特点和日常生活相对应的疾病，一如文中所展示的那样："我们的房子变成了医院。我牙齿痛，这已不是什么新鲜事，但现在阿格尼丝患了头痛病？感冒了吗？还是得了重病？现在她穿着浴衣躺在沙发上，康妮情绪低落心情抑郁，我老公患上了便秘。"（146）

在情节的进一步展演中，疾病也越来越伴随着女主人公与她的"老公"以及和阿格尼丝之间亲密关系的发展而发展。同时，小说中也有多处表明，疾病和亲密关系是不可分割的。在这个意义上我们甚至可以说，"爱使人生病"或"因病生爱"这样的习语不仅仅只是一个口头语的隐喻，而且在这部小说中直接成为了现实。

当女主人公患上牙痛，她自己一开始并没有立即去看牙医，而是不再与"老公"同居一室，并频繁洗澡同时靠着幻想以减轻疼痛。而且她也没有听从她"老公"的建议去看牙医，就像他不想在他便秘时接受她的提议去药房给他买合适的药物一样。正如已经描述过的那样，他们缺乏相互的信任和适当的沟通，并逐渐退出了彼此的生活。毕竟到了最后，他们所有的交流方式都不再奏效了。

针对自己的牙痛，女主人公后来服用了麻醉师丹尼洛为她提供的强效药丸。剂量的不断增加使她产生了嗜睡的反应，这样一种令人愉悦的、上瘾的感觉也在进一步阻止她寻求过于昂贵的医学治疗。因为药物的作用，她又迷失在对杰夫的恐怖幻想中，她觉得杰夫的大提琴箱里装的不是大提琴，而是一具尸体。面对这些幻想，她的“老公”宣称她疯了：“如果你真的这样认为，你要么很快就会失去所剩无几的理智，要么你就要灾难临头，脸上早晚会挨一巴掌。”（85）也就是说，在她出现恐怖幻想这一点上，他不仅不关心她的身体和精神状况，甚至还残忍地中断了与她的对话。

患有失眠症的阿格尼丝在厨房也偷偷服用了如上所述的安定药丸。女主人公感到惊讶并直接询问她原因：“你也有什么地方痛吗？她惊恐地转过身来。‘没，没事，我很好。’她递给我一杯茶，自己吃了几片药，太好了。‘那是什么药？’她沉默了，沉默了，还是沉默。她笑了笑，眼睛闪闪发光，沉默了。”（93）通过四次保持沉默，作者恰如其分地描述了阿格尼丝面对女主人公时的心态，她不想承认她所忍受的一切。虽然她一开始以“我们疯狂地相爱”（100）这样的表述试图传达她与“老公”盖尔特非常幸福的关系，但后来她对这种关系的进一步解释则与这个景象有着较大的差异：“阿格尼丝沉默不语。她手里拿着安眠药盒子，一声不吭。然后她看了看手中的药盒。‘盖尔特带走了我许多的恐惧和不安，’她边说边转动手中的盒子，‘他是我的第一个男人，因为这可能就是你想问我的，他是我的第一个。’”（208）她提到盖尔特是她的初恋情人，或者用她自己的话来说是她的第一个“男人”，这表明她的爱情观念不论是在过去还是现在都是过时的。因为对她而言，就如同我们在《百日》中分析过的那样，在弗里施的画像理论框架内，盖尔特一方面其实也只是她的一个“画像”，并不是她所想象的那么完美。另一方面，她也同样陷入了女主人公一开始对她“老公”的情感困境中——都将产生恐惧和摆脱恐惧这种情感和亲密关系的产生混淆在一起。她们两个无一例外地都陷入了一段亲密关系中的客体位置，期待有人来拯救她们，而不是自己主动去摆脱困境。在这个层面上，她们的处境也再一次呼应了小说的成长主题，即个体如果想实现真正的成长，就必须首先摆脱客体的被支配地位，从被拯救的状态里面脱离出来。同时，与一般的被支配的客体对象相比，女主人公和阿格尼丝还呈现出一种现代性意义上的某些特征，反映到具体生活中的状态就是她们两个人都无所事事，不知道生活之路在何方。这样的生活状态也进一步导致她们患上了现代性特征的疾病，例如失眠、抑郁。同时，与纯粹的被支配客体对象相比，她们又具有一定的个体意识，这在某种程度上也可以被认为是小说作者施维特在为西方现代的某些年轻女性画像。她们经历过西方思想与文化的启蒙，知道现代西方女性在性、爱情与婚姻中的权利与地位，并不真正甘于处在被支配地位，也会尝试着去改变，去选择成长。虽然她们在某个阶段可能无法摆脱困境，但正如作者在小说第二部分中所描述的那样，不管后面的情节如何演绎，女主人公是一定会在某个时刻觉醒的。例如，阿格尼丝持续服用安眠药的事实说明了她也清醒地知道自己这种状态，知道自己与盖尔特关系中的问题所在，但在那样的阶段，她无力摆脱困境。这也进一步回应了在每次女主人公拜访阿格尼丝时，阿格尼丝重复告诉她的那句话，即你还年轻，你的路还有很长。希望女主人公不要步她的后尘。例如她虽然知道盖尔特还总在追逐其他女人，但仍然对他感兴趣。她一直希望有一个真正的男人，一个能保护她免受恐惧的男性类型。所以她选择了盖尔特这种类型的人，同时这也解释了为什么她总是称盖尔特为“我的老公”：

> 她用惊慌的眼神盯着手中的盒子。“他总是在不断地追逐女人。我在我父母的工厂里观察了他很长时间，当时他在那里当电工。在这之前，你知道的，我在男女追逐这种游戏中总是有那么多的恐惧。盖尔特追逐女人的方式给我留下了深刻的印象，我希望能从中学到一些东西。他的整个举止让我着迷。当他的目光终于落在我身上的时候，我突然像被感染了一样，完全没有了恐惧的感觉。那是一种美妙的感觉。我们在这里建造了我们的花园，是啊，这就是我们的故事。”她说着，看了我一眼。（208-209）

从这段类似于精神分析式的诊断性独白里，阿格尼丝一开始将盖尔特视为保护她免受恐惧的救世主，但颇具讽刺意味的是，她与他在一起生活后，又需要通过持续服药来抵抗他进一步追逐其他女人给自己带来的不安全感。某种程度上也可以说，这种不安全感也是一种恐惧，即她借助外部力量来克服恐惧，结果又带来了新的恐惧。但为了避免进一步呈现自己的脆弱一面，她紧接着又承认盖尔特也只是个普通人。或许正是这样一种被拯救信仰的崩塌，她自己又回归到喜欢女性的角色定位里，一方面与康妮保持着亲密关系，另一方面与女主人公又始终保持着若即若离的暧昧感觉：

> “盖尔特也只是个普通人。”她敲了敲药盒说，“你不需要这个，你不需要，你还那么年轻——”“但是我现在感觉很好，”我打断了她，“那药不错。”“能让人放松，是的，但是，不。不要。”她把药盒扔到了地板上。“我

觉得很热，”我说，“我的意思是，这里很热。”她握住了我的手。尽管吃了安定，我的手仍然在颤抖。不是的，我心里想，把手紧紧地按在她的手上。（209）

与阿格尼丝保持着亲密关系的康妮也不是一个身心健康的角色。康妮的本职工作是一名儿童医生，业余爱好是绘画。她是这栋公寓楼里唯一一个能或明或暗地将几乎所有人召集在一起的那个人。明里指的是她曾在公寓楼中心的花园里举办过生日聚会和个人画展，楼里所有的住户都出席了；暗里指的是她的那位麻醉师朋友丹尼洛，这栋楼里几乎所有的住户都或多或少地得到过他提供的镇定剂或者非法毒品。正如女主人公听到康妮有一次跟丹尼洛说的暗语“水管道堵住了”（187），还有女主人公在与“老公”讨论盖尔特吞食摇头丸同时联想到康妮时使用的词汇“毒品俱乐部成员”（187）以及自己梳理完所有线索后的总结：“如果水管子不堵住的话，那么就意味着药片输送渠道是畅通的！丹尼洛是供应毒品的！他向我们所有人供应毒品！他不仅给我和康妮，极有可能还给阿格尼丝供应毒品，而且还有盖尔特，通过盖尔特再供应给我老公！”（187）回到康妮患病的问题上，一方面，康妮患有严重的抑郁症，这可能是由于她的男朋友盖伊经常缺席造成的。据她说，盖伊是一名建筑师，住在伦敦。在小说中，他也只停留在康妮的介绍中，从未真正出现过。另一方面，女主人公发现她还有酗酒的问题：

那天晚上，当我和康妮坐在一起时，我数着她喝了几杯葡萄酒。当数到第四杯的时候，我就起身告辞了。我不想看到她哭泣、抽泣和难过的场面，就像那次在她的生日派对结束时一样。我确信康妮画多长时间画就喝多长时间酒，直到她开始哭。直到她能够哭。（126）

更加值得进一步分析的是小说中女主人公的病症。除了身体上具体的牙痛之外，她在精神上还流露出时而病态、时而残酷的恐怖幻想。例如，当她在走廊里看到康妮鞋柜里小巧精致的鞋子时，她产生了以下幻觉：

在那段时间里，我经常站在这个架子前，脑海里想着把自己脚上多余的部位都砍掉，这样才能穿上康妮精美的鞋子。我想象着剪掉了脚的前面和后面，脚跟和脚指头都削掉，血淋淋地把脚塞进一双珍贵的小鞋子里，来回地走。我在这种让人起鸡皮疙瘩的想象中津津有味地扭摆着身体。（27）

对于女主人公因恐怖幻想而引出来的这样一个灰姑娘母题，也即为了适应水晶鞋而剪掉脚跟和脚趾进而成为王子心仪对象的隐喻，在这里也透露了女主人公、康妮和阿格尼丝之间或明或暗的三角关系。很明显，阿格尼丝是那个王子，女主人公却不是那个真正的灰姑娘。

第二个恐怖幻想则是关于西方当代年轻人在集体生活问题上的空间隐喻。那三位大学生不仅在声学上与女主人公和她“老公”同住同在，而且在真实的空间中与他们也存在着一种竞争关系。例如，他们三人与女主人公和她“老公”只能共用一个公共厕所。女主人公曾多次与他们产生矛盾，且她提出的解决方案均无济于事。她只好改变了自己的上厕所习惯，并由此激发出了自己的恐怖幻想：

但是这些全然无效，时间长了我改变了坐在抽水马桶上翻阅广告杂志的习惯。我只能先在厨房里翻杂志，然后再急不可待地冲向厕所。不过这是一种十分危险的做法。一旦碰巧在这个关键时刻厕所被某个大学生占领了，那么此时我就会认识一个魔鬼般的人，那就是我自己。我会在厕所门口来回地走动，脑子里盘算着怎样用长柄砍刀将那三个大学生的脑袋一个一个从脖子上砍下来，然后扔进抽水马桶里用水冲掉。（28）

第三个恐怖幻想是女主人公一直怀疑杰夫是一个杀人犯，他每天都背着大提琴箱就是在用它来运送尸体。对于她这样的念头，她“老公”质问她是不是疯了，并果断停止与她就这个荒唐的问题进一步交流。但这些质疑对她来说完全无济于事，她无法停止这样的念头。她如此全身心地投入到她的荒谬念头和恐怖幻想中，以至于她曾一度怀疑大提琴箱里的尸体就是阿格尼丝：

琴叶榕（Geigenfeige），我想了一下，想到了阿格尼丝。我几乎在浴缸不断升腾的蒸汽中忘记了她。突然间，我想到她被放到箱子里，在杰夫的大提琴箱里放的是她，杰夫折断了她的几根肋骨，还有她的脊椎骨，这样她才能装进去，只有被折断她才能完整地被装进去。是的，是阿格尼丝躺在那个大提琴箱里，不是那个身材矮小却比较丰满的康妮，而是个子高大

> 且身体柔软的阿格尼丝——我旋即下楼去按了下她的铃铛，看看她是否还活着。（89）

当然，这只是她当时的恐怖幻想，现实中的阿格尼丝仍然还活着。直到小说的结尾，女主人公都一直保持着这种幻想的习惯。如果从行为心理学的角度分析，那么她的这些幻想很大程度上可以被类比为一种不成熟的幼稚状态，正如小说中描写的那样，这在某种程度上又一次契合了这部成长小说的主题：

> 我从小就喜欢想象灾难，我很小的时候就觉得我身上好像没有发生过大事。我问过母亲："我们家里好像什么大事都没有发生过，是吗？"母亲问我："你这话什么意思？"我重复道："我们家里从来没有发生过什么坏事，是吗？""哈哈，我亲爱的小老鼠，"母亲轻松地对我说，"不会的，不要害怕，我们家里不会发生糟糕事情的，我会掌控一切的。"晚上，我在上床睡觉之前总是想象发生某种可怕事件的情形，想象我的父母丧生，我在为他们哭泣等等，而实际上他们俩还在隔壁他们的房间里喝着红葡萄酒。我像个小疯子一样不停地哭，然后哭累了，慢慢地进入梦乡，我感到满足和幸福，因为我终于经历了一些惊心动魄的事情。（86）

随着个体的不断成长，不成熟的幼稚状态阶段总会过去，但伴随这个阶段产生的记忆则会影响个体的认知和未来人生道路的选择。女主人公并非没有对这种幼稚状态进行过反思，但她的反思依然是建立在对灾难事件的期待上，或者用她自己的话来说，就是有没有发生过什么坏事。尽管她试图否定这种恐怖幻想，但在她母亲的一个朋友的确发生了灾难这件事情上，她的进一步思考则完美地演绎了这一点：

> 我不认为那个时候我希望父母死去，尽管当时我们家人之间也有关系紧张的时候。我也不认为我因此就特别希望家里发生什么灾难。不管怎么说，我现在回想起来有这么一件事，我父母尽管没有遇上什么灾难，可和我母亲一起打桥牌的女朋友当时却因为一次交通事故死了。
>
> 我老公那次跟我发生争吵后，我细细地思考了自己迄今为止的生活，我想得出结论，我是不是对那些灾难性的事件有种负罪感。

> 也许人内心希望什么就真的会发生什么。我承认，在我母亲的那位桥牌朋友死之前，我的内心曾经希望发生点什么刺激的事情，但是我发誓，我没有想在她身上发生什么不幸，老天作证。（87）

此外，值得一提的还有，毒品作为一种令人上瘾的物品，同时也是一种致病的媒介。如前面提到的那样，在这个公寓里，它隐约地与每个人都发展出盘根错节的联系，即使是她的“老公”法比安也未能幸免于外。从他与阿格尼丝的“老公”盖尔特进行更密切的接触的那一刻起，盖尔特就把冰毒这种毒品带给了他。但对他来说，这样一种与毒品接触的经历与最初的无所事事宅在家中冥想的状态相比已经是很大的变化了。

综上所述，从所有分析的段落中可以得出，小说中的人物在身体或精神上都患有各种各样的疾病。而这些疾病又是当今时代西方年轻人的典型疾病：失眠、抑郁、吸毒成瘾。这些病症要么伴随，要么干扰着他们之间的关系。某种程度上来说，这些疾病一方面是他们之间关系尤其是亲密关系失败的部分原因，同时也是各自寻找自我过程中遇到的直接障碍。

5.5　作为象征的植物

植物作为自然界有机体和生态性的象征，在小说中同样也扮演着重要的角色。植物的繁茂往往与小说中人物之间关系的良好发展相辅相成，而枯萎则喻示着关系的终结。公寓楼里的天井花园作为情节展演的场所一共出现了三次，它既是女主人公和她“老公”决定租住这栋公寓楼的重要因素，同时也是引出小说重要人物登场的第一个公共舞台。首先，在小说开端，女主人公在搬进来后的第一个早晨便心血来潮地决定去公寓花园里喝咖啡。在那里，她和她“老公”第一次见到了阿格尼丝和她的“老公”盖尔特。在阿格尼丝邀请女主人公拜访她后，两人之间一步步地发展出了亲密关系。其次，在五月的时候，也即女主人公搬进来两周后，康妮在公寓花园里庆祝她的生日，房子里的所有居民都出现在了这个舞台上。五月也是户外植物开花繁盛的重要月份，一切欣欣向荣，花团锦簇，为所有人营造出了一种轻松愉快的氛围。正如文中康妮所表达的那样：“5 月 15 日是一个星期天。‘我的生日在欢乐月份的正中，’康妮说，‘我就是那个快乐的康妮。’她在喝了几杯香槟后又说。”（40）但不幸的是，生日派对的结束场景就不那么愉快了。一方面，盖尔特非常大声且不友好地结束了派对，而且是刚好在星空、美酒、音乐等元素编织的浪漫氛围中女主人公对阿格尼丝产生暧昧情愫的时刻：

> 阿格尼丝手里拿着一只酒杯，在花园里走来走去，遥望着星空。我看着她，轻轻地哼唱着："我们陶醉在美酒和音乐中。"盖尔特突然出现在卧室的窗户里，大声地吼道："可以结束了，我要睡觉了。"他随即又消失了。剩下的几个客人对此的反应就是看着康妮。丹尼洛深深地叹了一口气。阿格尼丝走进了屋子，我随着她也离开了派对。她一定听到了我在她的身后，但是并没有转过身来。她走进了房间，上了锁。我听到她反锁房门的声音，这个转好几圈的锁门声我还是第一次听到，以前她都是从来不反锁房门的。（44）

另一方面，康妮喝多了之后躺在丹尼洛的同性恋朋友奥利的怀里抽泣，没有人明白具体原因是什么。是关于她的男朋友盖伊缺席她的生日聚会还是她对阿格尼丝无法言说的感情？这个问题虽然在女主人公重返花园时的场景中并未明说，但通过康妮在两位同性恋朋友这里寻求安慰的场面还是可见一斑的："我在黑暗中静静地站在花园门口，康妮还依偎在奥利的怀里，她在哭泣。在彩灯的反光中，我看到丹尼洛在擦去康妮脸颊上的泪水。'这些反正没有人会理解。'康妮哽咽着说。她的嗓音完全不尖了，也不刺耳了，看来她喝多了或者悲伤的时候都是这样的。"（45）阿格尼丝不与康妮告别便默默离开，知道女主人公在她身后却并未回头打招呼，以及进了房间之后上锁的行为暗示了她与盖尔特之间会有某些事情发生，这也为小说的第二部分即女主人公的朋友推断是盖尔特打死阿格尼丝埋下了伏笔。此外，借助康妮在花园举办生日聚会的机会，作者在这里也直接点明了女主人公和康妮在阿格尼丝问题上的竞争关系：

> "花园漂亮极了，"同性恋的丹尼洛对康妮说，"但是你住在这里一点都不合适。"
>
> "这里有一种魅力。"康妮说，"我爱这里的人。"我在想，她指谁呢？当然是阿格尼丝。康妮喜欢阿格尼丝，这点她刚才已经非常大方地让我看在了眼里，除了阿格尼丝之外还有谁呢……剩下的就是我和我"老公"了。

不过我不会忘记大家在康妮厨房里喝香槟时，她那种对我不屑一顾的眼神。她在我来看房子时展现的那种魅力已经荡然无存。近两个星期以来，我都有一种感觉，她似乎在拒绝我。我看她的时候带有一点审视的感觉，而她则微笑着四处环顾着派对，嘴里的老鼠牙闪闪发亮。我们的目光一旦相遇，我觉得她的微笑就会突然消失，她的双唇也顿时掩蔽了那几颗老鼠牙。(43)

最后，在小说第一部分即将结束时，即十一月，康妮又在花园里组织了她的画展。十一月的这个月份已经表明，不仅仅是花园里的各类植物，还有公寓楼里的各种关系都在一并枯萎。虽然康妮当着众人的面表达了对阿格尼丝的真实情感，但在这个完全没有生机的背景下，也喻示了她们之间关系达到高潮之后的急剧落幕：

当我重新回到花园里时，康妮正在给一群医生讲述着什么。盖尔特心情很好，也挤在这堆人中间。康妮在讲述她所倾心的人，我心想她会讲妮基·桑法勒或者露易丝·布尔乔亚，但不是这样，她在说阿格尼丝。"自从我们俩认识之后，也就是说从一开始我就非常欣赏这个女人，"康妮大声地说着，用酒杯指了指阿格尼丝，"因为她真正地活着，真正地爱着，真正地。""正是如此！"盖尔特使劲地鼓掌，又向阿格尼丝举起了酒杯。康妮用她的尖嗓子大声地叫着："谢谢你，阿格尼丝！"(164)

此外，女主人公和阿格尼丝的关系虽然借着这次花园展览也急剧升温，但也为故事走向悲剧性的结尾做出了相应的铺垫，如女主人公所描述的那样："我在等待着镇定剂起作用，看着她站立着睡过去，或者突然像一袋粮食那样倒下。但是她一直精神饱满地挺立着。我走近她，静静地站立在她的身后。你所做的一切都是为了得到那些药丸，我心里暗暗地想。所有的一切，今天晚上的自助餐聚会和派对，还有殷勤周到的服务［……］阿格尼丝转过身来，一把将我搂在怀里。我的心猛烈地跳动起来。"(165)

小说中植物的另一个重要展示场所是阿格尼丝的公寓。在她的客厅里，阿格尼丝打造了一个热带花园，里面有许多具有异国情调的植物。她自豪地将这些植物呈现给女主人公，将这些植物的由来和历史一一介绍给她。在某种程度上，这些植物也隐喻了女主人公与阿格尼丝之间的关系。例如，阿格尼丝睡衣的透明程度引起了女主人公对她性方面的窥视欲，她试图看到阿格尼丝的私处，但没有成功，而这些想法都反映在她所关注的这些植物上。因为阿格尼丝给她介绍的所有这些植物，名称都或多或少与性有关："口红花（Schamblume），同时我还想象着：贞操树（Keuschheitsbaum）、蛇皮果（Schlangenfrucht）、天堂草（Paradiesnessel）、西番莲（Passionsblume）。"（35）同时，在小说中，我们得到的印象是，女主人公不仅感到与阿格尼丝有情感上的联系，而且间接渴望着与她发生性关系。在又一次拜访阿格尼丝的过程中，阿格尼丝为她播放了丛林音乐，同时给她介绍琴叶榕这种植物。女主人公心情非常烦躁，她先将这种烦躁归结于外在的音乐，还没有意识到其实是内心的渴望和激情在作祟。这个过程也无意中又一次涉及了小说中鲜明的听觉叙事问题："我祈求自己的耳朵天生长有眼睑，能够闭起耳朵，再也听不到那种音乐。"（49）然而，这种激情与渴望永远不会实现，即使文中暗示她有这样的机会：

> 当阿格尼丝继续介绍她其他亲爱的朋友的名字时，我一边抗拒着自己的意志，一边听她说："在这里，我的女主角，这里有清晨的香味，这是木樨花（Duftblüte），这是海棠花（Feuerbusch）、铁线蕨（Frauenhaarfarn）、守宫木（Süßblattbusch）、麝香百合（Drachenlilli）、兜兰（Venusschuh）。"我听她说着，渐渐地平静下来，同时最迟在她介绍海棠花的时候，就把心中熊熊燃烧的火焰给压了下去。（49）

后来，盖尔特起床了，她们两个不得不分别。当女主人公在门口告别时，她对刚才的情感仍心有余悸或者心有不甘，想寻找阿格尼丝一丝一毫的暗示和回应："阿格尼丝把我送到门口，我在楼道里等了一会儿，确定一下她是否会在我离开后又把房门反锁上了。她这次没有这样做。'琴叶榕，'我温柔地喃喃自语了一下，'她的头发有十一种颜色，是的，十一种。'"（50）

对于深居简出且同样在日常生活中无所事事的阿格尼丝来说，植物对她而言起着一种与外界建立联系的替代功能。她退缩到这个像巢穴一样栽满植物的客厅里，通过植物来满足她对外界事物和某些人感情的幻想。此外，她之所以布置出这样的花园，正如女主人公所描述的那样，本就很大程度上与亲密关系有关，或者确切地说，与她和盖尔特的爱情有关：

她轻声且温柔地对她的植物说话。“一开始它们是一条爱的链条。”她说。在他们发现彼此的爱之后，盖尔特把这些植物送给了她。以后又慢慢地增加了西番莲、秋葵、硬枝老鸦嘴、老虎须、婚铃花。都是来自盖尔特的爱心礼物。“我必须把它们养好，我要对它们的生命负责。”阿格尼丝说。（59-60）

而当女主人公得知阿格尼丝与她“老公”盖尔特的关系其实并不像她所描述的那样完美，而且预感到更大的问题正在悄然逼近时，由于心态的变化而引起的视觉方面关注重点的变化，她又用另一个视角再次打量了这些植物，同时也直接表达了自己的关心和忧虑：

我第一次注意到从外面透过植物巢穴的光线是多么地少，阿格尼丝的植物吞噬掉了多少光线。它们在白天的光线和我们之间形成了一堵墙。阳光无法照到沙发上的我们。“如果你们再继续相爱五年，你们就会被这些植物包围得满满当当。”“是我自愿的。”阿格尼丝回答。“到那时你们连窗户都打不开了，你们会窒息而死的。”“植物会生产氧气的，不是吗？”“但是不会提供呼吸需要的新鲜空气。”“你还年轻。”她说。“我还有一切在我面前等着我。”我接着她的话大声补充道。（91）

与阿格尼丝在房间里打造了一个热带花园相比，女主人公的房间里只有一棵菩提树，而且它在故事的发展过程中死掉了。首先，她包括她“老公”都没有给予这棵树基本的关照，任其自生自灭。更重要的是，菩提树并不是他们买的，而是前一个租户硬要留下的，可以说从一开始就是“不受欢迎的”：

大多数时候，当我老公完事后，他就要去小便。他站起来，对着之前房客留下的那棵菩提树撒尿。尽管我们搬进来的时候明确说不想要它，不要这棵菩提树，我们只需要厨房里的那些东西。但那个房客还是把它留给了我们。所以它待在那里，完全不受欢迎。晚上它遭受我老公的尿淋，其他时间我们就没再去关注它。我偶尔也会给它浇浇水，原因是我觉得它太可怜了，但也只是偶尔。它渐渐地凋零了。这的确让我有些难过。我们搬进来的时候，它的叶子还是绿色的、柔软的，还生机勃勃。随着时间的推

移，我对它的现状感到很不舒服。（73）

这棵菩提树的死亡过程也准确地反映了他们两人关系的发展进程。因为“无所事事”的重要原则也适用于植物：“它的叶子已经干枯泛黄，看上去似乎萎缩掉了。但我对此却没采取任何措施。我既没有把它搬出公寓，也没有给予它任何照顾。”（73）尽管阿格尼丝已经向女主人公指出了要对这棵菩提树实施特殊关照，但她依然什么也没做，任其自生自灭：“我对她给我写的护理纸条非常感激，把它和信件一起放在我的盒子里，并继续忽略菩提树的困境，尽可能置之不理。”（74）

综上，小说通过这样的一些植物描写，一方面表明了他们之间错综复杂关系的开端和结束，另一方面也暗示了女主人公在寻找自我的过程中所遇到的各种各样的问题、诱惑乃至思想上的桎梏。如何摆脱这些问题，是否继续沉迷于这样的诱惑，乃至能否打开思想上的枷锁这一系列的问题都为小说的第二部分叙事留足了悬念。

5.6 生活之路在当下——小说第二部分的亲密关系叙事

在小说的第二部分，作者采用了与第一部分截然不同的叙述视角，即全知型叙述视角。作者在这个部分的首页也依然采用了戏剧作品介绍人物出场的方式，而女主人公的介绍为“她”。同时在一个与鲍姆加特纳太太重逢的场景里，通过鲍姆加特纳太太的口，我们也终于知道了她的真实名字：杰赛斯（Jesses）[①]。而且如第一部分一样，作者仍然保留了间离效果式的叙事方法，即全知型叙述视角也经常被其他叙述视角打断，这种叙事手法在这一部分对情节的推动和发展同样起到了重要作用。例如，第二部分开篇提到西蒙的传记时，一天早上女主人公在一个男人身旁醒来，故事情节的发展一再地被不同的叙述视角打断。作者用女主人公不断使用的“不!!”、“当然不是!!”等感叹语气来反复修改这个场景。直到最后，作者才让读者明白这个西蒙是她的新男友。然而与小说的第一部分一样，作者又开始试图挑衅读者继续向下阅读的兴趣，将关于西蒙未

① Jesses 并非一个常见的名字。根据 DUDEN 辞典的释义，Jesses 为一个感叹词，常常用于这样的表达：Jesses, Maria（天啊，我的上帝/圣母玛利亚）。通过将表达震惊与恐惧的语气词作为女主人公人名的这样一种设定，作者无疑想赋予小说声音叙事的主题更多的阐释空间。

来将要发生的故事通过女主人公想象出来的虚构故事提前告诉了读者：

> 他在整个大学期间都跟这个女孩在一起。大学后找工作时他却一事无成，因为他拒绝了服兵役。出于这个原因，他开始喝酒，每次从酒吧回来都要对那姑娘施暴，打她，直到她逃到妇女保护中心。当然不是这样的!!!他在安全研究中心找到了一份工作，娶了他心爱的女孩，从此与她和他们的两个健康的孩子过上了幸福的生活。但是他在我的床上做什么，我们的作家问自己，她要在西蒙睁开眼睛的时候重新改写这个故事。(235)

总的来说，作者一方面给予了女主人公重启这个故事的权力，即她可以根据自己的偏好来选择怎么讲述这个故事，但是在关键故事线的地方，作者又及时地打断了她，或者说纠正了她。从本质上来讲，这是一种全知全能型上帝视角下的双重叙事方法。女主人公自以为自己获得了某种能力，其实依然是在已经设定好的框架内进行，尤其是当最后一句话出现，即西蒙睁开了眼睛之后，她的故事便必须开始讲述下去，不再具有回溯或者重写的能力。这样的叙事方法颇有先锋意识，与时下比较热门的一些人工智能科幻影视剧例如《银翼杀手》和《西部世界》中被支配的角色开始苏醒并想脱离某种力量的控制有异曲同工之妙。在这些热播影视剧中，主人公们试图摆脱为他们写好的故事线，结果在经历了千辛万苦摆脱了这条故事线之后，发现他们依然是活在设定好的更为宏大的故事线里而已。

同样重要的还有，与小说第一部分的“无所事事”相比，她现在要工作，要自己谋生，但她同时也反思了一下过去九个月在公寓楼里的生活。她在年初以旅行者的身份前往喀麦隆寻找阿格尼丝工作过的儿童之家，然而她没有成功。她最终找到的儿童之家其实最近才开业，所以阿格尼丝不可能在那里工作过。整个喀麦隆也没有类似于阿格尼丝提到的那种儿童村。回到喀麦隆最大的城市杜阿拉后，女主人公与一名妓女在酒吧一起度过了除夕之夜。确切地说，是女主人公付钱请她听自己说话。在两人相当无聊的对话中，或者说基本上是女主人公一个人在欲言又止的同时又伴随着阵阵思绪介绍自己此行的目的和经历时，这位叫莱奥诺拉的女士问了她一个很关键的问题：“你在生活中做什么？”而她则一开始走神般地回答了一句自己同她一样，而莱奥诺拉并没有听清她后面的解释，误以为她也是一名性工作者，哈哈大笑起来。但也正是这个被误解的问话和回答打破了僵局。在除夕之夜，她们紧紧地拥抱在了一起："'新年快乐。'女游客一边对她说，一边把脸贴到她的黑色卷发上。"（254）这里突出黑色卷发的描述也明确无误地再一次强调了她与阿格尼丝之间的亲密关系。女主人公一直希望能和阿格尼丝一起有这样一个除夕夜的庆祝活动，就像她现在和莱奥诺拉正在经历的那样。

女主人公旁听了法院对盖尔特的审判。这次审判也让她再次想起了除夕夜的场景，尤其是盖尔特当晚的行为。她自己那晚的个人经历，当然不用在法庭这里加以辩论，也不需要被提及。与旁听审判相比，更重要的是她可以与当年公寓楼里的一些住户见面，但她的男朋友却出乎意料地没有出席。相反，她遇到了丹尼洛，他在某种程度上也代表了康妮。因为对康妮来说，审判是异常残忍的，因为她与阿格尼丝曾是那么的亲近。女主人公对丹尼洛关于阿格尼丝和康妮关系问题的回应所不经意带出的嫉妒使丹尼洛感到有些惊讶。这第一次清楚地表明了女主人公与阿格尼丝的亲密程度。

在下一章节中，女主人公再次从她的视角叙述了她试图与杰夫取得联系的经历。在新年前夕，她从鲍姆加特纳太太那里得到了杰夫的地址，给远在波士顿的他写了一封长信，承认是自己没有照顾好他的猫，并将那段时间内对他的恐怖幻想付诸纸上，而且请求他解开阿格尼丝的死因。因为除夕夜那天，只有阿格尼丝、他和她待在公寓楼里，而且自从圣诞夜之后，他的房间里就不再播放交响乐，而是在播放阿格尼丝最喜欢听的非洲比库兹音乐。最重要的是她写道，除了她依然想探究阿格尼丝死亡那晚究竟发生了什么之外，她一直以来都在想念着阿格尼丝：

> 盖尔特喜欢"裸露的真理"，你还记得吗？他虽然被判了徒刑，但是那个夜晚究竟发生了什么，为什么会发生这些，这些问题始终没有得到解答。我之所以给你写信是因为我没办法给阿格尼丝写信。我非常想念她，一直都在想念着她，自离开她的两千多天以来，直到今天。因为我心里有一种无法泯灭的希望，那就是在知道事情真正发生的过程之后的安慰。好吧，你怎么可能比我知道的多呢。（266）

很明显，她对自己的行为进行了分类和评估，甚至愿意为可能弄死了杰夫的猫而承担责任，尽管没有证据证明这一点。如她所料，杰夫果然没有回复她的信，但这样一种书写或者倾诉对她的情感困境本身也是一种安慰。她在信中也说："我习惯了得不到回答，但是我依然会提我的问题。真是教不会。即使我的经历是一个丰富多彩的失败故事。"（268）

与小说的第一部分相比，可以看出女主人公正在走上一条自我意识觉醒的道路。这条道路的下一个岔口是和朋友一起去卡拉 OK 酒吧以及她对歌曲《阿妮塔》的诠释，因为她把自己放在时空穿梭的交汇点上。在她唱歌时，过去住在公寓楼里的那个"她"从街对面支起耳朵，偷偷地听她的歌声和喃喃自语。

最后，女主人公决定离开家乡，前往柏林生活。她原本没有这样的计划，只是在餐厅工作时，她那双经常把听客人说话当成自己任务的耳朵听到了一个客人和他的朋友谈论起柏林：

> "说到底，柏林是一座让人无法忍受的城市。"……"这个城市就像一个顽皮的小孩子，喜欢把给他玩的和穿的所有东西都弄坏、弄破。这座城市永远也不会长大，也永远不会自立。"这也就是她听到的所有了，别的她没有去听。但她已经开始想象着，如何和这个怪物一般的小孩子玩捉迷藏。（285）[①]

正是不像眼睛拥有眼睑而可以随时选择闭上一样，永远处于倾听状态的耳朵使她获得了新的改变人生的信息。凭借那位客人的描述而建立起的对柏林的第一印象，或者说被柏林这座城市的奇特的幼稚气息所吸引，她并没有做过多的权衡和斟酌，便决定立即辞职去柏林生活。

在柏林，她又搬进了一间合租公寓，只是这次的室友换成了朱迪斯和鲁道夫，还有两只猫。朱迪斯作为正在读警校的准侦探专员，在对女主人公进行了全方位的询问后，她试图找出阿格尼丝被谋杀的原因。通过朱迪斯颇具启发性的视角，这些居民在女主人公搬进公寓楼之前的日常生活以及最后阿格尼丝被谋杀的场景都通过朱迪斯的推理和想象力被逐渐还原了出来。朱迪斯指认盖尔特就是凶手，而女主人公则不完全相信，说："'这只是一个故事而已。''是的，这只是一个故事。'朱迪斯一边回答，一边穿起了外套。'每个故事都需要更多

---

① 在这里，爱捣蛋的小孩子的隐喻也表明，经过多年的旅行和艰辛，女主人公打算回到一座充满幼稚气息的城市，或者——也可以说——回到母体的子宫，再次尝试长大或寻找另一种方式成长。这也再一次印证了施维特将这部小说描述为成长小说的说法。

不同的故事来解释。'”（305）通过这样一个故事中内嵌故事的架构，作者一方面借助这样一种叙事策略进一步混淆了真实性和虚构性之间的边界，另一方面也使我们联想到在前面章节分析过的施塔姆小说《阿格尼丝》，同样都描述了一个虚构故事造成一个人物死亡的事件，而且死者的名字都叫阿格尼丝，死亡的时间都是在除夕夜。

朱迪斯进一步解释道，她否认是阿格尼丝那天晚上在疯狂地按女主人公的门铃并厉声尖叫。这在某种程度上可以看作是她对阿格尼丝和女主人公亲密关系的界定，但女主人公则认为恰恰相反。“朱迪斯看着她，说：‘让这个破案结果在你那儿发酵几天吧。如果它不能令你信服，那么我再重新打开这个卷宗，再找一个别的结论。你觉得这样好吗？'”（306）对于这样一种分层式的叙事方法，法国当代思想家南希做出了一个精彩的阐释：“基于这种转折，作者间接传达了故事里没有终极真理，因此没有封闭的东西——每个故事都需要不同的故事。它是一种分层的东西，层层叠在一起，你可以删除它们，但你不知道什么时候到达了最后一层，是否有最后一层。”[①]

出乎所有人意料的是，鲁道夫和女主人公之间逐渐产生了亲密关系。一天早上，他到加油站来接上完夜班的她：“他们俩默默地在小雨中并肩走着，两个人都低着头，双手插在夹克口袋里。有时他们无意中碰到了对方，便立马向对方道歉。然后鲁道夫停了下来，她便向他转过身去。”（291）他是一名听觉诊断专家，在这次事件之后，她每天早上都陪他去上班。他们在送对方上班时互相微笑，对他们而言这是一种充满爱的仪式，然后承诺十二点再见面。与此同时，她在路上还帮着鲁道夫核对幼儿听力测试结果，并在必要时写信给他们的父母。熟悉了这套流程之后，朱迪斯教会她说标准的德语，鲁道夫疏通了关系，然后她就得到了一份听力诊断助理的工作。这项工作不仅让她感觉非常满意，在鲁道夫那热情的感染下，她甚至有些欢欣鼓舞，彻底转变了之前对听力问题的偏见，因为她现在相信她可以像鲁道夫一样根除这个世界上的听觉障碍：

---

① 当代法国哲学家让-吕克·南希（Jean-Luc Nancy）针对这种情况进一步表述道：“一切都发生，就好像人类在世界的位置上重新创造了一种环境，同时这个环境越来越有机——相互依存，相互联系——并且越来越累积（堆积，彼此相邻，挤在一起）。一种建筑——也就是说，一种分层——并不是真正的建筑，没有受到完全的破坏。解构的目的无非是揭露这种‘结构’状态。……就像在‘元素’‘财富’和‘物种’形成之前和之后的混乱一样。在自然的建设和人类的指导之前和之后。”参见 NANCY J L. Die Anbetung: Dekonstruktion des Christentums 2［M］. Berlin: Diaphanes, 2012: 115-116.

如果所有的婴儿都能得到检查并得到及时的治疗，那么她就会获得胜利。仅凭这一点就可以带来幸福：给自己设定一个可以实现的目标。一场有着胜利希望的战斗就是有意义的战斗。一场有意义的战斗就是能够得到幸福的战斗。她不会去拯救世界，她也无法扭转任何暴力行为，阻止任何暴行，她才不会先去尝试那些做不到的事情，而是先做一些有意义的，同时获得快乐。（294）

这种情况与她和法比安的关系中所遇到的情况形成了鲜明对比。其实女主人公并不是想真正地无所事事，实际上她也想做些什么，也想实现自身的价值，但被他间接阻止了。在法比安那里，她疲惫、无精打采、郁郁寡欢。用疾病的隐喻来说，就是一种生病的状态；用植物的象征来讲，就是一种枯萎的状态。而在鲁道夫这里，她通过她的有意义的工作而变得活泼、快乐、身心健康。

同时，需要进一步指出的是，如同在上一个公寓中她卷入与阿格尼丝的亲密关系一样，现在她与朱迪斯和鲁道夫的关系也处于某种程度上的三角关系之中：

局外人不怎么会认为她和鲁道夫是恋人关系，至于是不是恋人，他们自己也不知道。朱迪斯却知道，因为她完全不是局外人，她认为两人是一对情人。两个女人一如既往地在一起度过许多时光，玩着提问游戏，一起放声大笑。这两个女人之间关系非常密切，外人一眼就看出来了。（295）

也就是说，他们三人之间的亲密关系，与女主人公与法比安和阿格尼丝之间的关系有明显的相似之处。但不同的是，他们之间的关系更加隐晦。如果把之前的那种关系类比于青春期的懵懂与无知，那么现在的这个关系则要成熟得多，而且他们也都能成熟地处理这些关系：既能走出自我，与他人建立链接，同时又能保留一定的自我意识。就这个层面而言，也再一次直接呼应了作者在采访中提到的那个主题——这是一本成长小说。

因为女主人公租住的房间是之前鲁道夫和朱迪斯他们室友的短租房，所以在他们回来的时候，她接受了鲁道夫的邀请，晚上去睡在他的床上，鲁道夫随后也为她的房间买了一张新床。这样一些日常生活中的关心也让她慢慢地接受了他：“有时她会去鲁道夫的床上睡，有时他过来睡，但是那两只猫却不能容忍一张床上有四个生命。至于他们俩是否相爱，他们都没有考虑过。”（295-296）同时，两个人在处理关系的过程中，都颇为小心翼翼：“在乘车回来的路上，她有时会把头靠在鲁道夫的肩膀上，有时他把头靠在她的肩膀上。不需要问，他和她的头都会去寻找对方的肩膀。他们的头从未在同时的内心驱动下而撞在一起，这是一个奇迹。”（297）

在女主人公和鲁道夫一起去伦敦出差时，他们的工作得到了同行们高度的评价，他们俩将被邀请到博洛尼亚做报告。仿佛是为了“庆祝”他们工作的成功，鲁道夫把一棵植物——而不是花——带到了酒店：一棵小白桦树。在情感表达上，白桦树这种植物更加含蓄、克制，与之前女主人公房间里那棵菩提树形成了鲜明的对比。也可能是他想通过赠送白桦树这种间接的方式向她求婚，但他却没有付诸实施：“‘我从来都不喜欢我的姓，所以我不能把我的姓送给你。’鲁道夫喃喃自语着。她继续数着，一秒，两秒，三秒，四秒，五秒，然后她站了起来，说：‘我想在晚饭前洗个澡。’她手上捧着那盆小白桦树走进了卫生间。”（309）

面对鲁道夫的犹豫和不确定，她也想听听自己内心的声音：“她用双手捂住耳朵，每当她想倾听自己的心声时，都会这样做，但是这时她的双手在颤抖，手中的头发发出簌簌的响声。‘我什么都没有听到。’她愤愤地在心里说。”（309）直到幻想将自己分身为记者且对自己目前的工作成果进行采访之后，她的心绪才慢慢平静下来，然后她低声对她带进洗手间的这棵植物说：“而你，想成为爱情花园的地基吗？算了！”（311）一方面，女主人公目前尚不清楚将如何做出决定。另一方面，在这番针对这棵植物的“拒绝”话语中，她也暗示了不想再拥有像菩提树那样失败关系的经历。在随后与鲁道夫的对话中，她抱怨浴室里充满了雾气，他则建议她把门打开：

> 她慢慢地脱掉了衣服，镜子上又慢慢地蒙上了雾气。她轻轻地打开浴室的门，看到鲁道夫站在开着的窗户前。“鲁道夫？”他稍稍迟疑了一下，转过身来，说：“怎么了？”“这里一片雾气，我什么都看不清了。”“把门打开就好了。”“是的，我打开。”她微微地笑了。（312）

通过这个颇具隐喻性的对话可以看出，雾气象征着她对这段关系的感受依然比较模糊，她想进一步表达的是她的决定也很模糊。而鲁道夫的建议则是把门打开。门常常被视为人与人之间关系的一个重要象征，建议打开则意味着一方面在现实中她在沐浴时不用规避他的存在，另一方面也有暗示她打开心门的意味。而且正是在这里，他们之间关系上更深层次的一种和谐逐渐变得可见。这不仅仅是通过语言传达的，而且更重要的是通过打开门这个动作传达的。这也就再一次呼应了在小说第一部分中反复提及的"行动困境"问题。

然而，小说在这一部分的开头也表明了女主人公与朱迪斯之间也存在着亲密关系。在这里，依然是借助于反映小说主题即耳朵隐喻的听觉描写，读者可以体会到一种非常熟悉的感觉。朱迪斯在出差回来后问她："'没有我的日子你俩过得好吗？''你总是爬到我的耳朵里。我无法把你驱赶掉。'朱迪斯大笑起来。'你们想我吗？''是的，有点想的。'"（307-308）

在小说第二部分的最后一个章节，读者通过结尾的附言了解到鲁道夫的求婚成功了。一方面我们可以得知，鲁道夫终于战胜了对将自己姓氏赋予另外一个人的恐惧，或者说他愿意承担起相应的责任；另一方面，女主人公也终于肯接纳另外一个人真正走进她的生活。值得一提的是，作者将这个场景安排在了除夕夜，或者可以说，作者有意再一次赋予了除夕夜特别的意义。上一次除夕夜的描写喻示了女主人公与阿格尼丝还有她"老公"法比安关系的彻底结束，这次则暗示了一种全新的开始，从而在叙述时间上形成了一个闭环。通过这个婚姻登记仪式，我们可以确定小说的第一个重要主题也即"亲密关系的处理"得到了一定程度上的解决。但是对于女主人公而言，小说的第二个重要主题"生活之路在何方"的问题却依然存在。除夕夜里，女主人公结束了和鲁道夫与朱迪斯的聚会，无法入睡，然后独自一人在柏林的大街上徘徊。在施普雷河上的一座桥上，她写了一条短信："'城市空无一人，我想你。'她考虑着将这个信息发送给谁，然后又再次将其删除。鲁道夫睡了。朱迪斯也睡了。"（313）由此可以看出，她虽然目前已经拥有了固定的关系，有了稳定的工作，有了生活着的城市，但是依然会感觉到一种"匮乏"，一种对某人的思念，所以也不清楚她是否想把这个信息发给鲁道夫、朱迪斯，抑或是已经不在人世的阿格尼丝。这个除夕夜场景也将她在之前公寓楼里"旧"的痛苦经历与"新"的生活经历联系了起来。在胜利女神纪念柱前，她参加了一个派对，但她很快又脱离了派对，觉得这样的派对不适合自己，回到了后面。

为什么上面提到她有可能发送信息的对象也包括阿格尼丝呢？小说接下来的描述则详细地提到了这一点。在这样一个除夕夜时刻，她依然还记得阿格尼丝："是这样吗？是的，就是这样。有一个女人在走着，这个女人就是我。新的一年开始了。我今年 33 岁零 10 个月。我比阿格尼丝活得时间长。"（314）值得进一步分析的还有，女主人公在小说终章的最后一段这里又从第三人称视角切换回了第一人称视角。用短语"是这样吗？（War's das?）是的，就是这样。（Das war's.）"以及紧接着补充上一句叙述"什么声音？（War da was?）"这样一种语义学上的词汇调位和叙事视角的改变证明了在小说第二部分的结尾，"她"终于在此刻找到了属于自己的"我"。同时，小说的最后一句话也又一次点明了该部小说的成长主题。她在大街上走着，听到一些声音，以为自己被人跟踪，但后来又意识到那是她自己的脚步发出的："什么声音，我回过头去，但是我听到的脚步声是我自己的。"（314）可以说，女主人公具体听到的是自己脚步的声音，更进一步倾听到的是自己内心的声音。

综上，小说的最后两章就像一片吸纳不尽的海绵一样，展示了女主人公一系列的成长经历。她会在先前的意识之路的尽头认出并承认自己是"我"。虽然她在整部小说的开头就已经注意到了这些具有象征意义的楼梯台阶：

> 毫无疑问，我的脚步留下了在这所房子存在期间与在这座房子里走来走去的每个人的脚步相同的痕迹，但同时，当我踏着矫捷有力、精力充沛的步伐走上台阶时（为了留下深深的印记），我就会感到自己特别有活力以及永恒存在。当我的脚踩在楼梯台阶上，并且留下永远抹不去的痕迹时，我似乎在不断喃喃自语："这里，这里，我在这里。"（28）

就像在之前的公寓楼楼梯间里螺旋上升一样，现在女主人公在意识和经历上都已经达到了下一个更高的层次：她完全意识到了自己的脚步，进而意识到了自身的存在。同时，在与小说第一部分的亲密关系进行对比时，也可以说这是女主人公与鲁道夫和朱迪斯的新三角恋，取代了女主人公与法比安和阿格尼丝的关系。上一次的关系以不幸而告终，而这次新的关系的建立颇有些黑格尔哲学上正反合"奥伏赫变"的意蕴在里面。从这个意义上来讲，故事的结局仍然是开放的，虽然这个结局不能说是古典意义上的幸福爱情结局，但这种关系也并非一种不幸福的关系。正如小说的最后一句附言所描写的那样，当他们三个人被婚姻登记处的官员问道："谁和谁结婚？""'我们两个。'我指着鲁道夫说。朱迪斯大声地笑了。"（314）

5.7　结语

最后，通过上面对小说中形形色色的关系以及隐喻和象征了各种关系的音乐、疾病、植物等元素的分析，让我们再来回顾一下该小说的主题以及主题背后所反映出来的西方现代年轻人日常生活中的感受、思考与行动问题。

首先，《耳朵没有眼睑》是本书所研究的四部小说中最贴近日常生活、最能反映西方现代年轻人思与行的一部作品。其次，小说中描写了当今时代非常热门的一些问题，例如亲密关系、生活之路在何方、流行音乐、现代性疾病、伴侣关系等等，我们对之也非常熟悉。最后，小说集中刻画了西方现代社会中几乎所有关系的可能性，例如女主人公与法比安以及阿格尼丝与盖尔特之间的异性恋恋情、阿格尼丝与女主人公以及阿格尼丝与康妮之间的颇具隐晦色彩的女同性恋的亲密关系、麻醉师丹尼洛和他的伴侣即花店店员奥利之间的男同性恋关系。同时小说中也有提示，康妮一方面在时刻等待着她男朋友盖伊的拜访，另一方面和她的一个朋友也保持着女同性恋关系。如小说中所描写的那样，康妮在接受一个采访时，这个时候她的叫作斯塔德尼茨的真实姓氏也第一次出现在了读者面前，而她的回答也丝毫没有掩饰她与伴侣的亲密关系："'您的职业是不是您不生孩子的关键因素？' 斯塔德尼茨：'不是的。对于我和我的女朋友来说，从来没有考虑过要孩子的问题。'"（282）此外，盖尔特和法比安也即女主人公"老公"之间的同性社会关系[①]也非常引人注目。针对这种关系，朱迪斯在小说的第二部分进行了详细分析："与女性们之间的关系发展平行，盖尔特和那个年轻的男邻居走得更近了，这极有可能就是那种更为普遍的、无法解释的没有色情色彩的男性间友谊类别之一，这种关系可以被认为是我们文化的支柱。"（302）最后，还有一种区别于一般情感角度的三角恋情，也可以说是异性恋和同性恋共存的一种关系，它体现在小说结尾的第一人称叙述者与鲁道夫以及朱迪斯之间。某种程度上也可以说，这是女主人公在前一段关系中与她"老公"法比安以及阿格尼丝之间三角恋情的进一步发展。

与过去相比，今天的社会为人们提供了更多建立各种各样关系的机会。同

① 男性与男性之间的同性社会关系在西方的文化根源上可以追溯到古希腊，是一种男性与男性在战场上所发展出来的超越色情意味的男性友谊。《邶风·击鼓》是我国《诗经》中的一首诗，此诗对该文化也有类似的描述："死生契阔，与子成说。执子之手，与子偕老。"

样，个人在寻找自我、发展自我的过程中也比以往拥有了更多的方式和可能性。然而，颇具反讽意味的是，虽然现代人拥有了更多的可能性，在爱情关系或者说亲密关系的建立和维护方面却并没有比过去表现得更好，在人生道路的选择和发展方面也没有体现出更多的优势。回到小说中，从对公寓楼中居民们各种疾病的详细描述中，我们也可以得出结论，这所房子在某种程度上就是一家医院，每个房间都是一间染上现代社会疾病的病房。所以，小说描写的绝不仅仅是止于亲密关系的爱情叙事，更是关于当今西方社会人们的心理疾病以及与之伴生的身体疾病问题。同时，个体可能会有所觉醒，可能会认识到自我，但也并没有真正完全摆脱现代病症的困扰，进而找到真正适合自己的道路。例如，小说的最后一幕发生在柏林胜利纪念柱的现场，而这个地方以纪念柱为中心拥有像星状形一样五个方向的发散街道，这可以被看作是通往不同人生道路的隐喻："在那里，她可以在五个方向之间做出选择，走一条新的道路。"（313）此外，女主人公的漫步发生在新年的清晨。从一般的意义出发，这预示着一切从新开始。但也许一切都不会改变。女主人公的前景充满希望，但读者同时也会保留一定的怀疑态度。

同时，作者也并没有完全否定个体在追求幸福以及稳定亲密关系方面的努力。虽然亲密关系在小说第一部分的许多关系中并不起作用，但作者也依然描绘了女主人公对亲密关系和生活之路的渴望，因为对自我的寻找（suchen）——也许也是一种对爱的渴求（Sucht）[①]，这种动力或者说是爱欲（Eros）是永不会停歇的。

虽然在经典浪漫爱情的观念中，婚姻背景下爱情与性之间的联系是密不可分的，同时也是该爱情观念的一个基本特征，但这部小说所描写的情况有所不同，即爱情和性不再必然相关。诚然，女主人公与她的第一个伴侣法比安有性关系，但他们的关系绝不是以情感为基础的，而是更多地掺杂了一些因害怕、恐惧等情感而产生的依赖感。她反倒是在阿格尼丝那里获得了一些情感方面的补偿。同时，无论是她在浴缸里的性幻想还是潜意识里对阿格尼丝的性接触的渴望，其实也都从未实现过。对于法比安来说，性似乎是他与女主人公之间的唯一联系，至少小说中没有证据表明他与她有任何真实情感方面的亲密关系。

① 德语 suchen 这个动词本意为寻找，由这个动词派生出的两个名词 Suche（寻找）和 Sucht（渴求，上瘾）可以很好地概括女主人公在个体成长过程中的体验和感受。

然而，由于法比安和盖尔特分别受制于自己对男性角色的理解，他们力图表现得像“真正的男人”（盖尔特喜欢摩托车，法比安基本上把必要的家务留给女主人公）。尤其是他和盖尔特发现自己在那些活在感情欲望中的女性面前处于越来越孤立的地位，于是，两人找到了一些共同语言。

相比于小说第一部分所描写的一系列失败的亲密关系，小说在第二部分描写的女主人公与鲁道夫的关系很明显要成功得多。但在他们之间的性关系方面，作者则有意避免施以更多的笔墨，或者在他们的关系中这可能根本就不重要，重要的是刻画了他们彼此深情相爱的场景。但需要进一步指出的是，他们并没有用明确的爱的誓言来形式化这一点。相反，小说中表达的是这样模糊的句子：“他们是否相爱，他们没有想过。”（296）即使在正式结婚时，最终也不清楚到底是谁在嫁给谁。传统的两人关系被分解为三方关系，三个人都毫不犹豫或有所怀疑地表现出对这种关系接受的一面。

同时，小说中如同背景音乐般一直循环往复出现的《阿妮塔》这首流行歌曲表达了浪漫爱情的庸俗想法。可以说，女主人公在寻找亲密关系以及生活之路在何方的过程中，这首歌所折射出来的情感问题以及价值取向一直在困扰着她、阻碍着她去理解真正的感情和生活，直到最终在卡拉 OK 吧里，面对着曾经居住过的公寓楼，她自己亲口唱了这首歌，并在此过程中“将其存档”（在之后的文本描写中它再也没有出现过），她才得以从这首歌的情感模式的羁绊中走出来。对于读者来说，这首歌似乎也是一个不断讽刺的提醒，歌曲中描绘的爱情生活不再具有现实意义。例如，鲁道夫在表达爱意时赠送给女主人公的白桦树——作为典型爱情信物红玫瑰的替代品——也唤起了她对阿格尼丝爱情花园的记忆，但女主人公则用她的“算了！”很强烈地将这段记忆从脑海中删除了。因此，一方面，社会学家伊娃·伊卢兹在她的著名作品《消费浪漫》中阐述的对浪漫爱情的消费主义取向的批判在这部小说中找到了很好的文学表达[①]，但另一方面，这个场景则又描绘了另一种爱情观念，它似乎依然新颖且不完整，以至于无法用已有亲密关系理论创造的术语来加以理解。在这方面，文学以及文学作品或许可以承担社会进程中人与人之间愈加复杂关系叙事的

---

① 在对小说《百日》的阐释中，我们就已经引用了伊娃·伊卢兹的这部著名作品的消费主义批评观点，这也可以被视为当代小说中爱情叙事的一个模式。ILLOUZ E. Der Konsum der Romantik: Liebe und die kulturellen Widersprüche des Kapitalismus［M］. Frankfurt am Main: Suhrkamp Verlag, 2003: 1.

先导功能[①]。然而，这却并不意味着这部小说正是出于这个意图而写就的。相反，在描述西方现代年轻人在家庭、爱情、婚姻和日常生活方面，作者以文学技巧浓缩了一个各方面都仍然保持开放且依然充满希望的结局。

① 在《每日镜报》的一篇文章中，“绿色青年”的发言人呼吁签订一份家庭契约，以与婚姻相同的方式合法地保护“小的、彩虹或重组家庭”：“家庭是人们互相负责的地方。……因为在 21 世纪，伴侣关系不再只是一男一女。它涵盖了与人们的性别认同和性取向一样的多样化和丰富多彩的生活方式。”参见 HATTENDORF L. Das Ehe-Modell wird nicht besser, nur weil jetzt „alle“ heiraten［N］. Der Tagesspiegel, 2017 (23196): 5.

第六章　死于“吉斯巴赫”——阿兰恩·克劳德·祖尔策小说《完美的侍者》中的主体问题[①]

① 该分析内容中涉及《完美的侍者》这部作品内容的引用主要基于该版本：SULZER A C. Ein perfekter Kellner［M］. Frankfurt am Main: Suhrkamp Verlag, 2012.。采用夹注形式。文中引用的中文译文主要由本人翻译完成，同时参考了宁波大学陈巍老师中文译本中相应的表述，在此表示衷心的感谢。

阿兰恩·克劳德·祖尔策（Alain Claude Sulzer）作为本书研究的最后一位作家，相较于其他三位作家，他绝对称得上是一位非常特殊的存在，因为他虽然没有像前面三位作家那样在国内和国际上频频摘奖暴得大名，但其文本中所蕴含的文艺学与美学价值，尤其是主体性问题，却似乎不逊色于那三位作家。放到最后来研究，或者说如果允许我来对几位作家进行排位的话，并不是有意让他叨陪末座，而是其作品中蕴含的主体性问题作为具有普遍意义的西方文化研究母题，具有黑格尔哲学意义上正反合“奥伏赫变”的含义，这也是本书想在结构上以及研究思路上给予读者的一些意识上的升华体验。此外，这部小说除了涉及更深层次的主体性问题，也有研究者提到，它在某种程度上，无论是从结构上还是内容上都致敬了《死于威尼斯》（*Der Tod in Venedig*）和《大骗子克鲁尔的自白》（*Bekenntnisse des Hochstaplers Felix Krull*），影射了托马斯·曼（Thomas Mann）的文学创作和桃色情史，这些也是我们在接下来的文本分析中着重关注的一些要点。

6.1　阿兰恩·克劳德·祖尔策与《完美的侍者》

阿兰恩·克劳德·祖尔策于 1953 年出生于瑞士巴塞尔城市州的里恩市，现居住在巴塞尔和阿尔萨斯。祖尔策先是接受了图书馆管理员的职业教育，后面又成为了一名记者。自 20 世纪 80 年代起，他陆续发表了一些文学作品，但主要是一些散文。1990 年，他参加了英格褒·巴赫曼文学竞赛（Ingeborg-Bachmann-Wettbewerb），并在 2008 年至 2011 年担任了该奖项的评委。如果非要找出他与本书中其他几位作家的不同之处的话，可能他的年纪并不像那几位作家那么年轻，在美学理念和文学创作方面本应更接近于瑞士德语文学经典作家马克思·弗里施和弗里德里希·迪伦马特或者更近一些的胡戈·罗切尔（Hugo Lötscher）和阿道夫·穆施格（Adolf Muschg）那一代人才是，但他的创作内容和形式却更接近于彼得·施塔姆这一批人，这也无怪乎柏林文学研究会和瑞士文化基金会把他的作品也纳入瑞士当代小说翻译项目中来。此外，除了文学创作，他还是一名法语翻译家，翻译出版了多部作品。

2006 年，祖尔策的作品《完美的侍者》（*Ein perfekter Kellner*）甫一问世，便成为了他的代表性作品，先后被翻译成十几种文字，并得到了一些国际奖项的垂青，如获得了法国“梅迪西斯外国小说奖”（Prix Médicis étranger）这一殊荣。祖尔策虽然没有像彼得·施塔姆和卢卡斯·贝尔福斯那样笔耕不辍——每年都有新作问世，但他已出版的几部作品都堪称佳作。2007 年，他出版的作品《私人时刻》（*Privatstunden*）获得了赫尔曼·黑塞奖（Hermann Hesse Preis）。2010 年，他又出版了《为了错误的时间》（*Zur falschen Zeit*）。2012 年出版的作品《命运转折点》（*Aus den Fugen*）获得了 2013 年的巴塞尔市文化奖（Kulturpreis der Stadt Basel）。2019 年出版的《无法忍受的状况》（*Unhaltbare Zustände*）入围了瑞士图书奖最终决选者名单。他于 2022 年出版的最新作品《双重人生》（*Doppelleben*）也获得了媒体和文学研究者的热烈反响。此外，凭着整体文学创作所秉持的美学理念，他于 2014 年还获得了德国自由作家协会文学奖（Literatur 2014 des Freien Deutschen Autorenverbands）。

祖尔策的小说《完美的侍者》向我们讲述了两名社会底层小人物厄内斯特和雅各布之间的情感纠葛。小说的叙事策略并不复杂，作者采用了倒叙加插叙的双重叙事时间策略。情节也相对比较简单，虽然作者有意将两人的情感问题放到 20 世纪 30 年代和 60 年代这两个具有标志性的政治话语时期，但文本中并未涉及轰轰烈烈的政治和历史等宏大叙事，描写的依然是两位小人物的日常生活和记忆。这也是祖尔策的创作更贴近本书其他作家的一个重要特征。虽然该小说在结构和内容上都中规中矩，但其文本里所蕴含的美学和伦理学价值却非常值得探究，尤其是在描写情感困境和主仆关系方面具有独到之处。

小说《完美的侍者》的故事开始于 20 世纪 60 年代，描写了在瑞士吉斯巴赫市一家豪华酒店工作的侍者厄内斯特的情感生活。他在工作中是一名完美的侍者，在酒店里主要是为上层社会人士服务，做事井井有条、一丝不苟，备受老板和顾客好评；他在生活中也温文尔雅、彬彬有礼。总的来说，除了偶尔去酒吧之外，他的业余生活非常普通，几乎没有什么亮点。但少为人知的是，三十年前的他经历过一场刻骨铭心的情感纠葛。小说的故事情节就从他意外收到一封寄自美国的来信展开。这封信开启了他尘封三十多年情感记忆。在信中，消失了三十多年的亲密朋友雅各布向他求助。这封信的内容一方面使他多年来早已平淡无奇的日常生活再次起了涟漪，另一方面也引出了故事中的另外一个主要人物——知名作家尤里乌斯·克林格。紧接着，小说的故事情节便由明暗两条叙述线索展开，或者更确切地说由两个叙述时间交替进行，明线是 60 年代对厄内斯特现在的日常生活的叙述，暗线则是不断穿插的对 30 年代往昔岁月的回忆。

在由这封信开启的回忆中，作者接着描写了20世纪30年代年轻俊美的雅各布来到厄内斯特工作的豪华大酒店当学徒的经历。厄内斯特按照老板的安排去船上接雅各布到酒店。在看到雅各布的第一眼时，他就被这名小伙子英俊和勇敢的气质深深吸引，但他尝试着控制住自己的冲动和激情。对于厄内斯特来说，处于激情压抑中的他预感到一个全新的人生阶段正在来临。而雅各布似乎也注意到了厄内斯特的反应，这也为日后他主动引诱厄内斯特埋下了伏笔。回到酒店后，雅各布被安排与厄内斯特一起居住在阁楼的公共房间里。为了帮助雅各布尽快成为一名像他一样的完美侍者，厄内斯特认真细致且毫无保留地向雅各布介绍了侍者的职业特点，并提醒他如何远离一些不必要的麻烦，以免受到伤害。此外，将雅各布这样一位英俊聪慧的年轻人介绍给其他侍者时，他也感到非常自豪。在一起拜访女裁缝师为雅各布量制服装时，厄内斯特第一次有意识地屈服于自己的情感。在女裁缝师测量雅各布的身体时，他的目光紧紧地跟随女裁缝师的手部动作，就好像他自己在做这项工作一样。同时，当雅各布发现厄内斯特在看他时，也回以关注的目光。时间和空间在那一刻仿佛都静止了，他们两人之间似乎达成了一份无声协议，而这样一种默契最终在厄内斯特帮助雅各布穿衣服而第一次碰触到他身体时得到了升华。但与此同时，厄内斯特对于这种情况已经产生了一种不祥的预感。

小说接着又回到了当前的叙事时间层面上，因为厄内斯特不知道该如何面对雅各布，所以并未及时回复他的第一封信，但紧接着他就又收到雅各布寄来的第二封信。而雅各布的第二封信则进一步打破了厄内斯特日常生活的平静，他因曾失去一段亲密关系而感受到的痛苦再次被点燃。同时，他知道在他们两人的亲密关系问题上，自己始终无法逃脱雅各布的掌控。

小说如同电影叙事技巧的镜头闪回那样再次转回到了回忆视角。镜头呈现的是七月的一个休息日，两个人在湖边散步，雅各布突然主动亲吻了一下厄内斯特，然后两人紧紧拥抱在了一起。厄内斯特完全明白在户外拥抱的风险性，因为酒店的客人随时都会撞到他们，并可能给他们两人带来灭顶之灾。但对于厄内斯特来说，这种情况近乎一个奇迹的发生，因为他的愿望得到了实现，而这个实现的前提是因为雅各布的勇气，所以他也被雅各布感动了。而就雅各布而言，他似乎很自然地处理了这种情况，至少他不太担心被其他人发现。也就是在这样一次偶然的机会下，两人之间建立了情人般的同性关系。

在接下来的章节中，由于厄内斯特没有回复雅各布的信件，雅各布在他的第二封信中继续敦促厄内斯特与克林格取得联系，因为他感到自己受到了曾经迫害克林格势力的威胁，他迫切需要一笔钱，从而离开美国。

回到厄内斯特的回忆章节。在厄内斯特的帮助下，雅各布成为了一名称职的侍者，职业生涯取得了长足的进步。厄内斯特赞扬他作为服务客人的侍者同时也作为自己情人的优秀品质。只是他还不清楚自己是否是雅各布唯一的爱慕者。他对两人夜间的同床共枕感到无限兴奋，以至于有时在白天工作时就已经颇为期待。他还相信雅各布也有类似的期望。然而，这种幸福并没有持续太久。1935 年 10 月，当这家酒店进入冬歇期关门时，雅各布决定回家。厄内斯特试图说服他和自己一起去巴黎工作，但雅各布没有同意。两人互相道别后，厄内斯特希望明年三月能够继续他们的关系。然而，在这次告别中，厄内斯特已经隐约有了雅各布会离开他的预感。当雅各布第二年春天回到吉斯巴赫时，厄内斯特知道自己的预感不是没有道理的。

厄内斯特在小说虚构的当下做出了拒绝雅各布的决定，并因自己终于做出决定而松了口气，但同时他又间歇性地陷入思想纠结的漩涡，难以自拔。在这种困扰下，他去了公园的厕所，那里是不同年龄段的男同性恋们聚集在一起自慰的地方。然而，他希望在那里释放自己压力的愿望却落空了。正是在这个地方，一个年轻人攻击了他，对他进行了可怕的辱骂和殴打。在这次袭击发生后的第二天早上，厄内斯特决定去拜访克林格，暂时不给雅各布回信。

作为现实和回忆衔接非常紧密的一个章节，在厄内斯特过去的回忆里紧接着出现了 30 年代中期著名作家尤里乌斯 · 克林格携家人来到豪华大酒店的场景。因为克林格公开反对德国纳粹统治者，为了躲避纳粹的迫害，他不得不离开德国，带着家人来到了这里。厄内斯特不喜欢为克林格家族服务，而雅各布则非常乐意，只要雅各布提出请求，他就会把克林格一家人的餐桌留给他去服务。1936 年夏天，尽管厄内斯特感觉到他和雅各布的关系正在恢复正常，但实际上他们的关系却发生着越来越多的变化。当厄内斯特在雅各布的枕头下发现一枚五法郎硬币时，他起了疑心，而雅各布最初却对它的来源三缄其口。一段时间后，厄内斯特不得不痛苦地接受这枚五法郎硬币的真实来源。一天，当他比平常下班时间提前一些回到和雅各布一起居住的阁楼时，他发现雅各布赤身裸体地跪在克林格面前，通过这个场景他就已经知道发生了什么。从这一刻开始，厄内斯特知道雅各布不再属于他，他已经成为了克林格的玩物。

当厄内斯特三十年后再次拜访克林格时，回忆中的这个场景很快就成为他们之间谈论的话题。甚至在克林格谈到这一事件之前，他们俩尤其是厄内斯特就立即意识到了这一点。克林格解释说，他一直到了美国才真正了解到厄内斯特与雅各布的亲密关系。但他又补充道，即使是知道得更早也不会改变他带雅各布去美国的决心。现在回想起来，他非常清楚自己当时已经对雅各布沉迷了，而且无可救药。克林格向厄内斯特坦诚道，在他年轻的时候，他一直渴望触摸爱抚一个男人。如果没有这样的体验，他的人生就不完整。然而，尽管厄内斯特强烈要求，他还是不愿意支付雅各布所要求的钱。第二天，厄内斯特向克林格施压，要求他主动向媒体坦白他的秘密，否则他就会向媒体公开他的一系列丑闻。克林格又一次没有接受这种勒索，之后专程拜访了厄内斯特，并交给他一封信，信中写着雅各布最近死于脑瘤的消息。因此，厄内斯特的勒索企图其实已经过时了。同时，克林格借这次拜访向厄内斯特揭露了另一个更可怕的秘密，即他的儿子马克西米利安的自杀原因。马克西米利安也爱雅各布爱得死去活来，最终却被对雅各布的爱所吞噬。因为他无意中发现他的父亲也与雅各布保持着亲密关系，他并不是雅各布唯一的情人。这个令人难以忍受的发现将他逼向死亡的境地。在儿子自杀后，克林格立即解雇了雅各布，尽管他知道这样做其实是在惩罚自己，但他并不后悔做这样的自我惩罚。

再次回到镜头闪回的时间层面上，作者重点描绘了雅各布离开吉斯巴赫前往美国不久之前的日子。厄内斯特为雅各布购置衣服，两个人在因特拉肯又一起度过了一天。正如厄内斯特所表达的那样，他们仿佛在这一天里已经度过了他们的一生。雅各布最终与克林格一家登上了轮船，头也不回地离开了厄内斯特。此后三十余年光阴，厄内斯特一直深陷在思念雅各布的各种梦境中不能自拔，并期待着雅各布能重新回到他的身边。

小说的结尾，厄内斯特再次站在了曾经和雅各布告别的湖边。过去的岁月就像雾气缭绕的对岸一样模糊不清。然而，厄内斯特必须面对这样一个事实：雾气将会散去，海岸的景色将会再次变得开阔，而他能否与自己实现真正的和解并走出过去的这段情感困境还有待分析。

6.2　完美侍者与主体的降尊

祖尔策的小说《完美的侍者》一经出版便立即引起了媒体和研究者的关注。德国《世界报》评价道：“这是一部会令普通读者‘大快朵颐’的小说，描写了一段‘伟大的爱’。”[①]而瑞士《新苏黎世报》的书评则聚焦于该作品中的同性恋题材，指出作品影射了著名作家托马斯·曼的一些个人经历[②]。同济大学的张克芸从情感模式的角度出发，对《完美的侍者》中的侍者形象进行了研究，她认为文本中隐匿着情感模式的物化关系，这折射出现代个体所面临的交往困境和情感疏离现象[③]。这些评论也为我们提供了进一步的研究思路，即为何祖尔策会聚焦于这样一个社会底层的小人物？这样一场刻骨铭心的爱情对他来说又意味着什么？爱情背叛又为他带来了什么？有鉴于此，在接下来的分析中，我尝试从分析“侍者”这个小人物的主体身份特征入手，解析文本中主人公的主体困境，也即主仆关系模型下的情感问题，进而探讨小说文本中所蕴含的美学和文学伦理学价值。

首先，当我们看到祖尔策这部小说的书名《完美的侍者》时，就一定会产生相应的疑问：作者为什么用“完美”一词来修饰一名普通的侍者？因为在大众的普遍认知里，正如《辞海》中对“完美”一词所解释的那样，完美意味着“完备美好，没有缺点”，这个词汇往往修饰一般伦理意义上的成功之人或者功成之事。那么用在这里修饰这样一个小人物，题目本身是不是就蕴含了极大的反讽意味。同时，如果我们把这个小说标题看作是作者祖尔策的独具匠心的话，那么在某种程度上也可以说，如同我们在其他几位作家那里经过研究所发现的那样，这一叙述角度也不得不引起我们对瑞士德语文学经典作家罗伯特·瓦尔泽的一些联想与思考。瓦尔泽的经典作品《雅考伯·冯·贡腾》（*Jakob von Gunten*）描写了班雅曼塔仆人学校中的学徒雅考伯的故事[④]。如果我们从德语语

---

① KRAUSE T. Die große Liebe: Alain Claude Sulzer huldigt mit „Ein perfekter Kellner“ einem Topos, der aus der Mode gekommen ist［N］. Die Welt, Dez. 4 2004 (Section: Die Literarische welt; 285): 4.

② CAVELTY G. Ganz Ober［N］. Neue Zürcher Zeitung, 2005 (11): 45.

③ 张克芸. 无言的身体欲望的寓所：评祖尔策小说《完美的侍者》中的物化现象［J］. 广东外语外贸大学学报，2015（4）：46.

④ 该小说的主人公雅考伯德语名字与《完美的侍者》这部小说中的另外一名主人公雅各布名字相同，均为 Jakob，为尊重原译文，这里中文名称仍采取不同的称谓。需要补充一下的是，在西方的语境中，Jakob 还容易让人联想到《圣经》中雅各（Jacob）的故事。以撒的儿子雅各是孪生子中的弟弟，他是抓住哥哥以扫的脚跟出生的。长大成人后，雅各又用“一碗红豆汤”骗取了哥哥以扫的长子名分，所以雅各这个名字便蕴含着抓住和欺骗两层意思。从这个意义上来说，小说中雅各布的形象塑造也恰好涉及这两个方面：一方面是抓住厄内斯特和克林格他们两个人的机会，成为优秀的侍者，进而实现了去美国的愿望；另外一方面他不仅欺骗了厄内斯特，还欺骗了克林格的儿子马克西米利安，从而导致了不可挽回的悲剧。

义学和音韵学的角度来分析，把小说标题Jakob von Gunten看作Jakob von Unten（该词义为“下面的雅考伯”）就能很好地理解其中所蕴含的主体降尊问题了。同时，如同前面在内容提要里所提及的那样，厄内斯特一开始是被雅各布英俊的面貌和英勇的气质所吸引的，后面也是因为雅各布主动亲吻他的勇气才使两个人确立了亲密关系。他在这个过程中感受到的更多是钦佩和感动，同时也可以被看做是一种匮乏，一种自身勇气的匮乏。从这个意义上也可以说，厄内斯特和雅各布是一枚硬币的两面。自从雅各布离开吉斯巴赫去往美国后，厄内斯特的激情也全然熄灭，之后的三十年时光乏善可陈，如同已经死于吉斯巴赫一样。

其次，再回到小说《雅考伯·冯·贡腾》中雅考伯的形象塑造主题上来，他所有的学习动力和努力的目的都是要全心全意地去当没有主体意识、绝对服从主人的仆人，追求成为“滚圆的零蛋”[①]，而《完美的侍者》中的主人公厄内斯特在工作中则完全是他的一个翻版。他在工作中的表现可谓无可指摘，是一名非常称职的侍者，如小说中所述的那样：“他是一个影子，如果确实必要的话，同时也是一个关怀备至的观察者，在恰当时刻急速赶来，从头到脚全神贯注，领会神速，拥有远远多于德语、意大利语、英语，当然还有法语方面的知识，因为他是法国人。他眼观六路，却不显山露水，他无所不在，是一位大家不太清楚其底细的男人。”（10）同时，小说中也提到了“完美侍者”这样的价值观对厄内斯特以及当时的社会来说已经过时：“厄内斯特先生属于一种正在灭绝的物种，这一点他知道，但是那些他以必要的谦恭态度服务的顾客们是否知道，他就不清楚了，而考虑这些也是在浪费时间。不但是他，还有他们都属于一种行将灭绝的物种，他们是否知道这点，他不清楚，也许他们只是感觉渐渐老去。”（11）厄内斯特认同这样的一种价值观，同时也按照这样的价值观来培训雅各布，精心提携他。但并不是每个人都能理解这种谦恭的价值观，这位灌输了厄内斯特极大精力和感情的角色走向了另外一条道路，最后的目的并不是为了成为完美的侍者，而只是想利用厄内斯特，把他当成跳板，一味地不择手段，使自己向更高、更成功的目标前进。在这一点上，他可以更多地被类比于托马斯·曼小说《大骗子克鲁尔的自白》中的克鲁尔。同时，考虑到瑞士德语文学的传统沿袭，这样一种文学中面具式的戏法以及互文性无疑也为我们

① 罗伯特·瓦尔泽. 散步［M］. 范捷平，译. 上海：上海译文出版社，2002：18.

的分析研究提供了更多的视角。

为何作者创造出厄内斯特这样一个代表着所谓过时价值观的角色？他身上的主体性又该如何理解？带着这些问题，我们有必要简要梳理一下何为主体这个重要的西方文论主题。文学的主要描写对象首先是人，与之相应的文艺学或者文学学则可以被概述为研究人之所以为人的学问，侧重于分析在人与人之间、人与物之间以及人与自然之间纷繁错综的关系中，人应该处于什么样的位置，人在对真理的探寻和获得中是不是统一的以及主体问题又是如何产生的等一系列问题。从词源学上来看，“主体”一词在拉丁语中为“subiectum”，在德语中则为“Subjekt”，而要进一步探究其含义的话我们还需要追溯到古希腊文化传统对主体的相关表述。在古希腊哲学中，主体和客体常常是融合在一起的，主体是“行为者”的意思，即主体是导致客体发生的主导因素。以此为前提，在西方的哲学认识论传统中，主体与客体、主体的自我意识和客观现实世界这样的一种二元对立形成了强大的传统，成为我们认识世界的可靠出发点①。随着时代的发展，主体问题在中世纪出现了重大的转折，在这方面马丁·路德的《圣经》翻译和宗教改革运动起到了重要的作用。马丁·路德将普通人读不懂的拉丁文版本《圣经》翻译成德语，这样人人就都可以读《圣经》，每个人都可以对《圣经》的内容进行理解和阐述，或者简言之，每个人都成为了自己的牧师，拥有了“自知之明”(Erkenne Dich selbst!)。但到了现代，尤其是后现代，主体遇到了前所未有的挑战。笛卡尔的“我思，故我在”(Cogito, ergo sum) 通过怀疑方法可以证明“我思”的不可怀疑性，并且在这个基础之上再确认自我的存在，这样自我的存在也就成为了世界和上帝存在的出发点。按这个逻辑继续推演下去就可以看到，“我思，故我在”的古典形而上学原则并不是主体认知的结果，而是主体认知的前提。而这个原则其实与身体和灵魂、精神和物质、主体和客体的二元对立理念没有多大的区别。因此，只有在语言的辩证思维中才能走出这个思维定式的桎梏。所以为了深入讨论主体问题，我们就需要走进语言，走进“逻各斯”(λόγος)。作为德国 18 世纪新人文主义的代表，威廉·冯·洪堡（Wilhelm von Humboldt）在对自然声（Naturlaut）和语言声（Sprachlaut）进行思辨之后，指出“人在言说时不仅说出话，而且同时也在说进话”，即主体在发声说话时既说给对方听，同时主体又是自己语言的接受者。

① 参阅范捷平. 罗伯特·瓦尔泽与主体话语批评［M］. 杭州：浙江大学出版社，2011：39.

这为我们厘清“逻各斯”的具体内涵提供了重要的启示，即“逻各斯”是言说和思维的统一，历史和现实的统一，个体和社会的统一[①]。

按照洪堡的观点，主体性问题在洪堡这里成为了一种“我说，故我在”的思维状态，也即洪堡试图推翻西方以“Ego”为中心的哲学理念。这也就不难解释现当代以来为何语言哲学会突然兴盛发达起来。只是从这个句式的主体论上来看，洪堡仍然没有摆脱主观唯心主义范畴内的主体中心论桎梏，所以我们仍然需要继续探究下去。借助主体间交往的主体论，我们可以很清晰地发现其中的对话原则，即我不仅在说，而且我也总是在回答。瓦尔特·拉伯莱希特（W. Leibrecht）则在这个思辨过程中看到了一条终极性的原则，即上帝和人对话的原则。而以马丁·布伯（Martin Buber）为代表的20世纪20年代成名的一群德语犹太思想家则走得更远，他们从犹太宗教思想出发，集中解决了上帝对人的言说和呼唤以及人对上帝的言说和呼唤做出回应的问题。我们的回应（Ant-i-Wort）是在响应上帝的呼唤（Rufen），因此也是一种责任（Verantwortung）[②]。换个更形象的例子来说，我们的安身立命之本“职业”（Beruf）这个词则是回应这么一种呼唤的行为。在主体的“被言说性”基础上，又从回应中引申出了责任的犹太伦理学原则。在经历这么一场思辨之后，尤其在落脚到莱维纳斯的“他者”理念之后，主体发展则呈现出“你说，故我在”的特点[③]。

由此可见，祖尔策笔下厄内斯特的人物形象其实并不仅仅是简简单单的一名没有主体意识的侍者，他身上还负载着强大的文学伦理学诉求。他切断了所有成为强大主体的可能性，仿佛横空出世一样，传统意义上的社会伦理例如家庭、婚姻对他没有太多的意义，而是全身心地投入到仆人的工作中去，而且发自内心地热爱着这份职业。小说中对这一方面有非常精彩的描述：

> 厄内斯特全身心地投身到自己的职业中去。刚年满十六，他便离开了家。他没能立刻离开他生活的村庄以及父母和兄弟姐妹，而后者很早就在他身上发现了某些让他们觉得陌生和令人厌恶的东西。他去了斯特拉斯堡，成为了侍者。他热爱他的职业，因为它能让他获得解放，他对此渴望了很久，能够拥有不引人注目地去做事和思考的自由，正是他的最爱。为

① 同上。
② 同上。
③ 同上。

此，自从三十五年前获得第一份工作时，他就再也没有换过职业。他感到自由，虽不富有，却得到了救赎。他不知道他的兄弟姐妹是否还活着，也许还活着，他们既不会比他老太多，也不会年轻半分。一天，他们通知他，父亲去世了，几个月后母亲也离开了人世。他没有回复，也没有去参加葬礼。（12）

首先，厄内斯特的父母和兄弟姐妹从他身上发现的那些让他们觉得陌生和令人厌恶的东西是什么呢？作者在这个方面没有具体展开陈述，这也为我们的进一步解读提供了足够多的想象空间。其次，针对这样一份失去主体性的仆人性质的侍者工作，厄内斯特为何反而感觉到了自由？更进一步地说，他为何又感受到了救赎？这些问题都需要我们一一对之进行进一步的探究。

若干年后，厄内斯特在工作的大酒店偶遇了少年时的玩伴朱莉表妹，针对他家人和家庭的记忆也依然没有被谈及，他倒是更加希望将所有的记忆都能抹去："不，他很久没有想到过她了。如同那个陪伴他长大并无多少快乐的村庄图像一样，她的影像也渐渐褪色，只要他试着抓住，就会立刻蒸发，空留下一张梦话的图景。"（120）在这里，对于厄内斯特来说，不仅传统意义上的家庭血缘伦理开始消解，更加广泛意义上的社会伦理例如故乡以及故乡的人与事都被抽空，成为了一种虚无缥缈的图景。然而，结合侍者的职业特点以及厄内斯特极力渴慕的自由来看，亦不难得出这样的结论：他所追求的是一种异于一般伦理价值意义上的价值观，一种谦恭、一种愿意成为"滚圆零蛋"的仆人的意识，而这样一种价值观在他的父母和兄弟姐妹看来无疑是发了疯，进而令他们感到厌恶。而恰恰是这样的仆人职业，却让厄内斯特感觉到自由，进而又让他得到了救赎。

为了更好地理解主体性、自由以及救赎的概念，我们有必要进一步去探究一下《完美的侍者》中蕴含的主仆辩证关系。黑格尔在其《精神现象学》中提出了著名的"主仆关系"（Herr-Knecht-Relation），其目的在于用辩证法去反思主体和主体间性的问题。一般意义上而言，主人在主仆关系中占有绝对意义的主导地位，是强势的、决定性的一方，而仆人则是弱势的、被决定性的一方。但是如果没有仆人的存在，这样一种权力关系也就失去了存在的基础，主人的所有显性优势也就不复存在。从这个意义上来说，主人也是离不开仆人的，其主人地位也是依附于仆人的存在而存在的，仆人只需要按部就班完成主人安排的工作，而主人则需要为仆人的工作安排而“费心劳神”（Fürsorge），在这种权力关系中反而感受不到自由。因此，在一定意义上，主人反而成为了仆人的“仆人”，这一逻辑可以很好地解释主仆权力关系的运行[①]。

回到小说中来，我们可以清晰地看到这种主仆权力关系运行的实践情形。厄内斯特一方面是按照“完美侍者”的标准工作，另外一方面亦是按照这样的思维进行思考的。当雅各布向他轻蔑地谈论酒店的客人时，他则感觉非常不舒服。他向雅各布指出：“他无权对客人说三道四，他要感谢那些人让他有工资拿，有面包吃，但雅各布不理睬他的反感。雅各布嘲笑他，他的笑声具有传染性：‘工资和面包！工资和面包！’”（143）在这里，主仆权力关系辩证法更核心的内容却并非如雅各布所理解的那样简单放弃主体，其本质在于，放弃主体是为了获得新的主体，成为“滚圆的零蛋”之后是孵化出全新的生命体。正如小说中厄内斯特的仆人意识和全心全意的服务精神得到了意想不到的回报，而且更重要的是他也本没有意识到。换句话说，如果他是带着目的性去做仆人就会使这种权力关系变形，没有意识到有所回报才是获得全新主体的开端，也即回到他的日常生活中来，不是他离不开工作的大酒店，而是大酒店离不开他。一如在主仆关系中，最终不是仆人离不开主人，而是主人离不开仆人，仆人感受到了在这种关系中的自由，而主人反而失去了选择的自由，正如小说中所述的那样：

> 厄内斯特在过去的十六年间属于此地不断变换的人员之中的固定成员，一名最可靠的雇员，从不缺席，从不生病，随着时光的流逝，目睹过无数个男女侍者、厨师、帮工、下属和经理们从他身边离开，然而他，众所周知，从不反对被视为一块波涛汹涌之中的岩石。（6）

厄内斯特兢兢业业的仆人工作得到了酒店的尊重，给了他优秀仆人的地位，如他只需要在尊贵优雅的蓝色大厅上班，而不需要去乱七八糟的灰色大厅：“多年来，他只在蓝色大厅上班，也就是饭店靠近山脚的那部分，这里与烟雾弥漫的，充斥着艺术家、大学生和年轻人的前厅有着天壤之别。演员与他们的

① HEGEL G.W.F. Phänomenologie des Geistes［M］. Köln: Anaconda Verlag GmbH, 2010: 149.

欣赏者、啜饮啤酒和伯莱若葡萄酒的客人们在此用餐。他的上司，包括经理本人从来不敢请厄内斯特到灰色大厅服务，他只负责蓝色大厅，负责这间挂有浅蓝色帷幕的大厅。”（7）在他遭受袭击请假之后再次回到工作岗位上并受到同事们的关心时，他自己一开始竟然还觉得意外，根本没有意识到自己在这个酒店不可撼动的地位和不可或缺性，同样如小说中所述：

> 一个小时过后，他跟往常一样徒步出发，通过供货通道走入山脚酒店。让他感动意外的是，不仅仅是总经理，而且还有他的同事、厨师和厨房清洁工都对他的出现感到高兴。如果没有人拍他的肩膀或者打听他多日缺席的原因，他也许还能从他们的友好的目光中推断，他们有点点想念他，对，有可能还替他担心呢。厄内斯特再次接下他的工作，仿佛从来都没有中断过，……在熟悉的环境中他感觉到真正的舒适惬意，他在这里不是客人，这里犹如他的家，因为大伙儿让他明白，在这里他不可或缺。（179）

由此可见，主仆辩证关系在小说中得到了淋漓尽致的体现。厄内斯特的仆人意识获得了尊重和认可，他在其职业（Beruf）中实现了真正的安身立命。一般伦理学意义上的“失败”（Nieder-lage：姿态放低）在主仆关系辩证法意义上反而是一种“成功”（Er-folg：追随他者）。同时，在这个基础上也可以进一步回应我们开头提到的侍者和完美之间的反讽关系，而这样一种思考也为我们接下来进一步分析厄内斯特的情感问题提供了新颖的角度。

6.3 情感困境与救赎理念

除了上面的分析内容中提到的关于侍者身份研究的主仆权力关系问题，情感问题亦是《完美的侍者》这部小说中的一个重要内容，或者更确切地说，作为一个更具普遍性和令人感兴趣的主题，关于情感的描写更能引起普通读者的共鸣和提供更好的阅读体验感。从叙事策略的角度来讲，情感问题在这部小说中的角色就如同一只鱼钩——吸引读者阅读，进而体会到作品中主体问题的内核。同时，如上文所述，已有研究者从物化角度分析了《完美的侍者》中的情感问题，同时德国和瑞士的相关书评也关注过《完美的侍者》中的同性爱情问题，接下来我的分析则将重点聚焦于两个主体之间的情感困境上面来。

首先，我们有必要再来分析一下小说中的主人公厄内斯特这个角色尤其是他的性格特点。厄内斯特来自斯特拉斯堡这样一个德法边境城市的一个小村庄，原名为Erneste。在法语中，该名字一般被用来称呼女孩子。再结合小说中的情感描写，我们亦不难得出，作者创作的这个小人物具有明显的女性化气质，如与雅各布初次见面时，雅各布身上那种坦率自信的男性气质就令他紧张不已：“他拎着雅各布的行李走上踏板，如此才能不被人注意到他在颤抖，因为他的神经已经紧张起来。此前他从未遇到过一个男子表现得那么坦率。”（36）尤其是当雅各布大大方方地向他伸手做自我介绍时，他则体验到一种世界崩塌的感觉，并心甘情愿地深陷其中：

> 厄内斯特无忧无虑建立起来的小世界，在雅各布·迈尔影子的保护下沉没，他在此刻永远地——他知道，永远，这点他知道——从旧世界走了出来，没有抵触，没有遗憾地离开它。他走入了处女地，处女地正是某种他期盼已久的、不知道的东西。掉入了雅各布精密编织的巨网中央，他感觉里面比那种无边无际的大海更安全，这之前他曾在海里下意识地、漫无目的地游来游去。正是这只手，一下子促成了这种改变，还有握住他手的细长手指的冰凉的力度。（29）

而在时隔三十多年之后，这样一种在厄内斯特心中曾经涌起过强大波澜的情感仍然清晰如昨：“他觉得雅各布就是他不曾拥有过的儿子，就是他从来没有过的会心会意的兄弟，就是他所期待的父亲和母亲，同样也是他压根儿不想承认的许多其他的东西。”（38）由此可见，对于厄内斯特来说，这样一种对于雅各布的定位就相当于完整地覆盖了他所有的血缘关系。这样一种盲目的激情（Leidenschaft）最终成为了永远的痛苦（Leiden）也就不难理解了。例如，在小说中，当厄内斯特尽心尽力地帮助雅各布，竭力使之成为“完美的侍者”并带雅各布去量制侍者衣服时，他内心深处的那种情感更是喷薄而发，完全不再考虑其中的危险性：

> 当他微笑时，厄内斯特知道他无药可救了，他赢得的同时也失去了某些东西，赢得的他享受到了，同时也意味着失去。他有一种异乎寻常的预感。他总算明白了某些不可理解的东西，某些蹲坐在他的激动后面，正如

一种亮丽的外表后面，而且借助无法理解的符号变得显现的东西，某些愚蠢的惊慌失措，某些危险的东西。对于这些他不想知道，某些愚蠢的惊慌失措和危险的东西位于淹没在他的幸福和快乐之后。厄内斯特不会游泳，但他已跳入水中。他不会淹死，他游了起来。朝尽可能的远处，没有恐惧，但再也无法抵达岸边。他知道他只是想快乐，只要雅各布快乐，他就要让他幸福，而且必须保持这份幸福。他把雅各布的注意力吸引到自己身上。他不敢期望，他成功了，他没占有雅各布，而是被雅各布占有。（48）

这样一种情感维度的描写给我们提供了无限的阐释空间。首先在这份感情中，厄内斯特始终处于一种被动的地位，他要让雅各布感到幸福，要去吸引雅各布的注意力，期待着雅各布理解他的爱意并能够有所回应，而不是自己主动表达爱意。同时，在 20 世纪 30 年代的社会氛围里，他亦知道同性恋倾向在当时社会中的危险程度，但他已经陷入了盲目的激情，已经不再考虑这样的社会禁忌。更为重要的是，在明白无误地知道爱上对方之后，他的情感表达是一种放弃主体的行为，如文中所述的那样："他没占有雅各布，而是被雅各布占有。"（48）正如黑格尔在爱中发现了辩证法并用它来解释他的辩证法一样，我们沿用同样的逻辑再来分析一下厄内斯特的激情以及之后他深陷的情感困境。首先，厄内斯特由于爱欲的动力而走出自身，放弃主体意识进而全身心地投入到雅各布身上，整个自我都停留在雅各布身上，从而忘记自我和自我的主体性。而在雅各布大胆走出建立两人亲密关系的第一步，也即主动亲吻了厄内斯特，并且两人在户外通过相互抚摸获得第一次快感时，厄内斯特心中涌动的更多是一种难以言表的感激之情："这个没有经验的德国男孩雅各布，最不在乎地做了厄内斯特永远也不敢做的事。他应该为此永远地感谢他。雅各布不怕遭拒绝，因为他知道，他不会被拒绝，他迈出了第一步，他最终要引向何方，现在他直接进入天堂。"（74）只是，按照爱的辩证法的逻辑往下走，在厄内斯特这里，只有正题和反题，他投入到雅各布身上而遗忘自身时，却没能重新意识到自我、重新找回自我，"奥伏赫变"的过程最终没能实现，进而实现合题。

本质的原因在于，他的亲密爱人雅各布只是利用他作为跳板，没有用同样的爱去回应他，这样就阻断了厄内斯特重新意识到自我进而实现合题的路径。或者更确切地说，雅各布并不爱他，接近厄内斯特的目的更多的只是为了获得在大酒店的良好工作机会，而在认识大作家克林格之后旋即引诱了他并提供了性服务。在厄内斯特发现了他们之后，他并未对之做任何解释，并未意识到他的情感背叛对厄内斯特意味着什么，反而在几日之后跟克林格去了美国。而厄内斯特自始至终并未对雅各布有过过多的指责，依旧平静地度过了他们最后几日的时光，甚至还陪雅各布逛街购置去往美国的衣物，整理行李，并最终送他离开大酒店。自此以后，厄内斯特便独自一人生活，同时持续做着一个遥不可及的梦，一如小说开头便开门见山写到的那样：“1966 年 9 月 15 日，厄内斯特意外地收到了一封从美国纽约寄来的信，可惜他找不到人倾诉他收到信之后的感受。厄内斯特形单影只，当他得到从 1936 年开始就不曾谋面的老友雅各布的音讯时，却找不到人倾诉他激动不已和快乐无比的心情。雅各布三十年远走纽约，厄内斯特衷心地期望他有朝一日能够回来，但这个愿望却一直没有实现。”（1）从这个角度来说，他渴望着雅各布能够回来，渴望自己在情感上能够得到救赎，这样他就还有机会再次实现他的爱的合题，但雅各布再也没有回来，而他自己亦并未开始一段新的恋情，从而也没有机会进入到下一个“正—反—合”的爱的进程中去，就只能深陷在这样的情感困境中无法自拔。

6.4 结语

《完美的侍者》这部小说讲述了一个“完美的侍者”和一段“不完美的情感生活”的故事。作者通过细腻的笔触，将一个社会小人物的悲欢离合展现在读者面前。小说中所描写的情感困境对于我们理解情感问题具有较强的现实意义，同时小说中引申出来的对于主仆权力关系辩证法的思考也具有一定的社会意义。如上文所分析的那样，厄内斯特对雅各布的爱呈现出一种处于弱势地位的爱的伦理学价值，更确切地说是一种阴性的爱、一种被动的爱，或者也可以说是一种爱的亏欠、一种爱的抽泣、一种对我们这个时代以强势主体为主流伦理观的间接批判，从而提升了文本的美学价值。同时，再进一步反思厄内斯特的情感问题。他所有对雅各布的爱，从一开始便放弃了“Ich liebe Dich”（我爱你）这样的主谓宾结构，抛弃了“Ich kriege Dich”（我要得到你）这样的占有型思维，而是表达出“Ich bin für Dich da”（我是为了你而存在的）这样以主体交往为原则的语言话语行为。更进一步讲，这样的一种爱情模式走出了自我中心论的怪圈，也是对近二百年来西方市民社会核心主体价值观的一种反思批判。

从这个意义来说，厄内斯特的爱又未尝不是一种救赎，而且是对我们这个时代缺失的这样一种伦理观的呼唤。如同厄内斯特在消逝的岁月中没有一天不思念雅各布一样，我们人类又何尝不是在衷心地期望这样一种伦理观能够再次回归。而这样的一种伦理观虽然在我们这个时代消弭了，但也从未从我们的记忆中消失。这样一种我们亏欠了阴性的、弱者的、被动的，亏欠了小主体的伦理观，也终将能够再次归来。一如歌德在《浮士德》(*Faust*)结尾所吟唱的那样：终将要由永恒的女性带领我们上升。

结　语

——“我不想孤单一个人，但又想保持自由。”[①]

① 德国著名歌手希尔德加德·克内夫（Hildegard Knef）在德国家喻户晓的歌曲《让红玫瑰为我如雨飘落》（*Für Mich soll's Rote Rosen regen*）中表达了个性的舒展与张扬，同时也展示了现代人渴望亲密关系却又要追求个体自由的困境，这也为理解这些瑞士当代德语小说乃至当今西方社会的爱情观念和亲密关系提供了不一样的视角。值得一提的还有，德国总理默克尔在2021年12月2日举行告别典礼时，联邦国防军管乐队演奏了她亲自挑选的三首歌曲，第一首便是这首《让红玫瑰为我如雨飘落》。在告别典礼现场，伴随着这首歌曲，默克尔眼含热泪，无疑为这首歌中所包含的个体与自由、女性与成长的意蕴加上了一个完美的注脚。

瑞士当代德语作家群星荟萃，瑞士当代德语文学的花园里繁花似锦。本书在这座花园里采撷了其中几朵，经过仔细观察之后，不揣浅陋，将它们的纹理和脉络、锦绣与芬芳呈现在了读者面前。

本书所关注的四位瑞士中青年作家均出生于第二次世界大战之后，并且当前依旧活跃在文学创作的舞台之上。正如导言中所提到的那样，从叙事策略中的叙事内容来讲，这些作家的创作基本上大都远离了他们前辈们所热衷的宏大主题和历史叙事，更加偏爱情感问题和文化记忆等主题，他们通过他们的写作在虚构世界中直接或间接地传递着当代瑞士人的情感观念与人生思考。作为四部小说中主要的纹理和脉络，亲密关系尤其是悲剧性的失败爱情，成为了他们热衷创作的题材。与千百年来已经被作家们写尽写透的爱情叙事相比，他们所描写的爱情又有些不同。同样是描写失败的亲密关系，在他们作品中所呈现出的爱情观念与《特里斯坦和伊索尔德》《罗密欧与朱丽叶》《少年维特之烦恼》《艾菲・布里斯特》等经典作品由于命运、家族、阶级而导致的爱情失败有着本质区别。从叙事策略中的叙事技巧来讲，他们作品中的这些爱情主要是以现代的方式失败的，而且是以不同的方式失败的。把这些失败的亲密关系纳入到文化学视野下的情感叙事视角下进行打量，用一句形象的话来说，便构成了这些作品入观众眼的锦绣和入读者鼻的芬芳。

如果我们进一步尝试把四部小说中亲密关系失败的主要原因归纳进一个选题的话，作为文学作品中呈现出的虚构叙事以及结合当今现实世界的爱情话语，它们就会表现出一系列互相呼应的现代性问题，这在某种程度上可以被认为是理解西方现代情感叙事的一个重要思路。

例如，《阿格尼丝》中两个主人公之间经常出现的沉默问题以及缺乏沟通的情形本应由小说中虚构的爱情故事来加以弥合，但恰恰是创作虚构故事这个行为加速了他们亲密关系的失败。同时，阿格尼丝在小说中也恰当地描述了两人关系中的封闭状态，也即两人都留在各自的“隧道系统”中，这与《百日》中两个来自不同世界的人所呈现出的完全不相容有着共通之处。在《完美的侍者》中，厄内斯特对雅各布远走他乡之后的徒劳等待使他在情感困境中依然依赖和屈从于雅各布，这与大卫在《百日》终章中无望地寻找符合他爱情观念的阿加特遥相呼应。《耳朵没有眼睑》的女主人公和她的“老公”只有在性的层面上才能获得一些交流。在成长的核心主题上，女主人公这种对“你”的寻找也对应着对“我”的寻找，并借助了耳朵没有眼睑这个隐喻——耳朵无法像眼睛一样关闭，始终处于一种主动或被动地倾听世界和倾听自我的状态之中。在她的伴侣法比安身上，女主人公最多找到了身体上的“你”，即在他们亲密关系的开始阶段两人在性关系方面的某种和谐。然而，这绝不是真正的伴侣关系。对他们来说，在性和情感分离的问题上，一个解决方案似乎是与第三者产生不同寻常的关系，也即一个不承诺异性恋或同性恋关系的选择。而同性恋关系的问题也正是《完美的侍者》的一个重要主题，小说在一定程度上也表明了当时的社会和道德对这种伴侣关系产生了多么大的影响。

在这四部小说中，性和情感的分离都以不同的方式对小说中的人物形象塑造发挥着作用。这种分离一方面表明，浪漫爱情的理想，即性、情感和关系的持久性被纳入统一体这样一个理想模型显然已经不复存在，但另一方面也表明了尽管如此，全世界依然还在渴望着这种浪漫的爱情。关于这一点，伊娃·伊卢兹在她的著作《爱的新秩序》中借助分析欧洲文化史专家罗伯特·达恩顿（Robert Darnton）的作品《屠猫日记：法国文化史钩沉》中的章节《农民讲童话》，得出了这样的结论：

> 如果这些文本以加密形式传达有问题的社会状况并帮助读者找到绕过它们的方式，那么它们就极有可能成为畅销书。有问题的社会状况是指人们在历史背景下通常想要实现的目标与他们拥有实现这些目标的手段之间存在差异的情况。这种差异是由于现代国家充满了矛盾……以及由此产生的道德困境——地方性的矛盾和两难困境反过来又导致了自我方向的丧失和一系列问题。[①]

正是基于这种方向上的丧失，亲密关系的问题在四部小说中都反映为一个基本问题，即目的和手段之间的差异。这也在某种程度上成为了西方现代人的情感困境。正如本书导言中所提到的那样，什么（was）的问题并不是这些作品中主人公们遇到的主要问题，他们遇到的最大问题是如何（wie）的问题，他们不是不渴望亲密关系，而是不知道如何开始以及维护一段亲密关系。

① ILLOUZ E. Die neue Liebesordnung: Frauen, Männer und Shades of Grey［M］. Berlin: edition suhrkamp digital, 2013: 27.

最后，由于这四部小说也被作为翻译项目“瑞士当代小说译丛”的组成部分被翻译成中文进入了中文语境，在中文读者和文学研究者那里获得了一定的影响力，因此本书在某种程度上也以自己的方式对该项目的研究和传播做出了少许的贡献。针对这些小说在中国语境和文化中的接受情况，瑞士苏黎世大学的文学和文化学者克里斯汀娜·罗彻（Christine Lötscher）在瑞士报纸《每日导报》（*Tages-Anzeiger*）中分析这个项目时，引用了彼得·施塔姆的一句话来加以概述：

> 个体的角色也是一个重要的主题。之所以对西方个体在文学作品中的展演产生浓厚的兴趣，正是因为中国社会正处于巨变状态，对于中国的年轻人来说，个体原则上已经不一定完全服从集体。温特图尔的彼得·施塔姆也在这里说，差异并不大——表达形式不同，但需求是相同的。①

综上所述，无论是东方与西方，还是古典与现代，人与人之间虽然在表达形式上会有差异，但在情感需求上是相同的。亲密关系，尤其是爱，使我们的世界、我们的生活变得不同。它赋予我们和我们的日常生活一种温度。虽然爱情主题在文学作品中常常以失败的形式出现，但如果没有它，我们就无法想象我们的现实。爱是值得渴慕的，即使它让你变得依赖、不那么自主甚至有时候非常脆弱。但正如德国哲学家诺拉·克雷夫特（Nora Kreft）所描述的那样：“爱的能力有时可能会被埋葬，但原则上任何人都可以爱——这似乎也是人类的一个重要特征。”②

最后，让我们用瑞士著名文学研究者彼得·冯·马特（Peter von Matt）在他的经典作品《爱情背叛》中的第一句话来作为本书的结语：谁爱，谁就是对的（Wer liebt, hat recht.）。③

---

① LÖTSCHER C. Temperamentsfragen beim Übersetzen［N］. Tages-Anzeiger, Jan. 26 2009 (Section: GES): 43.

② KREFT N, THIELE M. Viel rankt sich um die Frage, ob Liebe Gründe hat［N］. Der Tagesspiegel, Okt. 16 2016 (22910): B2.

③ VON MATT P. Liebesverrat: Die Treulosen in der Literatur［M］. München: Carl Hanser Verlag, 1989:1.

参考文献

外文文献：

BAADER H. Das Gesicht als Ort der Gefühle [J]. Jahrbuch für Frauenforschung, 2002 (7): 222-223.

BARKH J, HEFFERNAN V. Schweiz schreiben: Zu Konstruktion und Dekonstruktion des Mythos Schweiz in der Gegenwartsliteratur [M]. Berlin, New York: Max Niemeyer Verlag, 2010.

BARTL A, KLINGE A (Hrsg.). Transitkunst: Studien zur Literatur 1890-2010 [M]. Bamberg: University of Bamberg Press, 2012.

BAUMANN B, OBERLE B. Deutsche Literatur in Epochen. 2. überarbeitete Auflage [M]. Ismaning: Max Hueber Verlag, 1996.

BÄRFUSS L. Hundert Tage [M]. München: btb Verlag, 2010.

BICHSEL P. Des Schweizers Schweiz [J]. Du: die Zeitschrift der Kultur, 1967 (27): 584-589.

BICHSEL P. Verlagswesen, Selbstverwaltung und die freien Schriftsteller [N]. Wochenzeitung (Zürich), Aug. 2 1987 (35).

BLANCHOT M. Das Neutrale: Philosophische Schriften und Fragemente [M]. Berlin: Diaphanes, 1959.

BOBSIN J. Von der Werther-Krise zur Lucinde-Liebe: Studien zur Liebessemantik in der deutschen Erzählliteratur 1770-1800 [M]. Berlin, Boston: Max Niemeyer Verlag, 1994.

BRAUN M, LERMEN B (Hrsg.). Begegnung mit dem Nachbarn (IV.): Schweizer Gegenwartsliteratur [M]. Sankt Augustin: Konrad-Adenauer-Stiftung e.V., 2005.

BURNS B, PENDER M (Hrsg.). Konstruktion der Vergangenheit in der Deutschschweizer Literatur [M]. Würzburg: Königshausen & Neumann Verlag, 2014.

CAMMANN A. Männer-Fantasie: Monique Schwitter wagt in ihrem neuen Roman einen Röntgenblick in die liebende weibliche Seele und macht daraus große Literatur [N]. Die Zeit, 2015 (32): 43.

CAVELTY G. Ganz Ober [N]. Neue Zürcher Zeitung, 2005 (11): 45.

DARNTON R. The Great Cat Massacre: And Other Episodes in French Cultural History [M]. Visalia, California: The Vintage Press, 1985.

DE ROUGEMENT D. Die Liebe und das Abendland [M]. Gaggenau: Frietsch, H. Verlag, 2007.

DES FORGES A. Kein Zeuge darf überleben: Der Genozid in Ruanda [M]. Hamburg: Hamburger Edition, 2002.

DOERING S. Eiswinde in Chicago. An der Literatur erfroren: Peter Stamms gelungener Debüt-Roman [N]. Frankfurter Allgemeine Zeitung, 1999 (95): 42.

DUNKER A, DÜRBECK G (Hrsg.). Handbuch Postkolonianismus und Literatur [M]. Stuttgart: J.B. Metzler, 2017.

FRISCH M. Homo Faber [M]. Frankfurt am Main: Suhrkamp, 1957.

FRISCH M. Tagebuch 1946-1949 [M]. Frankfurt am Main: Suhrkamp, 1985.

GANSEL C, KAULEN H (Hrsg.). Kriegsdiskurse in Literatur und Medien nach 1989 [M]. Göttingen: Vandenhoeck & Ruprecht Verlag, 2011.

HATTENDORF L. Das Ehe-Modell wird nicht besser, nur weil jetzt „alle" heiraten [N]. Der Tagesspiegel, 2017 (23196): 5.

HEGEL G.W.F. Phänomenologie des Geistes [M]. Köln: Anaconda Verlag GmbH, 2010.

IKOBWA J M. David Hohl als Zeuge des Genozids in Ruanda in Lukas Bärfuss' „Hundert Tage" [J]. Jahrbuch für Internationale Germanistik, 2012 (108): 107-117.

ILLOUZ E. Der Konsum der Romantik: Liebe und die kulturellen Widersprüche des Kapitalismus [M]. Frankfurt am Main: Suhrkamp Verlag, 2003.

ILLOUZ E. Die neue Liebesordnung: Frauen, Männer und Shades of Grey [M]. Berlin: edition suhrkamp digital, 2013.

KÄMMERLINGS R. Kein Roman ohne schlechtes Gewissen; Überraschend konsequent: Der Büchnerpreis für Lukas Bärfuss steht in der Tradition engagierter Schweizer Autoren von Frisch bis Muschg [N]. Die Welt, 2019 (158): 21.

KÖNIG A. Welt schreiben: Globalisierungstendenzen in der deutschsprachigen Gegenwartsliteratur aus der Schweiz [M]. Bielefeld: transcript Verlag, 2013.

KRAUSE T. Die große Liebe: Alain Claude Sulzer huldigt mit „Ein perfekter

Kellner“ einem Topos, der aus der Mode gekommen ist [N]. Die Welt, Dez.4 2004 (Section: Die Literarische welt; 285): 4.

KREFT N, THIELE M. Viel rankt sich um die Frage, ob Liebe Gründe hat[N]. Der Tagesspiegel, 2016 (22910): B2.

LAHN S, MEISTER J C. Einführung in die Erzähltextanalyse. 2. Auflage [M]. Stuttgart: J.B. Metzler, 2013.

LÖTSCHER C. Temperamentsfragen beim Übersetzen [N]. Tages-Anzeiger, Jan. 26 2009 (Section: GES): 43.

LÜTHI H J. Max Frisch: „Du sollst dir kein Bildnis machen.“ [M]. München: Francke, 1981.

NANCY J L. Die Anbetung—Dekonstruktion des Christentums 2 [M]. Berlin: Diaphanes, 2012.

PIETSCHMANN O. Büchner-Preis für Lukas Bärfuss: Auszeichnung Schweizer Literat wurde mit Roman „Die toten Männer“ bekannt[N]. Frankfurter Neue Presse, Jul. 10 2019 (Section: FEUILLETON): 2.

PORMEISTER E, GRAUIBNER H (Hrsg.). Tradition und Moderne in der Literatur der Schweiz im 20. Jahrhundert: Beiträge zur Internationalen Konferenz zur deutschsprachigen Literatur der Schweiz, 26. bis 27. September 2007 [M]. Tartu: Humaniora: Germanistica 4, 2008.

SCHLAFFER H. Die Vorzüge der „Leiden des jungen Werther“ [J]. Sinn und Form, 2015 (2): 195-204.

SCHULZ-OJALA J. Die Frühlingszeitlose [N]. Der Tagesspiegel, 2016 (22773): 24.

SCHWITTER M. Ohren haben keine Lider [M]. St. Pölten-Salzburg: Residenz Verlag, 2008.

SOLTE-GRESSER C, EMMERICH W, JÄGER H W (Hrsg.). Liebe in Texten von der Antike bis zum Cyberspace [M]. Bremen: Edition Lumière, 2005.

STAMM P. Agnes. 14. überarbeitete Auflage [M]. Frankfurt a. M.: Fischer, 2013.

SULZER A C. Ein perfekter Kellner [M]. Frankfurt am Main: Suhrkamp Verlag, 2012.

SZCZEPANIAK M. Begehren und Erzählen in Peter Stamms Roman Agnes [J]. Roczniki Humanistyczne Tom LXIV, 2016 (5): 179.

TEUTSCH K. Literatur: Ich ist ein Hörtest [N]. Frankfurter Allgemeine Zeitung, Aug 06, 2008 (Section: Feuilletion; Literatur): 34.

TIMM L. Franz Schubert, Tödliche Krankheit, unsterbliche Musik [N]. Deutsches Ärzteblatt 94, Heft 47, 1997 (63): A-3195-3196.

VILAS-BOAS G, MARTINS DE O T (Hrsg.). Macht in der Deutschschweizer Literatur [M]. Berlin: Frank & Timme, 2012.

VOLLMER H. „Glück malt man mit Punkten, Unglück mit Strichen“: Peter Stamms Roman Agnes [J]. Monatshefte, 2008, 100 (2): 266-281.

VON EICHENDORFF J. Aus dem Leben eines Taugenichts [M]. Stuttgart: Reclam, 2012.

VON GOETHE J W. Die Leiden des jungen Werther [M]. Stuttgart: Reclam, 2015.

VON MATT P. Liebesverrat: Die Treulosen in der Literatur [M]. München: Carl Hanser Verlag, 1989.

WALSER R. Jakob von Gunten: Ein Tagebuch [M]. Berlin: Bruno Cassirer, 1909.

WARNING R (Hrsg.). Rezeptionsästhetik [M]. München: Flink, 1979.

ZANETTI S (Hrsg.). Schreiben als Kulturtechnik—Grundlagentexte [M]. Berlin: Suhrkamp, 2012.

中文文献：

巴特. S/Z [M]. 屠友祥，译. 上海：上海人民出版社，2016.

贝尔福斯. 百日 [M]. 陈壮鹰，译. 上海：上海译文出版社，2011.

布朗肖. 文学空间 [M]. 顾嘉琛，译. 北京：商务印书馆，2003.

彻奇，海德. 瑞士史 [M]. 周伟，郑保国，译. 上海：中国出版集团东方出版中心，2018.

陈壮鹰，王坤. 卢卡斯・贝尔福斯小说《百日》中的大屠杀创伤叙事研究 [J]. 德国研究，2023 (1)：127-138.

范捷平. 罗伯特・瓦尔泽与主体话语批评 [M]. 杭州：浙江大学出版社，

2011.

范捷平. 瑞士德语文学面面观［J］. 外国文艺，2011，200（5）：5-21.

范捷平. 瑞士当代文学翻译、接受与研究［J］. 国际学术动态，2015（2）：11-13.

韩瑞祥. 20 世纪奥地利瑞士德语文学史［M］. 青岛：青岛出版社，1999.

蓝文青. 政治大屠杀中的腐败与人性［N］. 中华读书报，2012-03-07（11）.

林簾容. 瑞士文化史研究［M］. 台北：五南出版社，2008.

刘蔚. 屠杀中的情愁［N］. 新京报，2012-01-14（C09）.

卢炜.《圣阿格尼丝之夜》的两种文学解读：兼论济慈诗歌文本阐释的边界［J］. 外国文学，2017（3）：18-26.

论语［M］. 张燕婴，译. 北京：中华书局，2007.

马丁. 瑞士民族的特殊性、多样性的历史考察［M］. 北京：中国社会科学出版社，2022.

麦肯齐. 瑞士史［M］. 刘松林，译. 北京：华文出版社，2020.

聂黎曦，梁敏. 当代大学德语（4）（学生用书）［M］. 北京：外语教学与研究出版社，2018.

热奈特. 叙事话语：新叙事话语［M］. 王文融，译. 北京：中国社会科学出版社，1990.

任丁秋，杨解朴. 瑞士：第三版［M］. 北京：社会科学文献出版社，2016.

荣格，卫礼贤. 金花的秘密：中国的生命之书［M］. 北京：中央编译出版社，2016.

施塔姆. 阿格尼丝：如此一天［M］. 陈巍，译. 上海：上海译文出版社，2010.

施维特. 耳朵没有眼睑［M］. 范捷平，译. 上海：上海译文出版社，2010.

史忠义，户思社，叶舒宪，等. 瑞士当代美学与诗学研究：人文新视野第 10 辑［M］. 北京：知识产权出版社，2015.

瓦尔泽. 散步［M］. 范捷平，译. 上海：上海译文出版社，2002.

余匡复. 战后瑞士德语文学史［M］. 上海：上海外语教育出版社，1992.

张克芸. 无言的身体欲望的寓所：评祖尔策小说《完美的侍者》中的物化现象［J］. 广东外语外贸大学学报，2015（4）：46.

张丽. 解读“窗户”在彼得·施塔姆作品《阿格尼丝》中的象征含义［J］.

青年文学家，2014（17）：120.

祖尔策. 完美的侍者［M］. 陈巍，译. 上海：上海译文出版社，2012.

网络文献：

陈壮鹰. 瑞士争议文坛新星摘得德语文学桂冠［N/OL］. 文汇报，2019-07-15［2023-05-16］. http://www.chinawriter.com.cn/n1/2019/0715/c404090-31233279. html.

VENAFRO C. Der Schweizer Autor Lukas Bärfuss über seinen Aufstieg von der Gasse zum Vorzeigeintellektuellen: „Ich weiss, was es heisst, arm zu sein“［N/OL］. Blick, 2017-03-29［2023-05-15］. https://www.blick.ch/news/politik/abstimmungen/der-schweizer-erfolgsautor-lukas-baerfuss-ueber-seinen-aufstieg-von-der-gasse-zum-vorzeigeintellektuellen-ich-weiss-was-es-heisst-arm-zu-sein-id6448350.html.

当代外国语言文学学术文库

1. 跨文化语言社会化进程中跨文化交际能力的培养（史兴松 著）
2. 驻外商务人士跨文化适应研究（史兴松 著）
3. 来华留学生跨文化语言社会化研究（史兴松 著）
4. 中国平面广告的批评隐喻研究（江　春 著）
5. 本地化项目管理（崔启亮 著）
6. 商务翻译多维研究（徐　珺 等 著）
7. 商务英语跨学科研究（徐　珺 等 著）
8. 隐喻与话语（孙　亚 著）
9. 商务英语的理论与实践研究（张佐成 著）
10. 基于虚拟环境的英语口语教学研究：理论与实践（张海森 著）
11. 大学英语教师课堂角色探析
    ——课堂话语研究的视角（王　艳 著）
12. 外语学科的智库研究（董晓波 著）
13. 从意识到写作
    ——关于法国作家于连·格拉克的距离问题研究（阎雪梅 著）
14. 语言形态理论和英汉形态研究（薛　琳 著）
15. 研究生英语论文开篇章节写作对比体裁分析研究（靳光洒 著）
16. 中国网络教育环境下的语音聊天室和课程论坛的社会临场感研究（吴立高 著）
17. 话语与企业危机传播：一种文化视角（赵丹彤 著）
18. 基于语料库的法律翻译可见性研究（宫明玉 著）
19. 年龄效应和语言学能与中国英语学习者语法学习成效的关系研究（赵海永 著）
20. 世界文学经典重构
    ——王维诗歌在英语世界的译介研究（曹培会 著）

21. 中文古诗词西班牙语译本中兼类形容词和性质形容词的比较研究

（刘　莹 著）

22. 话语理解与心智解读：语用认知计算视角　（袁　文 著）

23. 熊式一文学作品创作思路研究　（陶欣尤 著）

24. 关于雄安新区英语新闻报道的积极话语分析　（王乐洋 著）

25. 瑞士当代德语文学叙事策略研究　（王正浩 著）